煉獄之花

The Flower of Purgatory

／徐小斌 著

目錄

CONTENTS

〔自序〕

魔幻的筐與現實的果

《德齡公主》之後，我一直企圖寫一部中國版的《哈利波特》，然而研究了種種中國神話與傳說與網路玄幻小說之後，得出的結論是一沾中國味兒，那些迷人的幻想就完了。

但是我仍然知難而上，一面冥想，一面生活。而生活帶給我意料之外的寶藏——自進入二十一世紀以來，人世間的墮落已經由算術級數變爲幾何級數增長，另一個想法又在我的腦子裡萌生：寫出二十一世紀的眞實的人與事，無論多麼殘酷，多麼令人髮指！

兩種截然不同的寫作想法交迭在一起，困擾了我很久。

我寫小說，工作單位又在影視界，因此不幸對兩個領域都略有了解，越深入了解，越覺得不可思議，不可思議之後是痛苦，痛苦之後是逃離，逃離之後是對抗，對抗之後是超越——我的小說第一次沒有了悲劇的結局，第一次爲讀者帶來許多時尚與有趣的故事，小說中的主人公第一次不是逃避現實而是直面現實——但依然不是現實主義。

是諷刺寓言小說還是成人童話？我不知道。

只是，我把我的兩種想法放在一起了。

我的做法是：把現實的果放進了魔幻的筐裡。

所以我在回答關於新書的提問時只說了一句：她似乎適合改編成一部長篇動畫，風格樣式似乎介於宮崎駿的美好大氣與提姆．波頓的黑暗詭譎之間。

至於語言方式，我倒覺得中國文學正在面臨一次新的「語言革命」。那就是網路文學的興起，之前王朔的「新北京語言」顛覆了過去的那套書面語，而現在的網路語言已經成了一套獨特的話語系統，不可小視，它早晚會成爲社會的流行語。

新作就是嘗試著給一部充滿當下社會流行語的魔幻小說注入靈魂，它的語言完全不是我之前那種藤蔓式的，而是冰片式的直截了當，有的地方直接用了一些網路流行語，這也是我在這個已經改變了社會遊戲規則時代的一種嘗試。

寫完了這部小說，我的人生也出現了一個巨大變化：從逃避現實變成了敢於面對現實，從悲觀絕望變成了享受孤獨的快樂——小說中提到，「孤獨」因爲太擁擠了，所以已經無法構成孤獨——從這個角度來說，這部小說是我寫作生涯中的一次心靈顛覆式的革命，一個重要轉折點。

其實我們並不像我們想像的那樣孤獨，我們有一群人，有一群在茫茫人海中的知音，我們互相認出對方，互相照亮對方，在漫漫長夜中，我們不再害怕黑暗。

現實的果不是那麼好裝進魔幻的筐的，起碼色彩要協調，要漂亮，讀者才愛看，爲此，我傾盡全力——儘管那果上全是芒刺。

親愛的讀者，希望你們喜歡這本書，更希望你們能夠破譯故事背後隱藏的玄機。

至於我本人，不敢有什麼野心，按照墨菲定律，「麵包掉地時，奶油一面朝下的概率與地毯的價格成正比」，我只希望自己這塊塗了奶油的麵包，能在時代的昂貴地毯上留下一點痕跡。——這一點，倒和書中的主人公有點像，只不過她是想在她戀人的心裡，留下痕跡。

本書中所採用女性之姓名，如百合、天仙子、曼陀羅、罌粟、番石榴等，皆為致幻性植物名稱；而男性之姓名，如老虎、銅牛、金馬、阿豹、小騾等，皆為動物名稱；取此等姓名無任何意義。凡有與現實相似處，純係巧合。

數千年前，每當月圓之夜，月神降臨，
人類就會把曼陀羅花散向大海，向大海乞求愛情。

數千年後，一個絕望的青年把一枚戒指扔向了大海，
他說他是在拒絕現實中的異性，向大海求婚。

Chapter 1

海百合

在沸騰的海水中我們緊緊擁抱，我們的裸體像花朵一般綻放，毛孔發出熱氣騰騰的呼喊，在極樂的瞬間，我們都化成了海水……

1

我出生在深海海底。我從出生起就頭戴一頂金冠。那頂金冠刻著極爲繁複精緻的花紋，上面纏繞著銀色的貝葉，酒紅色的卷草紋，而主體則是一枚花朵的紋章。有一只小小的盒子暗藏在紋章之下，那裡面藏著迷藥，據奶奶說那是人類供奉給我們的曼陀羅花製成的。但是媽媽卻悄悄對我說，奶奶說的不完全對，因爲據她的嗅覺，那迷藥中摻著一種不爲人知的香料成份——很可能，與那枚花朵有關。

最神奇的是鑲在冠冕上的那朵花，誰也猜不出那是什麼花，那朵花有七瓣兒，花型如同彎彎的新月，層層疊疊，誰也猜不出花的質地：珊瑚？瑪瑙？翡翠？寶石？珍珠？……都不是，它閃爍著一層珠貝般細潤的光澤，輕輕一轉就會變色，特別是在光線之下，它會變成淡青、月白、淺黃和藕合色，以及那種說不清的彩虹一般幻麗的顏色。甚至，有時它會隨著潮汐和月光變色，變成純金和純銀——連年高德劭的海王也無法辨識，這究竟是何方寶物。

你一定知道，有一種生活在海底世界的生物，形態如同百合花一般美麗，叫做「海百合」。你要弄清楚，海百合並不像陸地上的百合花那樣屬於植物，我便是海百合家族的第一千零一代傳人。一般來說，我們不能離開海洋生活——當然，這並不排除我們偶爾會去人類世界冒冒險。不過，這樣的族類爲數很少，因爲對我們來說，人類世界實在是太危險了，稍有不愼，我們就會粉身碎骨，而僥倖回來的，都成了我們家族的英雄，譬如我的爺爺和父親。

我的家族實際上是海洋中最古老的族類，最早出現於距今約四·八億年前的奧陶紀，在漫長的歲月中，曾經幾度繁榮，然而現在，我們沒落了。不幸死去的那些族類，變成了海百合的化石，保持著美麗的姿態，正是它們裝點了海王的宮殿，因此海王對我們的家族也格外關照。不過那些可恨的人類常常想通過各種辦法潛入深海，擄走我們死去的先人化石，磨製成各種各樣的工藝珍品，美其名曰「百合玉」，供他們觀賞。

於是我們只好在深夜出行。我們縱橫擺闔飄蕩遊曳五彩繽紛翩翩起舞，被海底世界稱做「海中仙女」。大家都愛我們，儘管他們知道我們的身體裡藏著一些迷藥，這迷藥對一些族類是毒品，對我們，卻是助愛的春藥。

別誤會，我們可不是濫愛的族類，我們的愛情是純眞的，始終不渝的，絕不像人類那樣朝三暮四。我的爸爸媽媽已結婚多年，子女雙全，卻依然相愛如初。我的爺爺奶奶，更是海底世界的愛情模範，他們現在依然在偷偷使用迷藥——這也是他們保持青春的訣竅。

由於行動自由，身體又能隨環境改變顏色，我們曾經一度成爲海底世界的旺族。我們以珊瑚礁爲家，因爲那兒海水溫暖，生物種類繁多，求食也容易。可是，自從人類侵擾了我們的家園，我們就一直沒有得到過眞正的安寧。特別是近年來，海王頻頻召集會議，商量如何對付人類的辦法，最後都不了了之。

當人類世界進入二十一世紀之後，發生了一件驚天動地的大事：有一天，在美國西南部聖地牙哥的海關辦公室，電話鈴突然爆響：一位海關人員報告，在進行入關檢查時，從一批貨物中發現大量走私化石，有關人員迅速趕赴現場……

經過驗證，這批化石來自遠東的一個古國，整整九十箱，共計十四噸。聖地牙哥海關立即查封了這批珍貴的化石。按照國際慣例，罰沒的生物化石應該歸還給出產國。於是遠東國家文物局獲得消息，立即與美國有關部門聯繫，要求無條件歸還這批珍稀化石。美國海關總署最終把這些走私的化石還給了這個古國。

然而，這件事卻引起了整個海底世界的恐慌：因爲，這九十箱化石都是我們海底世界最珍貴的生物化石，而其中最多的，便是海百合。

這些海百合化石在地下沉睡了兩、三億年，如今依然栩栩如生，恰似人類國畫大師筆下綻放的百合花。有些依附在珊瑚枝上，便更顯美麗。從此我們知道，人類不但把我們祖先的遺骸用於展覽，還用於走私與賺錢！太恐怖了！果然從那時起，人類更加窮凶極惡地捕撈我們，我們一天天迅速減少，照這個速度，再過幾十年，我們就要亡國滅種了！

我們是無法抗拒人類的——海王最後想到了一個妥協的辦法，就是「和親」。據他說，人類過去常常用這種方法化解與敵國之間的矛盾。他們會把他們的公主嫁到一個鬼不下蛋的地方去生兒育女繁衍後代，儘管那個公主內心很痛苦卻懂得爲一個國家或者民族獻身，這被人類叫做「深明大義」。正巧，現在人類世界有一位青年在向我們海洋世界求愛，這是個千載難逢的機會。

海王說完這話整個海底世界的族群就轉向了我，我被他們看得莫名其妙。

你們聽著，別以爲叫海百合的都是小腦袋長脖子，我這個小小的海百合一出生就是個美人兒，我的淺黑色的皮膚好像汪著一層油，我的嘴唇是深橘紅的，你不知道吧？淺黑色和橘紅色配在一起非常漂亮，不信你可以配一配。我的眼睛稍微小了一點，是桃葉形的，我有又黑又硬的睫毛，像粗麻線似的半捲著，我看人的時候總是瞇著眼睛，奶奶說我是個美麗的小妖精。不過，連奶奶都承認媽媽是整個海洋裡最美的生物。媽媽長得高大性感，有一張生動的臉，那張臉最美的地方就是穿著環的鼻孔，在我們國度裡，鼻孔是女人最動人的地方，穿環代表一種身分，而穿什麼樣的環尤其重要。媽媽鼻孔上的環是珊瑚的，上面鑲滿了石榴石、蛋白石和海藍寶石，在月圓的潮汐夜，偶爾會有星星落在上面。

我作夢都在盼著我的鼻孔也穿上那麼美麗的環，可是奶奶說，一定要等到我出生二十萬個小時，才能為我舉行成人禮，到那時我才被允許穿環。對，我們國家的生長時期是按照小時來計算的，我的國家與人類世界的時間的換算關係非常複雜，用最簡單的話來說，就是人類世界的一年相當於我們的五年。我長得很快，每一分每一秒都在長，終於有一天，我戴不住那個金冠了，我的金冠變成了緊箍咒，然後突破了它那微乎其微的彈性，砰地一聲彈了出去，然後突然變得很小，變成了一枚戒指那麼小——原來它就是一枚戒指，一枚極為精巧、上面鑲著奇異花朵紋章的戒指，奶奶把它拾起來，親手戴在我的中指上，那一刻，我正好滿二十萬個小時。

2

我來到人類社會的時候戴上了一張面具，這張面具是媽媽親自帶著我去面具店挑的，面具店的面具千差萬別，但是沒有一張面具是毫無瑕疵的，媽媽說，人千萬不能長得毫無瑕疵，那樣會很可疑，也會很可怕。最後媽媽給我挑了一張很一般的面具，媽媽說人長得越普通越安全，壽命也就越長。戴上面具之後我照了照鏡子，我完全成了個陌生人：我的皮膚不再是淺黑色而是發白的黃色，我的嘴唇不再是橘紅色而成了淡赭石色，我的鼻子也長得很普通，只是眉眼有幾分媚氣，實在談不上漂亮，我嚷嚷著想摘掉面具，但是媽媽嚴厲地阻止了我，而且她拉起我的左手，用我自己的戒指在臉上蹭了蹭，那張面具立即嚴絲合縫地嵌在了我的臉上。

我的身體也不再是海百合，而是個地地道道的人類青春少女了，我長得不高但是很精巧很袖珍，我的兩個乳房雖然不大但是硬梆梆地撅起，我不用戴胸罩，只穿普通寬鬆的便裝就很好看。我的兩隻腳尤其好看，我的腳趾甲一粒粒閃閃發亮，很像我們海底世界的珠貝，總之我對我的身體比較滿意，勝過對我的臉。我向面具店的老闆說了聲謝謝，聽媽媽說他已經活了五千億個小時了，但是看起來他和別的族人並沒有什麼不同，他的臉上並沒有什麼皺紋，只是鼻子兩邊有兩道深深的溝，他說起話來就像遠處的海嘯聲，他說小姑娘祝賀你了，你是我們海洋世界第一個接到人類戒指的人，你應當感到驕傲。我看到我媽媽聽了這話就向他擠眼睛，那意思好像是不讓他說下去，他果然住了嘴，我疑惑地望著媽媽，她裝出完全沒事的樣子，拉著我走出面具店。

媽媽突然站住了，久久地看著我，捧起我的臉輕輕地親了一下，低聲說：「記住，你在人類世界，依然要保持自己純潔的心靈，要用善良和悲憫對待一切，甚至惡行。不然，你就再也回不來了。」

「爲什麼？媽媽？」

「因爲在那時候，你的面具就再也摘不下來了。」

「啊！那就是說，我再也無法回到親人身邊了?!……不，媽媽，我不去了！不去了！」

媽媽慈愛地摟住我，輕輕說：「我的孩子，我最擔心的就是你這樣的任性，在人類社會，你要學會忍耐。就像剛才那位老爺爺說的那樣，你的確是我們海洋世界有史以來第一個接受人類求婚的，我爲你感到驕傲。而且，我已經專門爲你的事求告海王了，在你完成使命之前，可以有兩次返回海底探親的機會……別多想了，去找到戒指的主人就行了。」

「可是我怎樣才能知道他就是戒指的主人呢？」

媽媽皺起眉頭，思索了幾秒鐘回答：「這就完全要看你的感覺了。你要感覺到，他和我們海底世界眞正相通，你們的心互相能夠聽懂。……最重要的，是他要立即認出這枚戒指，說出這枚戒指的來歷和花朵的祕密！懂嗎？千萬不要找錯人啊！」

我聽懂了，但是心裡有幾分憂傷。一個人孤零零地來到人世間，一切不知道從何開始。還好我剛剛踏上人世間的路就拾到了一本書——一本羊皮紙的很精美的大書，這本書告訴我應當怎樣做一個人，特別是，做一個女人。

3

這本羊皮紙的大書印著精美的圖畫。印著塗著鮮紅蔻丹的雪白的手指，握著一個金黃色的水果，後來人們告訴我那是橘子。在那幅圖的旁邊有一把碧綠的傘。有一頁完全印著美麗的女人，印著她們的裸體，和解剖之後的器官。印著小孩子如何從她們的器官裡生出來，她們血紅的器官像一朵大薔薇花盛開著，小孩子的頭很滑稽地昂著，張開大嘴。

當然還有男人和他們的器官。男人的器官像我們海底世界的海神柱。對了，我忘了告訴你們，在我出生的那個海底世界有個海神柱，是個一柱擎天的獨眼巨人，我們家的男性常常去參拜它。特別是爸爸，爸爸沉默寡言很少說話，他常常獨自一人去參拜海神柱，媽媽說，這是因爲我的哥哥小時候不小心被人類捕去了，至今不知是死是活。爸爸參拜海神柱，是想得到神的啓示，找到哥哥，但是神始終不發一語。於是爸爸想再要一個小弟弟，神依然不發一語，好像根本不曾聽見爸爸的祈求。

那本大羊皮書的扉頁有一個漂亮的簽名，叫做天仙子。

4

我認識的第一個人類的男人，就是天仙子的哥哥。我不知道他有多大，判斷不出來。我覺得他顯得很老，好像比我爸爸還老。他在開一個會議。我是一不留神闖進來的，並沒有人阻攔我。我看到會場上擺放著鮮花和新鮮水果。我坐在一個空位子上，周圍的人向我點頭致意，我也馬上像羊皮書裡教的禮節那樣，還禮。我注意到，旁邊有個男人在看我，我轉過頭，看到了他。他很熱情，自我介紹說叫金馬，是天仙子的哥哥，一位有名的作家，我立刻討好他說：「哦，你是天仙子的哥哥，我讀過天仙子的書，眞有才華啊！」可是我萬沒想到，我說了這話他就把臉沉下來了，半晌才說：「天仙子的東西很淺啊，你喜歡她的書？是不是就是因爲她的知名度比我高啊？」我嚇了一跳，忙說：「不不不，那可能是因爲，我還沒有看到您的書。」他的臉立即多雲轉晴，說：「也難怪，你這麼年輕，當然看的書還有限，如果有興趣的話，我可以送你我寫的書。」「好啊好啊！」我按照羊皮書上教的，裝作雀躍的樣子，「那麼，今天散會之後你上我家玩去吧，我會把我新出的書送你。」

會開得好長啊。人類的佳餚確實很不錯，我吃了很多，我的眼睛只盯著那些不斷上來的菜，根本不理會旁人的觥籌交錯，我的眼睛變成了一條直線，就像是正午的貓。那些人眞是太奇怪了，他們端著酒杯來回竄著，不斷地敬酒，說著各種肉麻的話，而且把酒杯互相一點點地低下來，好像羊皮書上說，這表示對於對方的尊敬。等到他們寒暄完畢回到桌上，才發現桌上已經杯盤狼藉，好吃的菜如風捲殘雲一般已經所剩無幾。大家面面相覷不知道是誰吃的，只有天仙子的哥哥金馬看著我笑。他把嘴湊在我的耳邊低聲說：「你可以呀小丫頭，你夠厲害！」

我就這樣被金馬帶回了家。金馬的家在我看起來只有一點點小，因爲我出生在那樣一座巨大的海底宮殿裡，從我的房間到母親的房間需要飄遊半個小時，侍女們總是喜歡看我飄遊的樣子，她們說我的裙裾像是美麗的水母。可是現在我坐在金馬的書房裡，一伸手就能搆到他的臉。他的臉好像在慢慢變形，他的汗慢慢從額角淌下來。

「小姑娘，你是從哪裡來的呀？」他張著大嘴，好像喘不上氣來似的。

我看著他牆後面的照片，沒有回答。

他順著我的目光回頭看去，那是一張人類的「結婚照」，上面那個女人顯然是他的太太，那女人很漂亮，但是表情木訥，不生動，好像一張沒有缺點的平面設計。沒有穿婚紗，兩人穿的都是正裝——人類上個世紀那種流行的正式服裝。

「那是你太太嗎？」我問。

「對啊，不過她出差了，不在家。」

「所以你才請我來，對嗎？」

他笑了，一下子坐在我旁邊，用一隻胳膊摟住我：「是啊。小丫頭，心眼蠻多的嘛！」他的手剛剛碰到我的胸，我就靈巧地甩脫了他，他好像大爲吃驚，一伸手拽住我，我又輕輕甩脫，我們水族甩脫人類簡直是易如反掌，他撲來撲去，最後是腳底絆蒜摔在地上，我看著他，咯咯地笑。

「妖精！小妖精！」他掙扎著，笑著，很費勁地爬起來，撣撣土。其實地面上很乾淨，並不需要撣土。

「好吧。」他說，「需要我幫什麼忙？誰讓我喜歡上你了呢？」

我還是沒理他，在他的書房裡轉來轉去的看，我看到他的書很多，但大部分都是新的，好像從買來就一直放在那兒，根本沒動過，書脊做得都很講究，似乎是專門爲了給別人看的。我看到他把自己的書放在最顯眼的位置，抽出來一本，書名是《握緊拳頭》。這樣的書名讓我覺得很彆扭，翻了幾頁，上面寫的全是一些案子，很沒意思，我放下了，繼續翻，就在這時，一道光線照亮了我，我發現書的裡面還有一層書，有一本書露出半個閃閃發光的書脊，上面寫著《海百合的傳說》。我立即拿出來，我看見書皮上寫著「天仙子著」，緊接著我看到天仙子的照片：一個很美的女子，美得很濃烈，一頭張揚的頭髮被風吹得高高飄起，嘴巴性感生動，似笑非笑的嘴角好像洋溢著石榴花的氣息，一雙大眼睛很像海藍寶石，母親鼻環上的那種，我一下子就喜歡上了她，我久久看著那張照片，眼睛一會兒也不願挪開。

5

金馬介紹我去了一家電影公司。

現在人類的影視公司多如牛毛，但是這家叫做巨龍的國企電影公司的確很具規模。金馬本來是把我作爲演員推薦的，但是最後我卻當了編輯，顯然公司上層認爲我不夠美。金馬埋怨我不聽他的，不肯化妝，他以資深影視人的口氣說我這樣的臉型和五官最上妝，如果化妝師很高明的話那麼我就宛若天人了，我對他的話似信非信。不管怎麼說我有工作了，這是一件好事，要感謝金馬。於是我當天晚上請他吃飯，他歡天喜地地答應了。可是到了晚上，我在餐廳等了又等，他沒來。

我看到人類都使用一種叫做手機的東西，我還沒有，於是我用了餐廳的電話。「喂——」電話那頭的確是他的聲音，「哦，抱歉啊，有這事嗎？我怎麼忘了？」他哼哼哈哈的，口氣非常冷淡，讓我覺得不像他的聲音。我放下電話，一個人大吃起來——我用一串珊瑚珠子換了一大堆人類的錢，我想即使金馬不幫忙我也有飯吃，而且還是個有錢人。

可是還沒吃完電話就來了——打的是餐廳的電話，旁邊的服務生很客氣地叫我接。「喂，小妖精，是你嗎？剛才是在家裡，我老婆突然提前回來了。現在我已經出來了，等等我，我馬上到！」

他的聲音一下子提高了八度，非常激昂。我眞弄不懂人類的男人是怎麼回事。看著眼前的山珍海味，鬼才願意等他呢。我吃了又吃，等到他氣喘吁吁地站在我的眼前，桌上所有的盤子都空了。

我看著他，慢悠悠地擦擦嘴，服務生們都微笑了。

6

我很快學會了人類的文字。它比我們海底世界的文字好學多了。當然要感謝天仙子，我因爲喜歡那本羊皮書，所以很樂於臨摹那上面的字。現在夜已經深了，我躺在浴缸裡，雙手捧著那本精美的羊皮書，細細地看。那裡面幾乎包含了人類所有的知識。從裡面我知道，和海底世界的規矩不一樣，「妖精」在人類這兒是罵人的話。我決定給自己起個名字，我把羊皮紙一頁頁地翻過去，並沒找到什麼合適的名字，我就那麼抱著這本大書睡著了。沉沉的我又似乎睡到了海底，我的身下鋪著柔軟的海藻，蓋著一層層綠絲絨一樣的海帶，我裸露著淺黑色的身體，半張著橘紅色的嘴唇，呼出一個個清亮的水泡兒，突然，一個巨大的黑影把一切都擋住了——那是媽媽的輪廓，很清晰！我用手指輕輕去碰那黑影，黑影突然倒下了！我驚醒，看到自己睡在人類的大床上，床單潔白，我深陷在一堆柔軟的白色中，突然覺得，我的名字當然就應該叫百合。

對呀，我本來就是海百合嘛！我注意到人類也有叫百合的，在他們看來是個挺好聽的名字呢——只是，他們意念中的百合是一種百合花，說實在的，他們是沒見過我們眞正的活的海百合，假如見到，那麼他們就會認爲美麗的百合花實在不算什麼了。

我起床，把百合這個名字寫在了紙上，我看到羊皮紙上的花紋全都跳了起來。這時，我聽見房間外面有奇怪的聲音，我沒敢開燈，躲在巨大的窗簾後面，開了一道小小的縫，我看見有影影綽綽的黑影。媽媽？是媽媽來看我了？猛然推開門，外面一片靜寂，什麼也沒有。

我有名字了。等那個老傢伙再叫我小妖精的話，我一定會告訴他我是有名字的，別叫我小妖精小丫頭什麼的，我叫百合。

總經理長得很好看，是我最喜歡的那種男生類型，他雙肩寬而平，身材瘦而高，像個衣服架子，什麼衣服穿上去都好看。總經理肯定喜歡我，從他看我第一眼，我就看穿了這個，但是我記得羊皮書上的話：「你若是喜歡上一個男士，萬不可去主動表達，因爲在愛情中愛得主動的那一方，都是受制於人的。」於是我裝作什麼也不知道。

裝作什麼也不知道地誘惑一個男人是很爽的事。從那天起我開始穿領口很低的衣裳，像羊皮書裡說的那樣「露四分之一乳」，我每天都換不同的衣裳，戴不同的首飾，不用擔心錢，從海底帶來的那些珠寶能給我花不完的錢。有時，爲了引起他的注意我不惜挑起戰爭，無緣無故地和別人吵架。我的這些努力都收到了奇效，有時我一不留神四顧左右，都能有意無意地碰上總經理的目光。

可是有一天，我眞的和人家吵起來了，這個人不是別人，正是總經理本人。

總經理叫老虎。老虎的家小都在遙遠的維也納，而老虎是個事業心很強的人，影視界的花花事再多，他也絕不染指，因此，他時常處於嚴重的自我壓抑狀態，實在不行就自己解決，但是無論是自己解決還是自我壓抑，都不是人類的健康方式，因此老虎英俊的臉上總是浮動著陰霾，脾氣也變得格外的大。

吵架是爲了我的偶像天仙子。

天仙子在寫一本新書，叫做《煉獄之花》，據說寫的是傷痛的愛情，我從金馬那裡搞到幾頁稿紙，看得痛徹心肺，讓我覺得天仙子的生命都會因此縮短十年。因爲那種可怕的情感挫折太堅硬了，堅硬到所有的肉身都會受傷。我覺得我應當幫助天仙子，我的幫助方式只有一個，買她的版權，把她的故事改編成電影，這樣，不但能幫她掙到一筆錢，還能幫她提高「知名度」，我覺得她的知名度遠遠夠不上她眞正的才華。

但是老虎堅決反對，他向我咆哮著：「你懂嗎？做影視不同於寫小說，做影視要有準確的判斷力，一不留神就要落入陷阱！一投就是幾百萬幾千萬，收不回來，我們可是國企，你負得起這個責任嗎?!」我很生氣，從小到大還從來沒人這麼對我嚷過。我差點把所有的珠寶扔在桌上，我想對他說，我當然負得起這個責！我有錢！我的錢比你想像得多得多！

但是我最終還是沒說出這句話。

他並沒有因爲我的忍讓而放過我，他看著我，我覺得他是在盯著我的乳房，突然，他惡狠狠地說：「告訴你！你根本就不適合在這兒工作！」

這句話刺痛了我，我呼地站起身，也用同樣激烈的口氣對他嚷：「我也告訴你，我適不適合在這兒工作，不是由你說了算！」

說完這句話我就揚長而去。我跑到一個大商場裡狂購，我買了很多名牌衣服，花了很多錢，每扔出一把錢就覺得扔出了一把怨氣，一會兒就變得心平氣和了。我們海底也有商場，我們在海底購物要自由得多，我們可以翻來覆去地試，甚至可以把一件衣服穿回去讓家人和朋友們看，如果不滿意，還可以隨時還回去。即使要了，也不過在商場門口的匣子裡，扔幾顆珠貝而已。絕不像人類的商場如此繁瑣，而且那些售貨小姐們還像水蛭似的緊緊地貼著你，用一種讓人噁心的眼神望著你，嘴裡不斷說著急於兜售的語言。

我回到家裡開始對鏡試裝，那一種感覺眞是很妙啊，剛才還掛在商場貨架上的那些萬人矚目的衣裳，現在已經統統歸我所有。在海底的國度，可沒有這麼爽的感覺，雖然我很臭美，可也不能在一天之內享有這麼多漂亮的衣服，儘管在海底購物很自由。

我的衣服幾乎都是媽媽親手做的，媽媽會用各色海草編織成精美的衣裳，把珊瑚、珍珠、貝殼鑲嵌上去，做好一件衣裳，怎麼也得二百多個小時。

試到最後一件衣服的時候，天已經黑了，有人敲門，我就穿著那件鑲亮片的黑色緊身衣跑去開門，吊牌還沒摘下來，在我的脖子後面支楞著，門打開了，是金馬。金馬手提一大袋子飯盒，金馬說你還沒吃飯吧？

8

今天回想起來，我和金馬之間始終沒發生什麼眞的是個奇蹟。後來我聽過無數關於金馬的傳說，傳說中金馬是那樣威力無比百戰百勝，好像所有的女人到他面前只能臣服，我疑心這傳說是金馬自己編造的。我和金馬沒發生什麼並不能說明他多麼識趣多麼聖潔，恰恰相反，他是個有很多髒心眼的人，我們什麼也沒發生只能說明一點：就是金馬當時實際上已經不行了。實際上不行的人才會顯得雄赳赳氣昂昂，一天到晚作憂國憂民狀——這也是我在金馬身上才感知到的人類弱點。

當時金馬作出擔憂的樣子說知道我和總經理吵翻了，他說挽回此事的唯一辦法就是馬上去找董事長銅牛。因爲總經理永遠惟董事長馬首是瞻，他說他可以親自出面請銅牛出來一起吃個飯或者喝個下午茶。他說，銅牛可不是等閒之輩，他是電影界唯一跨AB兩城的老闆，除了相貌寒磣點兒，他簡直就是一位無懈可擊的成功男士，因爲他可以不斷穿梭於AB兩城，完全適應兩種截然不同的城邦制度，以達到出世與入世的不斷自由轉換。

那時我還不知道人類有那麼多「吃」的名目，我只是很喜歡吃，我承認人類社會的食物比我們海底世界的好吃些，但是我並不想和什麼董事長一起吃飯，我一想到和陌生人一起吃飯、並且還要向他乞求什麼就難受得要命。於是我回絕了。金馬立即顯出痛心疾首狀。我打開他帶來的飯盒，裡面有我愛吃的果茶山藥和樟茶鴨，我大吃起來，左手中指的戒指在燈光下閃閃發亮。他突然提出要看看戒指，我褪下來，他向著燈光舉起戒指，一道刺眼的光突然閃過，他很害怕，幾乎失明。然後他半跪在我的腳邊，看著我那一顆顆亮如珠貝的腳趾，他突然說了一句讓我害怕的話。

他說我懷疑你不是人類。

9

是的在我和金馬相處了七百多個小時之後他終於說出了一句有水準的話。我怔了怔問他：「難道我有什麼破綻嗎？」他的臉漲得通紅，臉上又冒出豆大的汗珠，他的臉離我很近，有一股汗腥味，他把聲音壓得低低的說：「因爲你不懂得人類的遊戲規則。」

這眞是有趣——人類的遊戲規則？我們在海底也是有遊戲規則的，優勝劣汰嘛。我很小的時候就和哥哥用海馬的膝蓋骨搋拐玩，用結實的海草互相勒著較勁玩，都是優勝劣汰啊。

我們海底世界有著自己的智慧，但是所有的智慧不過是自我保護而已。

可是在那個晚上，我第一次聽到一個男人對我說，人類的遊戲規則不是這樣的，也可以說是恰恰相反：人類的遊戲規則是「汰優」。

「懂嗎？汰優，就是把優秀的淘汰掉。」他垂下厚重的眼皮，沉重地說。「我們的老祖宗就有『木秀于林風必摧之』、『出頭的椽子先爛』的說法，所以在我們這座城市裡，一直講究中庸之道。現在就更厲害了，假如你不會和上層相處，那就等著被廢掉吧！上層可以毫不動聲色地把你廢了，無論你多麼出色。譬如，你看我，」他用手捋了捋已經打了結的頭髮，「我曾經是個很憨直的人哪！那麼早就開始做編劇，可以說是B城的第一批編劇了。可是因爲不會和上層相處，儘管那麼有才華，一直被打入冷宮，上層不用你，可以舉出一千個理由，甚至可以裝作是爲了你好！人哪，不過就是這幾十年，能創作的生命更短！把你掛個幾年你就廢了！……」

「可是，你不是個作家嗎？你不是靠你的文字就能養活自己嗎？」

他嘴一撇：「天方夜譚！有幾個靠賣字兒就能養活自己啊？再說，誰不想活得好點啊？你恐怕也不願意過那種捉襟見肘的生活吧？哦，對了，你是不用爲這些事操心的，你爸爸那麼有錢……」「誰跟你說過我爸爸有錢？」「這還需要說嗎？我第一次見到你，就發現你戴的是眞正的珊瑚珠，這騙不了我的，珠寶古玩咱們都懂一點，呵呵，」他乾笑一聲，「你脖子上的這一串，少說也得要個二三十萬吧？……還有你的戒指，」他目光詭祕地望著我：「這工藝太精緻了，我也算是見過一點東西，但是我從來沒見過這樣鬼斧神工的，所以，我懷疑你……是個——星——外——來——客——」

我怔怔地看著他，突然咯咯地笑起來，我覺得他的樣子很滑稽，他顯然是被我笑毛了，他說你笑什麼，你們家到底是做什麼的，告訴我你的來歷好嗎小姑娘？我立即不失時機地告訴他我叫百合，我是有名字的，不叫小姑娘，以後不要亂叫我。他笑著說我的名字叫什麼並不重要。我覺得這一切簡直太滑稽、跟我們海底太不一樣了，在我們的世界裡，如果我們愛上誰，或者說喜歡誰，甚至對誰有興趣，首先是要知道名字，我們的名牌就掛在我們的脖子上，那是我們的身分證明，是我們生命的標誌。對我們來講，愛情就是愛情，友誼就是友誼，和家庭無關，和有錢沒錢更無關，爲什麼他非要追問我的家庭和我的錢財呢？

「我不是什麼星外來客，」我吃飽笑夠之後，嚴肅地對他說，「我只是因爲年輕和父母的寵愛，沒有接觸過社會而已，這方面，你多教教我就好了。好吧，既然你喜歡這串珊瑚珠，那麼就把它拿去吧。」我摘下那串珠子，扔給他。他沒接住掉在地上，他顯然是沒有精神準備，一下子趴在地上，那麼大的一個人突然變成了一條狗，撅著屁股在地上嗅來嗅去。

我不想再多看他一眼，拂袖而去，臨走甩給他一句話：「以後不要再打聽我的來歷了，好嗎？我也希望你懂得我的遊戲規則！」

他從地上抬起頭來，堆起一臉諂媚馴順的笑容，那一臉笑容裡藏著一雙突然之間變得雪亮的眼睛，那眼睛裡全是赤裸裸的貪婪。

10

作爲那串珊瑚珠的報答，金馬告訴了我一個在人類世界與上層相處的祕密。他煞有介事地低聲說：「告訴你，這可是集我大半生的總結，絕對密不示人的，就是花多少錢也買不到的，連我的親侄女我都沒告訴的！……你要是能學會了，掌握其中要領，很快就能在B城混得開，升得快，吃香喝辣，比我妹妹寫的那本什麼狗屁羊皮書管用多啦！」

接著他用他那蒼老沙啞的喉嚨，爲我吟誦了一個近似羊皮書裡說的那種格言加數來寶：

領導的要求就是我們的追求，領導的脾氣就是我們的福氣，領導的鼓勵就是我們的動力，領導的想法就是我們的做法，領導的酒量就是我們的膽量，領導的表情就是我們的心情，領導的嗜好就是我們的愛好，領導的意向就是我們的方向，領導的小蜜就是我們的祕密，領導的情人就是我們的親人——我們還要做到：領導沒來我先來，看看誰坐主席台，領導沒講我先講，試試話筒響不響，領導說話我鼓掌，帶動台下一片響，領導吃飯我先嘗，看看飯菜涼不涼，領導睡覺我站崗，跟誰睡覺我不講。

「……可是……可是上層領導是誰？」我想起海王，當然他是我們海底世界的上層，可是他並沒有要求我們這樣做，我們也沒有任何人這樣做啊，假如這樣做的話，我想他會很難受的，爲什麼人類世界會有這樣奇怪的規則呢？「假如你的上層突然換人了呢？」我問。

「問得好！眞是聰明的小姑娘！如果上層換了，那麼就立即把那個換下去的上層拋棄，分分秒秒都不必姑息，馬上與新任上層站在一起，但是這個時機一定要掌握好，你可千萬別在上層退休之前垂死掙扎的時候有任何新動向啊！那個時候，往往是上層最敏感的時候，你要在最不經意的時候向他表態，即使他退休了，他在你心裡也佔據著最高位置！你隨時準備爲他歌功頌德，樹碑立傳！直到新任上層來了，坐穩了，你才可以立即轉向，否則後果不堪設想！……」

「你既然這麼精通這些道理，那怎麼還會混得不好呢？」

「唉！」他立即垂胸頓足作痛心疾首狀，「這些道理，我領悟得實在太晚了，百合啊，將來你就會知道，對你這個初來乍到的人，我這些話是多麼多麼的重要！你會感激我一輩子的！……你以爲是這串珊瑚珠的功勞嗎?!不！……對，這串珊瑚珠是很昂貴，但它是有價的，可我的這些話是無價的！將來你就知道了！你笑什麼？不信，不信就看吧。……」

在漫長的歲月裡，我終於慢慢明白了他的這些話。而在當時，我只是把這些話當成了笑話來聽。

後來金馬終於把他的人生哲學錘煉得爐火純青，也終於達到了他的既定目標。

那是很久之後的事了。

11

春天來了。春風裡總是流動著一種虛幻的希望，好像什麼事情都變得觸手可及。在一次照過鏡子之後，我確信我目前的樣子更加適合我，直到這時我才感到，作爲人類的女性一族，實在是整個宇宙最美的生物，不懂得愛惜這美的，實在應當被消滅掉。我的身體內在慢慢升騰著一股熱力，好像在不經意間形成了一個巨大的磁場，這磁場吸引著八面來風，但是細細一看，裡面卻儘是碎屑垃圾。在我與總經理老虎對峙互不理睬達到一千八百個小時之後，我發覺自己有點喜歡上他了。

假如，在這一千八百個小時之內，他曾經對我低一次頭，或者試圖說上一句話，或者，哪怕是不經意間的嘗試和解，我都會對他嗤之以鼻，立即把他打入萬劫不復的深淵，可是他沒有，當我們擦肩而過的時候，他甚至目不斜視，我們互相把對方當作了一團空氣，互相發出內功，用輕蔑把對方摧毀。於是，在同等的力量較量中，我開始注意他了。他外貌的英俊和內在的驕傲讓我喜歡上了他……我們兩人之間的互不理睬讓我勾畫出了想像中的愛情場面——那應當是羊皮書上那種華麗不可方物的場面：用月桂葉和玫瑰花混合而成的氣息芳香四溢，月神狄安娜降臨在月圓之夜的海洋之上，我把盛開的曼陀羅花供奉在海面上——那是我生長的地方。我全身赤裸向月神祈禱，美妙的曼陀羅花象徵著女人花朵一般美麗的陰部，經過我的祈禱，整個海洋都變成了催情迷香，我的愛人脫去他的外衣，把自己融入迷幻的海水中，這時有熱氣蒸騰出來，就像所羅門的《雅歌》中告訴書拉密的那樣：「你園裡新結出的嫩芽似天堂樂園，結了石榴佳美的果實，番紅花發出的香氣，你無法抵擋。」在沸騰的海水中我們緊緊擁抱，我們的裸體像花朵一般綻放，毛孔發出熱氣騰騰的呼喊，在極樂的瞬間，我們都化成了海水，如同水一樣柔軟，可以隨意彎曲，並且在月神的撫摸下，變得通體透明，放射出可怕的光芒，照亮了黑夜。

幾年之後，我眞的有了這樣一場交歡，不過絕不是和他。

那時，我和我愛的男子講述了這一個似夢非夢的幻象，他驚訝地看著我說，他也曾經作過一個類似的夢，夢見一支海百合從深海中升起，變成了一個純潔無瑕的女孩，在一個月圓之夜與他交合，他說那種交合與他過去的性經驗完全不同，他過去的性交是一種肉體交合，那種享樂轉瞬即逝，而那一次在夢中，他覺得自己和那個女子都變成了通體透明的精靈，那種交合是一種長久的美妙絕倫的享受，是完全一體的境界，以致他醒來之後依然能夠感覺到那種通透和神往。

只是在說到曼陀羅花的時候我們產生了嚴重的分歧，我認爲曼陀羅花是最美的花朵，是植物中稀有的富於神性的花朵，它可以對世間萬物施展愛情魔法。而他卻堅持認爲，曼陀羅花雖然美麗但是有毒，據說經化驗之後發現它含有高成分的生物鹼，足以致死人類，屬不宜栽培之植物。

當然，這是後話了，在當時，我被自己的白日夢迷住了，我想我不能辜負這個春天。

Chapter 2 天仙子

這是女兒！她確實是個美少女，她的美是一種侵略性的、張牙舞爪的美，她的眼睛裡迸射著奪目的光線，嘴巴上塗著銷魂的唇彩。

小百合的懷春心情自然逃不過金馬的眼睛。已經寫了二十年卻一直寫不出來的金馬覺得自己正面臨著一個轉機，這轉機無疑是百合帶來的，以他的敏銳的嗅覺，這個有著非人間氣息的女孩應當是他的救星。他決定爲他們和解——老虎同學和百合同學雖然一直賭氣不說話，但在他這樣的老同事眼裡，這正是愛情萌芽的一種方式。何況，他太了解老虎的口味了——老虎專門喜歡心地單純的女孩，因爲老虎自己是個心思縝密、老謀深算的人。

金馬破天荒地買了西班牙現代舞的票，請他們去看，但百合卻不領情，提出一定要見天仙子，天仙子去她才去。金馬已經剎不住他那一腔慈悲心了，他帶著滴血的心又買了三張票。

接到哥哥的電話，天仙子小小地吃了一驚：西班牙現代舞團帶來的原汁原味的現代舞當然是她所愛，但是據說票價很貴，以哥哥的一貫吝嗇，他是捨不得買這樣的高價票的，那麼，就一定是他最近發財了，或者，有什麼事有求於她，不是她不厚道，實在是她太了解哥哥了。

俗話說長兄如父。天仙子父母早亡，哥哥金馬在她心目中始終佔據著不可替代的位置，可不知怎麼回事，天仙子發現金馬對她總有些輕微的敵意。難道是她過敏了？不，她永遠相信她的直覺。特別是最近幾年，自從她發表小說，在文學界有了些名聲之後，每當她拿著新發表的作品給他看的時候，他總是不正視她的眼睛，間或還從鼻孔裡冒出一絲微弱的涼氣。她知道他也在寫，而且寫的都是宏大題材，每每見他發表，她都是由衷為他高興，且率直地向他提一些看法，每逢此時，哥哥的怒氣與不屑便溢於言表。時間長了，她也不敢提什麼了。至於嫂子，對她似乎還好些，但嫂子是國家幹部，跟她也沒什麼太多的話說。

但這些都無所謂。儘管哥哥嫂子都是至親，但他們不至於影響她的生活，最要命的是，自從天仙子生了女兒曼陀羅之後，丈夫對她再也不像過去那樣了。一切好像從她懷孕那時就開始改變了，從她的早孕孕吐反應開始，丈夫一天比一天回來得晚。即使在家呆著，也是雙眼盯著電視，直到出現雪花般亮點為止。丈夫算是她的同學，當時她學影視文學，而他，則是導演系的尖子高材生，大二的時候他們就相愛了，被同學們譽為金童玉女。當然，那時談戀愛遠沒有現在這麼多花頭，他們頂多是一起散散步，一起吃個飯或者看看電影罷了，有一次，看電影《紅菱豔》，天仙子哭了，眼淚順著臉頰悄悄地流，自己竟然還不知道，後來覺得自己的手上被塞上了一把東西，打開手掌一看，是剝好的瓜子。他正在向她投來關切的目光，為了那一瞬間的關切她把一切都給了他，可婚後她滿懷情感地說起這樁事情，他卻說完全沒有印象。

天仙子這個人倒楣就倒楣在「表裡不一」。看外表，所有的人都說她很性感，以為她很開放，可實際上她覺得眞是不好意思——她有生以來只有這一個男人，而他在她懷孕之前的表現也的確可圈可點。她甚至懷疑那時候的他和現在是不是一個人。是的她生了個女兒，並且這個女兒還有先天的瑕疵，但他絕不會是因爲這個對她改變了態度，他的改變從她一有早孕反應就開始了，那麼這可能只有一個：他外面有人了。這個念頭從她腦子裡剛一劃過，她就惡狠狠地把它掐死了。不，她是天仙子，她不是祥林嫂式的怨婦，他不可能，他只是因爲事業受阻而有些不順心罷了。

他當然愛他們的女兒。天仙子的女兒曼陀羅從出生起左臉頰上就有一塊青記，那是一朵曼陀羅花形狀的青記，乍看起來像個倒扣的杯子。除此之外，女兒美得令人無法相信，那是一種奇異的美，介於妖孽與天使之間，讓人看了害怕。

他們爲女兒的名字發生了激烈的爭吵，他堅絕不同意女兒叫曼陀羅，他認爲這是一個不祥的名字，也是個古怪的名字。但她堅持用這個名字，她堅信女兒有個非凡的前世，女兒也許是曾經被神撫摸過的女孩，就是那塊曼陀羅花式的青記把她和所有的女孩區別開來——她是獨一無二的。

在女兒很小的時候阿豹就要求給女兒做手術。「去掉那塊青記，我們的女兒就是仙女了！」他說。天仙子沉默不語。不知爲什麼她覺得女兒的那塊青記不能隨便動。等女兒稍大一點，天仙子拗不過阿豹，兩人帶女兒一起到最著名的整容醫生那裡掛了號，結果是經過一系列術前測試，女兒是不能做這種手術的，她做這種手術的危險性達到了百分之九十以上，阿豹這才無語。

但是阿豹從此回家的時候更少了。他總是找出各種藉口在外面過夜，他常常說他去參加什麼活動，一去就是一個月，儘管天仙子打一個電話就能證明他是否在撒謊，可她沒這麼做，她認爲這麼做不但是褻瀆了他們的婚姻，更是褻瀆了她自己。好在她的駝鳥政策很成功，她一進入寫作，就可以把現實擻在一邊兒，好像所有的問題都不存在了。

歲月如梭，這樣的狀況竟然在不經意間持續了十二年，如今，曼陀羅已經是十二歲的小姑娘了。她平時沉默，一說話就帶刺兒，不是刺向老媽就是刺向老爸。好在爹媽之間雖然常常齟齬，對她卻都是一個「寵」字。

阿豹拒絕參加一切夫妻二人共同的活動。之前他曾經在報紙上看過西班牙佛朗明哥歌舞團前來演出的消息，還感歎了一陣票價太貴，可現在票有了，他就是不去。他說他晚上有個活動，推不掉的，要很晚才能回來。

於是天仙子只好領著女兒走進劇院，她沒想到哥哥並沒有和嫂子一起來，哥哥的身邊坐著兩個人：一個英俊的男子和一個女孩，哥哥介紹說那位男子叫老虎，是著名的巨龍電影公司總經理，而哥哥現在正爲那家公司打工，因此老虎也就算是他的臨時老闆。那女孩叫百合，是那個公司的職員，而且是天仙子的骨灰級粉絲。哥哥特別安排那個女孩坐在天仙子身旁。天仙子的餘光看到女孩一直在盯著她，她的目光讓天仙子不舒服。中場休息的時候她們開始聊天，她注意到這個第一眼看上去很平凡的女孩有一點什麼特別的地方，女孩很耐看，越看越漂亮，而且目光如炬，好像隨時都可以洞穿你。女孩說她看到了天仙子出的那本羊皮書，女孩感謝天仙子在人生路上對她的指點。天仙子嚇了一大跳，因爲那本羊皮書只有一本，珍藏在她的書櫃裡，怎麼會教她看到呢？就在這時那位英俊男子轉過頭來對天仙子說：「百合眞的很崇拜你，爲了你跟我吵架，好久不跟我講話了。」女孩聽了這話就不好意思地笑了笑，那種羞澀讓天仙子覺得很眞實，很生動，天仙子有好久沒在女孩子們的臉上看到這種微笑了。可她剛剛對女孩印象好轉，馬上發生了一件事，讓她立即決定遠離那個女孩：一直乖乖坐在天仙子旁邊沒吭氣的曼陀羅忽然鬧著要走，百合像是剛看見天仙子的女兒似的，伸出手來摸了一下她的頭，百合的手越過天仙子伸到女兒的頭頂上，就在越過天仙子的那一剎，她突然覺得無意中觸碰到百合的手指如同水一般涼，柔若無骨，而且，手指上的戒指劃出一道彩虹一般的弧線，非同凡響。她驚訝的同時曼陀羅一下子哭起來了，在百合的手碰到了曼陀羅的腦門兒之後，曼陀羅無比驚慌，她大哭起來，弄得所有的觀眾都回過頭來，這時中場休息結束了，天仙子除了提前退場之外沒有任何別的選擇。

2

天仙子至今無法接受那個場面。

和她有著神聖婚姻契約的男人和另一個女人裸身相抱睡在她的床上。她瘋了，顧不得女兒還在旁邊，她一下子撲向那個女人！而那個女人竟然毫無歉意，沉著應戰，儘管天仙子心裡有個聲音始終在說，不不，這不是眞的，可事實還是不可避免地發生了。天仙子的心跳如同重錘一般阻礙著她，天仙子狠狠地抬起手可落下去軟弱無力，而那個女人卻相反，她落在天仙子身上的拳頭又急又密，她拳打腳踢，很快天仙子的左眼就被鮮血糊住了，天仙子慘叫了一聲她說阿豹你竟然忍心看著我被這個婊子打，你還是我丈夫嗎？你還是個人嗎?!

天仙子的慘叫聲幾乎驚動了整個夜晚，可是換來的卻是阿豹狠狠的一腳：「你才是婊子呢！你給我住口！」

阿豹的那一腳踢碎了天仙子所有的夢想。她驚愕地看著他，他卻不屑地把頭轉過去了，大概是她的臉很恐怖吧。她沒有流淚，她忘了流淚，她心裡很害怕，過了很久她都不大相信這一幕是眞的。當時她只覺得自己全身突然軟下來，沒了力氣，一點力氣都沒了。她求助地向女兒看去，卻看見女兒躲在一小片陰影裡，女兒盯著她，眼睛裡流露出一種神情，她眞的不敢看下去了——那是一種幸災樂禍的神情。

3

天仙子所有的朋友都罵她是個笨蛋。出軌的是她的丈夫，淨身出戶身無分文離開的卻是她。

阿豹得到了錢和房子，而天仙子得到了女兒。那個官司究竟是怎麼打的，天仙子全都忘記了。眞的她一點也想不起來。彷彿之前所有的一切，都被什麼淹沒了。她唯一的眞實感是慶幸還有女兒的存在，有了這個小小的生命，她不至於那麼害怕。

一天電話鈴響，是百合——那個看現代舞時坐她旁邊的女孩，約天仙子出去吃下午茶。

天仙子爲了換換心情，幾乎沒有猶豫就答應了。她還化了化妝，但是眼妝依然遮不住紅腫的眼睛，她索性戴了一副墨鏡——這樣感覺似乎好些。

百合倒是很直率：「你好像狀態不大好。」

她笑笑說：「什麼不大好，是很不好！」

百合誠摯地說：「你需要我幫忙嗎？我很想幫你。你知道，我剛到這座城市就成了你的粉絲了。」

「謝謝，不過你幫不了我，一個家在一夜之間就散了，你幫得了我嗎？一個相愛多年的人在一夜之間就成了別人的男人，你幫得了我嗎?!……」她覺得沒必要掩飾了，她痛哭起來，摘下墨鏡擦眼淚，「你要是眞想幫我，你就幫我打聽打聽，那個女人究竟姓甚名誰，住在何方，什麼樣的家庭和文化背景，和阿豹什麼時候好上的。我想知道，我究竟被他們騙了多久!!……」

「你現在打聽這些，還有什麼意義嗎？」女孩平淡地說。

「我不管什麼意義！」天仙子哭著，「我只是想知道，到底是什麼樣的狐狸精，能讓他放棄那麼心愛的女兒！那麼好的家！……」

女孩搖了搖頭，眞的去辦了。女孩偵察的工夫一流，第二天就把所有的情況，都打聽得清清楚楚。那個女人叫罌粟，在一家時尚雜誌當副主編，高職畢業，父親是個手眼通天的高級廚師，家住北京南城，人長得並不漂亮，只是年輕，也很能幹，據說最讓男人動心的是她的「善解人意」。與阿豹的交往有很多年了，是因爲約稿認識的，至於何時出軌便無從考察了。

天仙子一臉漠然，頹敗地癱在椅子上，「……你說，阿豹還能回來嗎？」

百合驚異地瞪大眼睛：「那你還能接受他嗎？」

天仙子呆呆地看著窗外：「……我想我能吧，我不知道除了他之外，我還能不能和別的男人相處。」

4

曼陀羅一天天地長大了，越來越美，美得不同凡響。她去美容院做了一種髮型，遮住一半臉，正好可以遮住那塊青記。她很聰明，她的聰明帶著一股寒意，常常讓天仙子不寒而慄。她太實際了，實際到連表面文章也不肯做一做。在離婚後的日子裡，天仙子一直對她感到抱歉，覺得是由於家庭的破裂導致她過早失去了父愛，於是天仙子說女兒你還可以同你父親聯繫，不必考慮媽媽的感受。她的反應讓天仙子害怕，她冷冷一笑說我爲什麼不跟他聯繫啊？他是我的父親，他給我錢，雖然不多但總比你一個人給我的多，我覺得你們倆離婚對我來講沒什麼不好，我可以對你們分而治之，得到的比過去還要多。

這話讓天仙子聽了很害怕，眞的不知什麼時候女兒變成了這個樣子？是她生來就這樣嗎？過去她對女兒的了解到底有多少？

天仙子在家長會上了解到她的作文寫得不錯，就鼓勵她，她冷笑道：「你以爲我會像你那樣寫那些鬼都不看的破文章嗎？寫得內分泌失調更年期提前？把丈夫都寫丟了！說句你不愛聽的話，你就是寫死了也就那麼回事。圖什麼呀？我要過的是另一種生活，你瞧著吧，你瞧得見的。」

她拿天仙子辛苦掙來的錢去購買各種時尚衣物和化妝品，把自己打扮得像個小婦人。有一次天仙子外出回來，竟然看到她從自己的皮夾裡掏錢！天仙子看了她一眼，以爲她會羞愧，可她大模大樣完全無視母親的存在，這讓天仙子一下子想到了搶她丈夫的那個無恥女人，那種無視燒毀了她全部的自尊和教養，天仙子顫抖地揚起手，想打女兒一個耳光，可是她反應奇快，一下子攥住了母親的手，她的手冰冷光滑像是冷冷的金屬，她們兩人的臉一下子離得很近，天仙子又清晰地看見她眼睛裡的那種輕蔑和幸災樂禍，天仙子氣得發抖，覺得有一股熱流往上直沖，那股熱流橫衝直撞地散發開來，燒得天仙子全身一下子坍塌下來，什麼也不知道了。

天仙子蘇醒的時候手裡依然攥著女兒的手，女兒坐在旁邊，冷冷地看著母親，她說媽媽你知道嗎？你眞是個笨蛋，假如那天你不撲上去和那個女人撕打，爸爸也許覺得是他欠你的，也許從此後就會洗心革面，可你上去就把她撓花了，說眞的，別說是爸爸接受不了，連我都替你害臊。

天仙子氣得發抖，可她發現全身都是軟的，連生氣的力氣也沒了。天仙子避開女兒那讓她討厭的目光說我問你，你到底是誰生的？你是不是我的女兒？你爲什麼永遠站在別人的立場爲別人說話呢?!還有，你要錢哪一次我沒給你，你爲什麼要偷偷摸摸的？你難道不知道，你媽媽這輩子最討厭偷偷摸摸……

「首先，我並沒有站在別人的立場，第二，我也沒有偷偷摸摸。假如你不是我媽媽，我才懶得說你呢！你知道嗎？你那天的舉動讓我害臊，還有，我並沒有偷偷摸摸啊，既然你什麼時候都能給我錢，那麼我當著你拿和背著你拿有什麼不同呢？」

天仙子想，哦，這就是她的尚未成年的女兒！

天仙子決定從此善待自己。

5

對女兒心涼之後的第一步，是決定爲自己找個男人。是的天仙子得爲自己找個好男人，她還不老，她也漂亮，她依然有吸引力，找個男人不是什麼難事，當然找個好男人就有一定難度了。

首先，好男人的標準是什麼？天仙子以爲，哥哥除了吝嗇一點，應當算是個好男人，他對嫂子很好，而且，他那麼有才華，有毅力。自從天仙子離婚之後，他那種莫名的敵意也消失了，他現在對她很好，很關心。那天，他主動提到爲她介紹男朋友，他說的是那天晚上看西班牙歌舞時看到的那位英俊男士，她奇怪地反問說：「他條件那麼好，難道至今還沒成家嗎？」他怔了一會哈哈地笑起來：「你這個人的觀念也太保守了，你管他成沒成家，你現在是單身，你要想快樂起來，就要先找個伴，愛情，不是什麼深奧的東西，愛情是快樂，懂嗎？」她沒吭氣，眞的不知道憤世嫉俗的哥哥什麼時候也變得如此開放了，「還有，這不是我的意思，這是他本人的意思，上次他見到你，對你印象深刻，呵呵。」

她閉目想了一會兒，覺得做一個英俊成功男士的情人似乎也不錯，何況他老婆在國外，也沒有什麼不安全，既然全社會都這樣了，她也沒什麼必要苦著自己。

「怎麼了，你爲什麼不說話？」

「那……讓他主動跟我聯絡吧。還有，那個百合是怎麼回事，看上去他們像是一對啊！」

「哈哈哈……神經病！百合還是個生瓜蛋子，那樣的人才不會對她有興趣呢！」金馬說這樣的話，完全是因爲百合這麼久還不上路，他等得急了，於是決定把自己的妹妹獻出去，以解決對自己享有生殺大權的人的生理需要。

看來他們是商量好了，當天晚上，老虎就約她吃飯，他把她約到離他家不遠的一個小餐廳裡，那餐廳外裝很踐，在夜色中發出螢火般暗綠的光，他們走進去，發現裡面有一頂從天花板垂下的紗幔，那紗幔製造了一個二人世界，兩個服務生穿著華麗，露出不懷好意的微笑，一股淫靡奢華的氣息纏繞四周。他們進入紗幔，這才發現紗幔裡還有一盞壁掛螢幕，正播放著一個老情色片。

地上鋪著華麗的波斯地毯。全部都是阿拉伯裝飾，她奇怪怎麼在這座城市住了這麼些年，就從沒聽說過這麼個地方呢?!

有一道道的菜送進來，菜裡加了很多阿拉伯香料：肉桂、豆蔻、桃金娘、番紅花，還有……曼陀羅花。那一股迷藥般的香氣讓人昏昏欲睡。

「你怎麼了?」他問。

「沒什麼。……你知道這種香料叫什麼嗎？」

「曼陀羅花。美麗而有毒。」

他竟然知道曼陀羅花！她對他刮目相看了。「我的女兒，也叫曼陀羅。」

「好名字啊。」

「我已經和她……有一個月……不說話了……」她的淚水再也忍不住了，撲簌簌地落下來，他順理成章地摟住了她。

終於，在那個情色片演到男主角解開女主角的衣裳的時候，他果斷地爬到她身上，解開了她的扣子。

6

天仙子覺得對不起女兒。

在片刻的歡樂過去之後，她突然很看不起自己。她決定就此打住，把這件事作爲一個普通的一夜情，徹底忘掉。

她給女兒打了一個電話。女兒好像是在一個遙遠的地方。聽到她的聲音，並沒有任何情緒反應，好像她們從來沒發生過任何不愉快的事情，而且是昨天剛剛見過似的。她說媽媽你忙你的吧，我參加了一個班，在學習。我會給你驚喜的。

「你在學什麼，女兒？可以告訴媽媽嗎？」天仙子的問話變得格外小心。

她沉吟片刻，說：「媽媽，你覺得你有必要知道嗎？世間的事多了，你覺得你有必要事必躬親嗎？」

「世間的事很多，但它們跟我無關。和我有關的只有我的女兒，女兒只有一個。」

她冷笑了。「那麼媽媽，你是不是也有個人隱私啊？你不會把所有的事都告訴我吧？」

天仙子的臉一下子熱了，難道她知道了?!不，不會的，當事人只有自己、老虎和哥哥，他們兩個，都是絕不可能洩密的！

「媽媽，你爲什麼不說話了？放心，我會在適當的時候去看你的！」

女兒認爲適當的時候對天仙子來講並不是很合適。恰恰在她痛經、心情惡劣的時候女兒回來了。女兒把厚厚的一疊錢放在桌子上。

「你花吧，這是我掙的第一筆錢。」

「你……這錢是怎麼來的？」

女兒像平常那樣冷笑起來：「哼，我就知道，你准是要說這樣的話！放心，你女兒就是不當婊子，也能掙來很多錢！」

「你說話怎麼越來越難聽！這是一個女孩子該說的話嗎?!」

「那你說說，一個女孩子該說什麼?!」

天仙子一下子無語。

「別不知足了天仙子，不是所有的母親都能享受到女兒的第一桶金的！你好好享受吧，別問原因！知深水魚者不祥，我勸你，別給自己找麻煩！」

她說完了，拂袖而去！她這時還不滿十五歲，天仙子卻覺得她變成了五十歲，成了自己的媽。

女兒穿的是香奈兒時裝，少說那套行頭也值幾萬塊錢，她是怎麼一下子成了有錢人了?!

不，不管有多麼不祥，我是她的媽媽，我對她負有責任。天仙子想。

天仙子決定跟蹤她，有必要的時候，解救她。

7

天仙子作夢也沒想到女兒會到那樣一個可怕的地方，做那種可怕的事。

女兒去的是一個極爲偏僻的地方，那裡像幽冥世界一般安靜，穿過一片沼澤就來到了那地方，有幾棵樹，半堵牆，斷壁殘垣，遠遠就能看見那裡冒著一股股白煙，再走近些，便是一股濃烈撲鼻的香，幾乎把人熏倒。天仙子用衣袖捂住鼻子，從那堵斷牆外面向裡窺視：

女兒穿著一身白衣白袍，是很舊的那種白，上面佈滿了骯髒的斑點，她拿著一個杵子似的東西，在一個巨大的罐狀的東西裡面攪拌，旁邊還有三四個和她差不多大的年輕孩子，都在忙活，騰騰熱氣從那個大罐子裡升上來，女兒的臉上不斷滲出大汗珠，身上的髒袍子已經被汗塌住了，她這是在幹什麼啊?!這香氣是多麼熟悉啊!!難道，那個骯髒的紗幔裡的迷香正是來源於此嗎?天仙子驚慌地想，女兒，我的用心血護養大的女兒，究竟走了什麼路啊?

自那個迷香紗幔的夜晚之後不久，天仙子在坊間聽說了一個正在悄悄流傳的可怕消息，說是現在很多夜總會和歌舞廳的老闆都在悄悄進口一種迷藥，藥價很貴，但是所有懷著愛情與淫欲的人，都能得到巨大的滿足……

天仙子張皇失措，一時不知怎麼辦才好，衝出去抓她個現行？不，那樣的話，以女兒的性格，那麼她們的母女關係就要徹底決裂了，唯一的辦法是拿到贓物。天仙子就在那兒等啊等啊，站累了就坐下來，坐累了就趴下去，即便是春天了，可凌晨依然是冷。當清晨的冷風把她吹醒的時候，她看到眼前一片虛無。

難道剛才是夢？不，那些斷壁殘垣依然矗立，與夢中一般無二。天仙子走到剛才放著罐狀東西的周圍，什麼也沒有，那個巨大的罐子，難道只是個可以折疊的簡易機械？不對啊，那是很有質感的東西啊！即使不像秦磚漢瓦那麼古老，也像個出土文物啊！

太陽升起來了。太陽的光輝如同金箔一般亮亮閃閃，太陽的光輝凝聚在一個點上，天仙子突然發現那個特別亮的點近在眼前，她彎身，那亮點不再亮了，她看清那是一粒白色的結晶，即使離它還有兩尺來遠，已經要被它散發出來的香氣窒息了。

8

終於聽見門鈴響。

曼陀羅如同幽靈一般飄進來。她從小就是這樣，走路沒聲兒，很讓人害怕。但是這一次，她一路飄到了天仙子眼前，手捧著一大束散發著靡香的曼陀羅花，她對天仙子說，媽媽生日快樂！

天仙子想：眞的呢，今天是自己的陰曆生日，她竟然把這事忘得一乾二淨，是啊，連陽曆生日都懶得過的人，還記得什麼陰曆生日?!天仙子一時不知說什麼才好。她接過花，把它放在客廳那個巴基斯坦花瓶裡。然後回轉身看著女兒。

這是女兒！她確實是個美少女，她的美是一種侵略性的、張牙舞爪的美，她的眼睛裡迸射著奪目的光線，嘴巴上塗著銷魂的唇彩。她的緊身裙的底色是法式雪拉同色，上面綴著金色的豹紋，款式一望便知是凡賽斯產品。配著同樣金色豹紋釘珠的高跟鞋、手提袋和頸鏈，挑不出任何瑕疵，唯一的瑕疵也被她很好地掩蓋住了——她的曼陀羅花式的青記被很好地掩蓋在了蓋住半張臉的頭髮後面，她美得無懈可擊。

「媽媽，你怎麼這麼看我，好像剛剛認識我似的。」

「沒什麼，我只是想起最近流傳在江湖上的一個段子：你的一笑使人心跳，你的一看世界震撼，你的一站交通癱瘓，你不打扮已很好看，你一打扮宇宙驚豔！」

女兒笑起來：「想不到你還挺幽默的。」

「不幽默怎麼辦？這年頭，不幽默就活不成。哪怕假裝的幽默也比眞正的悲傷值錢。」

「你又怎麼了媽媽？誰又惹你悲傷了？今天是你的生日，好不好別這樣?!」

「好好，謝謝你，你還記得我的生日，我已經把我的生日忘了。」

女兒歪歪嘴：「難道沒什麼男士替你記得？」

「你把我想得太高了。你媽媽現在不過是個拖油瓶，什麼也談不到。」

「好吧媽媽，今天我請你吃紅海鮮貝慕斯配帝國大龍蝦，怎麼樣？」

「聽起來很不錯。可是我想知道，你付帳的錢從哪兒來？」

「我說過了，你好好享受就是了，不該問的別問。」

「我不知道什麼是該問的，什麼是不該問的。我只知道，你今天回答我總比明天回答炮局場面好些。」

女兒一把抓過桌上的花瓶摔在地上，一聲巨響，巴基斯坦花瓶頓時粉身碎骨。花瓶裡的水滴濺在她的裙襬上，她撩起裙襬轉身就走，天仙子搶在她的前頭堵住了門，把那一顆亮閃閃的贓物高高舉起。

「你回答我，這是什麼?!」

本來以為，鐵證如山，女兒起碼會在鐵證面前服軟兒，哪怕只是一瞬間！

可曼陀羅幾乎是面不改色，只是瞇起眼睛，輕蔑地說：「這是什麼，難道你還不知道？你使都使過了，倒來問我?!讓開！你讓我噁心！」

女兒推門而去，剩下天仙子癱坐在地，動彈不得。

Chapter 3

海底世界

古瑜伽行者們對於植物充滿了敬畏，他們在煙管裡塞滿了罌粟的雌花和洋金花葉，這兩種煙草象徵著濕婆神的宇宙根本。因為罌粟象徵女性而洋金花葉象徵男性，兩性生殖力同時融於濕婆神。

從那個看西班牙熱舞的晚上算起，我好像已經來到人世間很久了。

天仙子母女成了離我最近的人，但是我從來沒在與天仙子的交往中提到過曼陀羅，同樣，在曼陀羅面前也從來不提天仙子，這倒不是我學會了什麼人類的新的遊戲規則，而是，與曼陀羅的交往是被迫的，而曼陀羅的眞面目，我並不想向天仙子揭穿。我怕她傷心，她離了婚，已經失去了半條命，如果再失去了女兒，那麼她就沒有力氣再活下去了。我知道曼陀羅在她心裡的份量。

可是，有誰比我更清晰地記得那個看西班牙歌舞的晚上呢?!那天晚上回到家裡，我突然發現戒指丟了。我嚇得面無人色，翻遍了整個房間的每一個角落，待我筋疲力盡地癱倒在床上的時候，記憶突然告訴我，就在剛才看歌舞的時候，我還戴著戒指！

對，當我表示友好，用手撫摸了一下那個小丫頭的腦門兒的時候，我看到她用不懷好意的眼光飛快地看了我一眼，然後像是爲了掩飾什麼，哇哇大哭起來。於是天仙子領著她先走了。

就是那一眼，我發現她其實和我一樣，都不是人類。人類是不會以光一般快的速度拿走任何東西的。我走出房門，走到黑暗中，向著天仙子的家飛奔，但是，當我親眼目睹了天仙子家裡發生的那幕慘劇之後，我無論如何也不敢對曼陀羅下手了。我喜歡天仙子，不忍心她再遭重創。

我只是在第二天上學的路上才截住了曼陀羅。曼陀羅當然不是我的對手，她被迫交還了戒指，但是過了幾天我才發現，藏在戒指裡的迷藥，明顯少了很多。

我告別我的國度的時候，媽媽曾經再三囑咐，迷藥千萬不可丟失——它是屬於我們海底世界的，我們海底世界純潔得像眞空一樣。而一旦迷藥落入人間，後果不堪設想。

我看到曼陀羅密不示人的左臉上那朵青色的曼陀羅花了，這讓我想起小時候看到的人類奉獻給我們的那些曼陀羅花，在月圓之夜，那些花朵在海面上擺成曼陀羅的壇場，閃閃發光。當它們慢慢沉下來的時候，就落在了我們手上，我們把被海水和月光浸泡過的花朵製成了迷香。這樣的迷香一定要心懷純潔的愛情的人才能使用，像我們海底的人一樣純潔，否則，如果被不潔的人得到了，那一定會造成縱欲和毀滅的結果。我多次找到曼陀羅，她卻矢口否認，她一口咬定她沒有拿藏在戒指暗盒中的迷藥，她說，也許是當時不小心，在把玩的時候掉落了一點。

數年過去，世間的確沒有迷藥的消息，我只好相信了她的話。

2

我已經學會在人類社會工作了。

自從那個西班牙歌舞的夜晚，老虎和我就恢復了邦交，鑒於前一階段的不愉快經歷，我們兩人都變得小心翼翼。我恢復了對他的尊重，他似乎也恢復了對我的信任。有一天，他突然問我，天仙子寫的那部新長篇的版權到底賣沒賣出去。

我當然知道。這部叫做《煉獄之花》的新長篇幾乎被炒到家喻戶曉，已經有無數家出版公司在盯著這部書，而實際上我知道，天仙子還只寫了前三章而已。

「我們要佔有這個題材，懂嗎？今天，董事長要親自見她，談版權的事，在醉園訂一包廂，馬上就訂。那裡太火太熱門，訂晚了就訂不到了。當然，你還是得先跟她溝通一下，說服她一定要去。」

我立即衝向天仙子家裡，按照人類的說法，在這兒幹活好像是「靜如處子，動若脫兔」，閑起來閑死，忙起來忙死。如果真的忙起來，再躲閑偷懶那就是「裝孫子」了。

天仙子正躺在家裡生病。她肚子痛。這是她的老毛病了，每月總要痛那麼一次，人類管這個叫做痛經。天仙子的臉色比平常還要差，她趴在那兒，皺著眉頭，哼哼唧唧。

「跟他們說，我不去，你又不是不知道，我才寫了幾章，談什麼版權啊?!他們知道是寫什麼嗎？要是知道我寫的是什麼，他們就肯定不要了。」

「給點面子好嗎天仙子？這次是總經理第一次允許我單獨立項作業，總經理說，先佔有這個題材！報紙上不是說這小說是當代絕品嗎？那能差到哪啊？再說，今天是我們董事長親自和你談，訂的是醉園的包廂，你可一定不能晾臺缺席啊！」

「百合，怎麼現在你也會說這些行話了？從我認識你到現在，你可真是進步神速啊！」天仙子諷刺著，「反正不管你怎麼說，我不去。」

「不管你怎麼說，就得去！」

突然，一個聲音在客廳裡響起來，是老虎！我這才想起進來的時候忘了關門了。

老虎大步流星走到天仙子床前，當他俯視她的時候我突然有了一個轉瞬即逝的幻覺——這兩個人好像有著非同尋常的關係！天仙子看到他的時候好像變得柔軟起來，而他，老虎，他的臉上竟露出一絲羞澀。當然，這都是刹那間的事，他們的表情很快恢復了正常，但是比正常還多一點點正常，於是就不那麼正常了。

當然，也許這一切都是我的多疑，當時老虎向我努了努嘴，我就一個箭步衝了上去，去拉天仙子，嘴上倚小賣小地撒著嬌：「天仙子好姊姊，求求你了！」天仙子正在掙扎，老虎從另一邊衝上來，天仙子幾乎被我們綁架上了老虎的座駕。其實後來天仙子絕對就是半推半就，但是嘴硬的她一直在嘮叨著：「我不想去嘛！不想去嘛！我肚子疼，狀態不好，不想見人嘛！……」

老虎親自開車，我和天仙子坐在後邊，我一直嘻皮笑臉地逗著她，幫她揉肚子，直到攙扶她下得車來。董事長銅牛竟然在醉園門口迎接——這可不是一般的禮遇！前些時，我們拍一個涉案題材，請一位大官到醉園吃飯，董事長也不曾到飯店外面迎接呢。但是天仙子並沒有一點點受寵若驚的意思，她淡淡地回應董事長的熱情，在我們的一路簇擁之下，總算入座。

她還真是挺有定力的，她正襟危坐，目不斜視，對於投資方的溢美之辭，幾乎完全沒有什麼回應。她只是堅持一條：「看了全書再說！」

董事長銅牛在B城應當算是數一數二的人物，因爲他同時還是A城的老闆。B城是個很奇怪的城市，一個人如果在外頭紅了，那才算是眞紅，如果他的勢力範圍僅僅在B城，那麼就沒什麼令人羨慕的，只有出口轉內銷，才算是眞正俏貨——儘管銅牛的長相頗有考古價値，長得有點兒「飛沙走石」，但他的衣著永遠相當得體，滿身肥肉都被頂尖名牌LV成功地遮擋了。

美味佳餚不斷地上，有一種沙蟲魚翅，簡直香到骨頭裡，說實在，我對他們之間的這種無聊談話一點興趣也沒有，我只是埋頭大吃，直到聽董事長叫我的名字，我才陡然一驚。

「百合啊，你可要盯著天仙子啊！她的初稿一完成我們必須在第一時間佔有題材！這可是你目前唯一的任務！」

「好，放心吧。」我回答一句，馬上就接著戰鬥起來——眞想把這些美味拿給爺爺奶奶爸爸媽媽吃啊，起碼，應當讓他們知道世界上還有這樣的享受，讓他們研究一下，我們海底世界的原料如此豐富，爲什麼就不能做出好一點的飯菜呢？

不知過了多久，他們的談話結束了，我從美食上抬起頭來，發現他們都驚訝地看著我，臉上漾著奇怪的笑意。

多年之後，我才從一條簡訊中明白了我當時的錯誤：領導夾菜他轉桌……

3

總算天仙子把前三章給了我。

深夜，風雨交加，我躺在床上，一頁一頁翻著列印稿，那稿子像是被風雨剝蝕的老版地圖，邊邊角角都劃滿了各種符號，讓我讀起來很不適應。

不知爲什麼，我總是讀不下去，儘管我很早就學會了人類的文字，但是這個晚上我心煩意亂，有一種莫名其妙的東西在向外膨脹著，一下一下地撞著我的身體，在那種撞擊之下我的身體變得越來越軟，軟得就像是浮上了雲層……

一陣風吹開了窗子，雨灑進來，冰冷的水滴讓我一下子感覺到了什麼。一股潮濕的氣流閃爍著斑斑點點的星光，我看到，那本羊皮書被風吹開了，嘩拉嘩拉的葉子的響聲，然後，在一頁上停往了。

那一頁上，寫著這樣一行字：

他並不是戒指的主人。

呵，那一股夾在雨中的柔軟而溫和的氣流，自然是媽媽！媽媽又來看我了！她在提醒我，她像過去那樣看透我的內心了麼？

那麼誰是那個「他」呢？近一點的男人，無非就是老虎和金馬了。金馬，不可能，我對金馬沒有興趣，那麼，就是老虎了？是媽媽在提醒我，不要靠近他？

那麼我究竟該靠近誰呢？當然，天仙子是最安全的，在這個孤獨的晚上我迫不及待地想和什麼人說話，隨便是誰，一種衝動不可救藥地在我的體內湧動，我沒敢看掛在牆上的鐘面，撥通了天仙子的電話。

「……喂，天仙子嗎？……我正在讀你的書……」

「……」

「天仙子你聽見了嗎？是不是把你吵醒了？」

「……」

「天仙子，對不起，把你吵醒了。我……太孤獨了，而且不知道怎麼回事，我有點害怕。所以……」

「害怕？那麼，我去跟你作伴，歡迎嗎？」

「當然，那太好了……」

「不過，你以後不要太信羊皮書上的話。在未來的數年之內，在我們這個國家，會有很多人擁有那枚戒指……你，不可能找到戒指的主人了！」

「……你說什麼?!……你是誰啊？……你！」

那邊輕輕地放下電話。

我害怕起來。很明顯，這不是天仙子，這是……曼陀羅！

數年之內會有很多人擁有那枚戒指?!什麼意思?!難道是……呵，我不敢想下去了，我打開所有的窗子望著夜空，風雨已經停息，無星無月，萬籟俱寂。

我決定回一趟家。媽媽說過，在完成使命之前，我可以有兩次探親假。

在這個無星無月的夜晚，我決定回到海底世界。海面上波光粼粼，明明沒有星月，那麼光是從哪來的啊？難道是海底那些發光的深海生物出來歡迎我？

我脫光自己的衣裳，頓時覺得又回到了以前。只是摘面具的時候十分困難，那張面具像是貼在臉上太久了的橡皮膏，撕下來，竟像是撕自己的皮一般痛。眞的出了血呢，下巴的那個地方，毛細血管在滲血。只是回家心切，顧不得疼了，我飛速地潛入海底，一串串的水泡晶瑩地冒上來，然後，水母飄著長長的裙裾，海葵、海星們都張開五彩繽紛的飾物，珊瑚的觸角幾乎碰到了我的鼻子，終於，我的王國出現了，衛士們向我鞠躬，媽媽就站在那兒，我飛跑到媽媽懷裡，媽媽卻輕輕地把我推開了，媽媽雙手捧起我的頭看了又看，然後才吻了我。媽媽的眼睛還是像從前那麼亮，只是有一點點憂傷。

「媽媽，我沒變吧，媽媽？」

媽媽輕輕搖了搖頭，鼻環的光照亮了整個海底，她沒回答，就牽著我的手走進房間，在客廳裡，爺爺奶奶和爸爸都坐在餐桌前等著我呢。餐桌上擺著我從前最愛吃的糖拌海苔，還有很多隨便闖入我們海底世界的生物屍體。我看了卻沒有一點食欲。

爺爺和爸爸都閃爍著燦爛的笑容，只有心直口快的奶奶說我變了，奶奶說我變醜了，變得越來越像人類，奶奶說算了，找什麼戒指的主人啊，還是在海底找個門當戶對的嫁了吧，爺爺和爸爸卻一致反對，他們說一旦人類向大海求婚海底世界就會有所表示，這是我們這個世界的神聖的規矩，誰也不能違反。何況，這直接關係到海王的和親計畫呢。

「可是，假如人類世界的規矩變了呢？」我說。

他們都放下食物，吃驚地望著我。

「我的意思是說……」

爸爸打個手勢讓我停止：「我看女兒的意思是，人類現在做贗品的本事太大了，什麼都能以假亂眞，所以……」

爺爺說：「眞的和假的，還是很容易界定的啊，我就不信，我的孫女會分不清眞假！」

「爺爺！你根本不知道，人類社會和我們海底世界根本就不一樣，幾乎每走一步都有陷阱，而且陷阱周圍還都是美麗的鮮花。而且，關鍵是……我曾經……曾經丟失過一次戒指……」

「什麼?!」

他們四人都瞪圓了眼睛。

我低下了頭：「迷藥丟了一些，而且，我懷疑，戒指有被人類仿造的可能……」

爺爺發著抖：「難怪，最近人類社會越來越墮落了，這一定和迷藥的丟失有關啊！他們並不知道我們的用藥量，那種東西，一旦被不純潔的人使用，就會萬劫不復啊！……」

「萬劫不復？有那麼嚴重嗎？」奶奶抬起厚厚的眼皮。

「當然。這種東西，都是不可逆轉的，一旦用了，就再也斷不了了，而且，會越用越多……那時候，整個社會都迷亂了！他們的欲望就會貪婪得不可抑制，如果無法滿足，他們就會侵略其他世界，包括我們的世界！就拿我們的親戚魚類來說，現在我們的分支河流裡的魚類，差不多都被污染了，被他們捉去放在養魚塘裡的，就更慘了，都被他們放入了一種什麼激素，爲的是讓我們的魚兄弟快快肥起來，然後再被他們捕殺！他們很快就會侵入我們的深海世界了！實際上，他們已經侵入了！……」

「那怎麼辦啊？」

「……我們只有求告海王了！」爺爺深思良久，慢慢地說。

吃罷了飯，全家一起到了海神柱。海神柱並不很高，但很粗壯，全家人一起合抱也抱不來。按照海裡的規矩，大家都把左手放在頭頂上，默默跟隨著爺爺念頌禱告詞。當禱告詞念頌到第八十遍的時候，突然海風頓起，供奉在海神柱上的蠟燭熄滅了，一個聲音像是從另一個地方漸漸升起，嚇得我毛骨聳然，但是偷偷看大人們的表情卻很鎭定，我的手緊緊拉住了媽媽，這樣我會感覺好一些。那個聲音漸漸強大起來：「找到戒指的主人，把他帶回到我們的世界，一切就會迎刃而解了……」

這個聲音，反覆說了多次。

回家的時候，我看見他們的心都定了，奶奶把珍藏多年的白珊瑚粉拿出來給我擦眼睛，邊擦邊說：「我的小孫女啊，我的小百合！這是海底的密藥，它能幫你辨別眞僞，這回就指望你了！不管遇到什麼艱難險阻，你一定要找到戒指的主人，把他帶到我們的世界來！」

「……聽海王的口氣，這個人應當在人類世界舉足輕重，把他帶到我們的世界來，是要和人類世界討價還價啊！……」

爸爸媽媽一直沒有說話。媽媽的眼睛裡還是含著說不出的憂傷，我問了，她不說。爸爸把我一直送到大海的出口，他親自爲我戴好了面具，然後悄悄地問有關哥哥的事情。他說，哥哥如果臨走前也買了面具，那麼我就會認不出他來了，他告訴我，哥哥的腳心上，有著一個記號，是一朵青色的曼陀羅花，那是在哥哥出海前的一個月圓之夜，由人類獻給海洋的，有一瓣沉入了海底，鑲嵌在了他的腳下，而另有一瓣兒，鑲嵌在了一個女孩的臉上。

5

爸爸的話讓我詫異。

我當然立即想起曼陀羅臉上的那塊標記——我在人類社會的經驗告訴我，人類似乎還很少在皮膚上紋這類花紋。曼陀羅實際上是一種神祕的花朵，古印度婆羅門教的濕婆神，手心上有一朵曼陀羅花。曼陀羅每當月圓之夜便發出香氣，吸引大批的瑜伽行者。古瑜伽行者們大多消瘦，他們在身體上塗滿黑灰，在頸項上掛著一圈又一圈的古德拉什卡項鏈，雙手虔誠地捧著三神一體的符咒，並且緩緩將它舉至額際，同時口中吟唱著：「本．堂卡爾！本．堂卡爾！」——本．堂卡爾便是濕婆神的別稱。修行者們捧的符咒，是一只煙管，它的外形上端稍大，呈圓錐體狀，這只煙管在此象徵著濕婆神的男性器官。

古瑜伽行者們對於植物充滿了敬畏，他們在煙管裡塞滿了罌粟的雌花和洋金花葉，這兩種煙草象徵著濕婆神的宇宙根本。因爲罌粟象徵女性而洋金花葉象徵男性，兩性生殖力同時融於濕婆神，於是，從太古以來，濕婆神就是兩性一體及宇宙創造力的象徵。濕婆神生於我們的海上，與海王交往甚篤，所以，是他親自把神聖的迷藥配方告訴了海王，而海王出於對我們海內家庭的愛護，給了我們每家一點點，而我，竟然無意中把迷藥傳播給了人類，這無異是滔天大罪啊！我沒有受到海王的懲罰完全是因爲我家幾代人的虔誠，但這並不意味著永久不懲罰，我必須找到戒指的主人，必須找到！

曙色微明的時候我浮出海面，這才覺察到風景的改變：海邊從前是樹林的地方現在變成了工廠和瓦斯槽，夜的芳香沒有了，我必須捏住鼻子，海面帶有油污、氯和甲醇化合物，當然，還有糞、尿與死去的精液。一定有人造的著色劑毒死我們世界的魚。而從前港灣的岸邊長滿了燈心草。被毀棄的機器、石灰和磚變成了一片鐵鏽色，代替了過去原野的純粹碧綠。那裡充滿了一種化肥的味道，鳥和昆蟲似乎已經絕跡，我默默地站在那兒，爲之哀悼。

6

從海底世界返回，我史無前例地給曼陀羅打了個電話。

「喂，最近有空嗎？想和你談談。」

「這麼說，你願意我去和你做伴囉？」

「不，去你的住所談。」

「你是說，我家？」

「不，是你在外面的住所。」

她明顯怔了一下，然後說：「好啊，我成全你的好奇心！」

曼陀羅的住所遠沒有我想像的那般豪華。甚至可以說，她居所的陳設很簡單：基本由鐵藝和玻璃構成，在客廳和餐廳之間，隔著一扇菽節桿編成的屏風，那種屏風我在一個家飾市場見過，價錢很便宜。

只是鐵藝和玻璃之間，有一疊疊的像畫作一樣的紙張，疊得很高，疊得很像一件特殊的藝術品。

曼陀羅很友好，帶領我參觀了她的主臥房、客房，主衛、客衛，還有廚房，只是在參觀廚房的時候我偶然發現，在廚房的拐角那裡，還有一扇門。

「那是什麼？小倉庫？」

她淡淡看了一眼：「對，用來裝各種雜物的。……你看，」她隨手打開冰箱，裡面放著一盒義式肉醬麵和一罐咖哩炒飯，都是冰凍的，「在微波爐裡熱三分鐘就行，咱們的中午飯都有了。」

「你那麼有錢，每天就吃這些？」

「誰告訴你我有錢？我媽媽？你別聽她的，純粹的神經病！」她擺出兩個茶杯，各泡了一包水果茶。「我媽媽是世界上最愚蠢的人，她要是不那麼蠢也離不了婚！」

「應當說，你媽媽是人類社會少有的好人！」

她怔了一下，然後哈哈狂笑：「……你！……你可眞有意思！人類社會？你怎麼這麼說話啊？難道你不是人類？」

我知道自己說溜了嘴，但我並不想輕易認輸，我緊盯著她，一字一句地說：「曼陀羅，難道你屬於人類社會嗎？」

她的臉一下子發青了：「你這是什麼意思？」

「什麼意思你知道，不能這麼快就忘本吧？」

她喝了口茶：「我不明白你的意思。」

我冷笑一聲站起身來，在她寬大的客廳裡飄逸著：「……上古時代，每逢月圓之夜，人類就會把曼陀羅花撒向大海，向大海乞求愛情……這個故事，你眞的一點也想不起來了？……」

她的呼吸急促起來，語速如同冰片一般犀利而堅硬：「你到底是誰?!」

我微笑著拂去她的手：「行了，發什麼火啊。」

她望著窗外。「你說的話讓我想起兒時的夢，小時候，我確實作過這樣的夢，還不止一次……」

「好了，別裝蒜了，你一直在騙我，迷藥的祕密你已經洩露出去了，說吧，你從中賺了多少錢?!……好，你不願意說也行，從今天起，你必須立即停止製作迷藥，把現有的迷藥全部毀掉！」

她冷笑起來：「毀掉？你不是還說過讓我還你嗎？難道你要停止製作迷藥的原因是爲了

讓你獨家享有？你既然把迷藥說的那麼可怕，你爲什麼要當迷藥的第一個攜帶者？」

「閉嘴！告訴你，我自有攜帶的道理！這個，用不著讓你知道，你也沒有資格知道！還有，你說過，不久之後，會有很多人擁有和我同樣的戒指，這無疑是告訴我，你已經把我的戒指拿去複製了，不過是因爲這種戒指工藝複雜，不能一時半會兒製造出來罷了！我可把話說在前面，假如，我發現一個和我同樣的戒指在人間出現，你可別怪我無情！」

她古怪的笑容著實讓人厭惡。「……不管你是誰，人類的語言你學得還不大好，還沒到爐火純青的程度！……告訴你，複製，是二十一世紀人類的一大特點。因爲人類有了網路。如果你想在人類社會裡混，你就得學會剽竊別人，也得允許別人剽竊你！……而且，說到底，迷藥的成份主要是我們的家族，是我們曼陀羅花練成香精製造的迷藥，當然，還有別的香料，可我們是最主要的！要說剽竊，是你們剽竊了我們！」

我眞想向著她那雪白發青的臉蛋抽一耳光，的確，我對人類的這一套還很陌生，我應當欲擒故縱棉裡藏針什麼的，可我一開口就把羊皮書上教我的這些著兒給忘了，照金馬的說法，是過於憨直了，我一開口便進一步暴露了我的身分：「……剽竊？太可笑了！你們不過是人類獻給我們的祭品而已，祭品懂嗎？」

她眯起眼睛：「……哦……這麼說你來自海底了？你叫百合，這麼說你是海百合了？哼，海底低等的生物，也配跟我理論！……」她話沒說完，栗色的頭髮就被我狠狠地揪住了，她並不示弱，反過來用腳尖踢我，當然明顯我比她更爲強壯，她不是我的對手，看她那副瘦骨嶙峋弱不禁風的樣子，我出手又急又快，像剁肉似的毫不留情，毫無憐香惜玉之心。

「唉，唉，百合……」在我的暴虐之下她終於求饒了，她的小身子骨兒顫抖著似乎快散了架，「百合姊姊，你聽我說……」

她還眞說出了一番道理。她說她知道奈米理論，她說二十一世紀的人類社會注重雙贏，這和海洋世界的「共生」是一個道理，她說想和我聯手幹一番事業，她說我們兩人都很聰明不愁事情幹不成，最後，她答應幫助我尋找戒指的主人。交換條件是：我允許她製作迷藥。當然，她承認複製戒指的事只是一句玩笑——「姊姊，你就不想想，以人類目前的工藝水準，能複製這麼複雜精緻的戒指嗎?!」——這倒是，的確不能，也難怪眼尖的金馬，一眼就看出來此戒指非人間製造。

對於這個交易，我想了很久，最後我想，也許我很快就會找到戒指的主人呢，到那時再收拾她也不晚，很短的時間，不會對人類造成重大傷害；何況，現在她已經掌握了一部分製作迷藥的祕密，只要有藥引子，要攔也攔不住。

可我還是忍不住好奇心，問了她一句：「告訴我，究竟是什麼原因讓你這麼熱衷製造迷藥?爲了錢?還是別的什麼?!你必須告訴我眞話，否則我絕不答應。」

她的臉發生了奇怪的變化，她的一向凶悍孤傲的目光突然塌了下來，變成了一種無助的淒涼。「百合，」她輕聲地說，好像聲音大一點就要哭出來似的，「你不覺得這個世界很噁心嗎?你不覺得呆在這個世界很難很難嗎?」

我驚奇地看著她：「……你是想逃離這個世界，進入另一個虛擬的世界?……」

「哼，你又何以見得這個世界是眞實的?而且致幻性的植物並不是毒品，我沒有違法，我只不過是沒你那麼大的勇氣，能夠面對這個世界罷了。」

就這樣，曼陀羅與我，結成了一種祕不示人的關係。

Chapter 4

曼陀羅

那是深夜，她覺得自己很可能迷失，她穿過被遺棄的果園、葡萄園和長滿荊棘的堤岸，靠著螢火蟲的小燈籠和飛過的流星照明，聽見下面急流吼叫，有崩落的雪和著陰冷的硫磺的顏色滾滾而下。

無論是董事長銅牛親自到醉園迎駕，還是百合說什麼花言巧語，天仙子的內心都不爲所動。她太清楚地知道影視的戒律：她的書裡充滿了性的描寫與困惑，因爲她始終在懷疑，丈夫的出軌與「性」有著直接的關係。

天仙子和丈夫童男童女。新婚，對他們都是第一次。然而新婚之夜天仙子便懷了孕。以天仙子的敏感，竟然不到一個月就出現了早孕反應，她沒胃口，看到什麼都想吐，當然，對做愛更是避之唯恐不及，作爲一個剛剛被開墾的處女，一下子就要做母親，無論從心理還是生理，她都完全沒有準備。

戀愛是談了好幾年了。那時的談戀愛，無非是看看電影吃吃飯而已，頂多拉拉手抱一抱，連接吻都沒有過，因此新婚之夜對他們來講格外重要。也就是在新婚之夜，天仙子才發現丈夫其實有口臭。現在這種事情說出去別人都要笑掉大牙，但是對天仙子這樣的人，卻並非什麼新鮮事。天仙子在最初接觸「性」的時候毫無快感，可問題是，當她快感來臨欲火燒身的時候，丈夫卻已經轉身而去了。

實際上，丈夫阿豹也覺得自己很委屈：好不容易盼到結了婚，可過了不到一個月，天仙子便掛了免戰牌。實際上，那是阿豹性欲最旺的時候，幾乎每時每刻他都在想著一件事：性。

那段時間他只要走在街上，就會悄悄地注意女人們，那些年輕的和年老的，好看的和不好看的，時尚的和土氣的，實際上，和天仙子結婚之前他只有一點點可憐的性常識，正是新婚之夜揭開了那道掩藏已久的幃幕，他正想進入幃幕演出一場活色生香的戲劇之時，那幃幕又向他關上了！

歸根結柢出自對性的不了解和恐懼，他們這一代人都是這樣的，但不同的是，阿豹想要的東西一定是要得到的。看到天仙子的早孕，他害怕，他不知道性交對一個孕婦到底會造成什麼樣的結果，而越是害怕，他就越是飢渴難耐。他在街上看到的女人都被他的眼睛剝了個精光，在最難以忍受的時候，他甚至想，哪怕是個保姆，是個農村來的大媽級人物，他也想幹！

他一夜夜瘋狂手淫，有時勉強入睡之後竟然遺精！他委屈至極長吁短歎，睡在老婆身邊遺精的滋味的確非常不好受。眼看著氣色一天天灰黃下來，他決定改變，哪怕是暫時性的。就在那時，他接到了時尚雜誌罌粟的約稿。

罌粟約他到了一家很安靜的咖啡座。在當時，還很少有那樣精緻的下午茶。他點了一杯英式紅茶和一份日式海鮮煎餅，她則點了一杯卡布其諾和一份翡翠提拉米蘇。兩個人靜靜地說啊聊啊，後來錄音機關掉了，外面的天空漸漸黑下來，小姐為他們點上了蠟燭。他知道罌粟至今獨身，他清楚地看見燭光下，她的一對極其惹火的大乳房。

他們的第一次是在一家製片廠廢舊的大棚裡。阿豹本來也不是什麼格調高雅的人，加上急不可耐，那一次把罌粟幾乎生吃了，罌粟身上的每一寸肉都留下了他的齒痕。罌粟叫床的聲音讓遠處的居民以爲大棚裡又在拍家庭暴力片兒。從第一次起，他就徹底離不開罌粟了。他尖銳地感覺到女人與女人的不同。天仙子屬於那種中看不中吃的，也許將來會中吃，可那需要極大的耐心來開發，阿豹可沒這個耐心。而長著一張小狐狸臉的罌粟，天生就有一種賤性，她懂得極大限度地使用自己的肉體，更懂得如何取悅男人，這對於正在飢渴中的阿豹來講，極爲重要。

而且還有一重是阿豹羞於開口的，是罌粟作爲時尚雜誌的副主編，有交際應酬費，罌粟帶他吃遍了北京，從最洋的「藍瑪麗」、「金漢斯」的鵝肝、蝸牛和牛排，到最土的定福莊炸臭豆腐和晉老西小李飛刀，他們幾乎三日一小吃，五日一大宴，總有各種名目來支持他們的「吃」，阿豹平時和天仙子清貧慣了，哪經得起這樣的糖衣炮彈?!

不過儘管如此，阿豹內心還是把罌粟作爲一個暫時的替代物，他覺得最理想的狀態是：天仙子依然作爲妻子，而罌粟則作爲一個關係恒定的情人。阿豹這樣的盤算，實際上大大低估了罌粟。

糟就糟在罌粟絕不是一般女人，罌粟除了長相一般，各方面都很突出。她絕頂聰明善解人意，意志極其堅強，罌粟好像老早察覺了阿豹的意思，她根本不提婚姻的事，只是每一次都讓阿豹盡情地滿足，無論是性欲還是食欲，而且絕不求回報。但是突然有一天，當阿豹向她炫耀他的美麗女兒的時候，她突然說：「假如讓你在我和你的女兒之間做出選擇的話，你選誰?!」

多年以後阿豹意識到，正是這句話成爲他們關係的轉機。儘管他當時表現得很不理智，可是在歇斯底里大發作之後，勝者卻是罌粟。罌粟用理性來對待他的大吼大叫，用韌性來對待他的早洩式的暴怒。在罌粟進行溫和的說理鬥爭的第二天，她突然消失了，手機關機，電話無人接聽，簡直就是人間蒸發，過了一週之後，他慌神了。

他到處找她，找到後來簡直就是不顧體面了。公司的人說：「罌粟出去度假去了。」鄰居說：「前兩天還看見她呢。看見她在附近麵館裡吃麵呢。」他像個瘋子似的在她住的那個社區附近轉悠，結果卻是一無所獲。

踩著那些楊樹的枯葉，一道狹長的陽光砸在阿豹頭上，彷彿是折斷了的寶劍。早上他刮鬍子不小心刮出了血，他用手帕綁住下顎，明白一種依戀早已在心裡長成了大樹，在不知不覺中他的心早已被牢牢控制住了。

2

他突然接到了一個神祕電話。

「你不是一直在找罌粟嗎？她在北郊的華清溫泉。」

他再問，電話已經掛了。他到處打聽，終於找到B城北郊的華清溫泉。

這似乎是個纖塵未染的世界，細雨如織，飄灑成一首淒迷的曲子，罌粟躺在那兒，猶如一朵睡蓮傾倒於風雨之中。

他第一眼見到罌粟的時候簡直驚呆了，她斜倚在溫泉賓館的床上，病懨懨的，卻有著先前沒有過的病態美，身上穿一件雪青色的絲綢睡衣，恰到好處地勾勒出了她的旖旎身段，她打開那枚精緻的銀簪，讓發黃的長髮瀑布一般流瀉在地。她的眼神是柔軟的，慵懶的，非常性感，讓所有的男人一見之下都爲之心動。

阿豹被逼向欲望的絕境，猶如一個貪杯者遇見了美酒佳釀，他撲上去，三下兩下扒掉她的衣裳，可她卻柔軟地把他推開了。

「不行。」她說。

「怎麼了？爲什麼？」他急不可耐。

「我做了人流，流產手術之後還沒到開禁的日子。」

他驚呆了！世界上竟然有如此偉大的女性！她懷了他們的孩子，卻一聲不吭，不但不恃寵而嬌，而且連一分錢也不要，連一點點麻煩也不打——在那一瞬間，他是眞的被感動了，他的淚水就汪在眼睛裡，而本來，他以爲他是再不會爲任何人、任何事掉淚的。

「嫁給我。」

她不語。

「嫁給我，你放心，我會把所有的事都擺平的。」

她看了看他。

「女兒的事我也想過了——我選你。」

他的聲音雖然顫抖，但她的確聽清楚了。她伸出一隻手，優雅萬千地拉住他，帶著一點嬌嗔：「眞的下決心了？不能後悔喲！」

他坐在她身旁：「說吧，你打算什麼時候結婚，怎麼辦事兒？」

她斜倚著被子，眼神特別嫵媚：「結婚對我來說可是頭一次，而且，肯定是唯一的一次，我可不想糊裡糊塗就把自己嫁了——我們去拉斯維加斯舉行婚禮吧，聽說好多明星都是在那兒辦的。」

他立即點頭，這時她提出任何條件他都會點頭。三天之後發生的西班牙歌舞之夜事件似乎得有神助——這件事使他在極短的時間內便辦好了離婚手續，達到了預期目的。

對阿豹來說，之前的罌粟不過是隻蝴蝶，但是這隻蝴蝶終於衝破了繭。蝴蝶是花朵的陪嫁，單純的性變成了眞愛。

然而，罌粟機關算盡，卻算漏了一件事：阿豹是不可能眞正對他的女兒放手的。女兒是父親的第一情人，曼陀羅在阿豹心中，永遠排在罌粟前面。

3

自從把妹妹介紹給老虎之後，金馬的日子就開始一點點好轉了。原來他打的主意是百合，可沒想到百合是個地道的生瓜蛋子——完全不懂人事。

金馬奉巨龍之命寫一部反腐倡廉的電影。金馬請老虎喝酒，喝到酒酣耳熱之時，一向過分清醒的老虎也說了一句舌頭打捲的話：「什麼反腐？這不都是給上邊看的嗎？腐敗是趨勢，禁止得了嗎？」金馬一聽此話大喜過望，一連給老虎敬了三杯酒。

但是金馬的寫作並非一帆風順，他每一稿出來都要開一個討論會，而且每次來的人都不一樣，所以意見經常相左，搞得金馬無所適從。

實際上，金馬過去寫過無數劇本，可惜最後統統都斃掉了，無一倖存。有一部已經拍完，眼看要播出，金馬已經私下裡請朋友來家喝慶功酒了，可萬沒想到晴天霹靂，上面的高層說了一句話：我們的電影不能表現早戀題材！於是金大編的劇本禁播。金馬也曾呼天搶地，作秦香蓮攔轎告狀姿態，企圖打動上層的憐憫心，可殊不知上層們之所以能夠成為上層，便是因了他們有著一顆堅如鋼鐵的心！金馬怎麼也想不明白自己寫的純情少女與「早戀」有什麼關係，她不過是見了個英俊的中年男人，心思動了幾動罷了，在劇本上表現的不過是兩段OS（畫外音），連眼睛對視都沒有，就更別提什麼具體動作了，難道這也算是「早戀」?!實在不行，完全可以刪掉那兩段畫外嘛！但董事長銅牛說：刪掉畫外音，卻刪不掉潛藏其中的那種思想意識！對上層的話，寧可信其有，不可信其無，寧可矯枉過正，也不能過猶不及，對於銅牛這幾句繞口令式的禪語，金馬回家後頗琢磨了一陣子。他知道，平時笑面菩薩式的董事長，在原則問題上是從不讓步的，不然，紗帽翅也不可能戴得那麼穩。

已經年過五十的金馬只好哀歎自己的命運了。當然，也免不了罵娘。對喝過慶功酒的朋友的解釋是：他的劇本，藝術上是一流的，卡掉他，完全是由於政治原因。於是朋友們肅然起敬。

天可憐見，金馬總算是五十年的媳婦熬成婆，老虎終於網開一面，命他寫一個反腐敗題材的電影《正義永存》。名字便正義凜然，特別適合慣貼假胸毛示人的金大編主筆。金馬刻不容緩地寫了梗概，順利通過，然後一氣呵成。初稿印成五份交上，當天晚上，五位主管經理便分別給他打了電話，不約而同地讚道：好本子！金馬大喜過望，正想高歌〈翻身道情〉，殊不知一週之後的討論會上，各位私下裡誇讚過他的經理們竟然默默不發一語。金馬急得血壓一點點往上升，頻頻向各位高層飛著媚眼，竟然毫無作用，一瞬間他眞想立馬做了變性手術，好讓自己的媚眼多點含金量。

最後還是食堂掌勺的廚子哥們楊得水進來請示客飯的時候說了一句：「喲，我可是瞅了一眼金大編那個劇本，解氣！寫得好！現在貪污腐敗再不整治，國將不國了！就是女主角寫得差點，嘿嘿，金大編好像不太會寫女的……」

在眾人的哄笑聲中，金馬的臉紅了又白白了又紅，屈辱啊！他金馬也算是圈子裡的一號人物啊，再怎麼著不濟，也輪不著一個廚子說三道四啊！金馬覺得自己的自尊心被踏到了泥裡，正一點點地被人往下踩，他眞想立即站起來背起包就走，可看看那些上層們如泥菩薩一般的臉，他還是被鎭住了。他覺得自己就像被壓在雷鋒塔下的白娘娘一般孤立無援，楚楚可憐。

其實廚子倒是幫了金馬的忙，不但活躍了氣氛，還讓上層們找到了一個又好切入又無傷大雅的突破點。「是啊是啊，我也是感覺到金馬寫女性差一些，」銅牛溫和地說，「你怎麼看，老虎？」

一直伏案作沉思狀的老虎這時如夢初醒般開了個玩笑：「我也是在想這個問題，百思不解：金大編的桃花運歷來不錯啊，難道是犯了桃花劫，因為過於了解女性卻反而不知道怎麼寫了?!」老虎的妙語立即引來哈哈大笑，金馬也不得不跟著笑，但是他的笑卻是比哭還難看。

第一次會議便在關於桃花運的討論中結束了。接下來是第二次，第三次，第四次……直到第九次，九易其稿的金馬再也無法忍受了，他對著那些泥菩薩式的臉大吼了一聲：「你們到底要幹什麼?!」

直到這一聲吼，輪姦式的折磨才告結束。

4

天仙子覺得自己的日子過不下去。

天仙子想啊想啊，覺得自己眞的沒犯什麼過錯，爲什麼老天要這麼懲罰她，每天形隻影單的，連鬼都不上門。而且，連電話也越來越少了，天仙子裝了來電顯示，生怕漏掉了什麼電話，可是，每每她出趟門兒回來，來電顯示上卻什麼也沒有。慢慢的，天仙子好像不會說話了，她變得一開口就緊張，心會狂跳，血壓升高。過去，她總是覺得一個人靜下來會有很多東西可寫，可現在，她獨自一人在房間裡轉著，就是寫不出一個字。倒是亂七八糟的東西會充斥在她的腦子裡，煮成一鍋漿糊。

她會作些恐怖的白日夢，她夢見自己被人割了舌頭，嘴裡滿滿的都是血，有一輛黑色的甲殼蟲一樣的車在追她，她知道那就是恐懼，那種恐懼竟然逼著她跳過十多米的圍牆和柵欄，那輛車裡還發出各種奇怪口音的呼喊，她奔進樹林，可是這裡的樹全都禿了，樹根上長滿青苔，她看見太陽從黑色的雲塊間落下，聽見礫石在車輪下發出嘎吱嘎吱的聲音——聲音近在耳邊，她大叫一聲醒來，汗水已經把衣裳涾透了。

她會接下去作夢：終於，她看見一座建築了，螺旋式的。旁邊還有榛木的小房子。她看見小房子外面掛著幾件香檳色的胸衣，以爲是廢墟中的神殿出現，但是馬上就有戴著面具的人，開始在她的身邊狂舞，她舔舔舌頭，馬上驚詫地感覺那舌頭眞的沒了！她看到了，但觸覺不是她的，知覺更不是她的。她在夢中告訴自己是在作夢，但她害怕睜眼，怕一睜眼就看到死神黑色的肋骨。

終於她相信自己正面對電腦坐著。她進入收件箱，有個郵件跳出來，一打開，竟是境外的一個色情網站。她呆了。過去和前夫在一起，倒是看過些三級片，爲了給房事助興。但是從來沒有這樣的圖片和頻道！那些圖片對她來講充滿了巨大的前所未有的刺激，她覺得自己的膀胱開始發脹，周身的血流開始湧動，從來沒有過任何惡習的她，開始學著自慰，但是自慰的結果，卻是更加的難受。天仙子一天到晚沉溺於自己營造的大水之中，拚命地抬頭呼吸，其結果卻是更加沉淪。有一天，她覺得自己的心臟開始懨悶，她照照鏡子，自己嘴唇發紫，眼眶發黑，已經不行了的樣子，就突然想起一個作家，也是在出現了這種樣子之後，大叫數聲而亡。對死亡的恐懼讓她顧不得矜持了，她需要一個人，需要一個活生生的男人，她撥通了老虎的電話，老虎在那頭沉吟了一會兒說，一小時後到。

她開始拚命地打掃。一個小時的時間，她需要倒垃圾換衣裳除塵化妝，果然時間緊巴巴的，當她還沒來得及抹唇膏的時候，門鈴已經響了。

老虎的臉沒有一絲笑容。坐下來，緩口氣，喝杯茶，茶杯一扔，就開始猛然抱住她，扒她的衣裳，她吃驚地看著他，覺得這個男人好像應當還有沒有完成的東西，但是老虎絕對沒有前戲的意思，他一口咬住她的乳頭，另一隻手就去扒她的內褲，而她這時候還完全沒有準備，他在她還沒有準備好的情況下進入了，進入的那一剎疼得她全身發抖，她自己也不懂得自己爲什麼在生育之後依然對性交充滿恐懼，在他的不斷抽送下她才慢慢有了體液，而她剛剛來了興致，他卻像是故意造成時間錯位似的，心滿意足地出來了。她躺在那兒半天說不出話。

老虎就像在自家一樣去廚房打開她的冰箱，拿出一塊月盛齋的醬羊肉大嚼起來——那是她給自己明天留的中飯，她懶得做飯，一人的飯沒法做，菜不好買。

她沖洗自己，故意洗得很慢，好避免和他說話。他開了電視，邊看邊吃，還大聲跟她說著什麼。水聲隔斷了他們的世界。她在想，難道自己要的就是這個嗎？是這個嗎?!她再次看不起自己。莫名其妙地，她的淚水慢慢流下來，她在水霧裡使勁吐唾沫，好把剛才他伸進去的舌頭上帶的什麼吐出來。

是的，她的舌頭，已經在夢裡被割掉了，滿嘴是血的感覺似乎還停留在舌尖上，可是什麼時候又長出來了？

老虎實際一直在說《煉獄之花》，他說他希望天仙子能夠儘早把稿子交出來，天仙子模模糊糊聽到「煉獄之花」四個字的時候，就嚷著說她的稿子還早著呢，即使交出來，他們也未必能要。

難道他是在為《煉獄之花》而「捨身取義」？是啊，新官上任，他太需要一些能夠奠基的作品了，但是這與天仙子的內心世界毫無關係。

老虎心滿意足地走了，對著電腦她繼續作夢：她夢見自己在照金屬做成的鏡子。依然不能說話。被什麼壓著，喘不上氣來，她想喝口咖啡，但是小酒館櫃檯下的罐子裡，放著的是骨灰。

5

對百合來說，人類的種種規矩真是太奇怪了，她覺得自己憋得難受。

以前在海底世界，有什麼就可以說什麼，而在人類世界卻恰恰相反，想什麼，一定要說出相反的話，才能贏得喝彩。糟就糟在百合既想說話又想贏得喝彩，那麼就只好說假話。然而說假話其實是一門學問，因為一開頭說假話結尾就必然需要呼應，而且牽一髮而動全身，假如開頭說了假話，那麼所有的細節都要照顧到，有一點破綻就要通盤穿幫。這對於百合來說，的確難度極大，但她樂於嘗試絕不排斥。每逢說出了一句假話而沒被人識破，她心裡便有一種孩子般的竊喜。特別是，在她和曼陀羅的交往中，她更多地是鬥智鬥勇，後來她才明白，在漫長的歲月裡，對於曼陀羅，她好像始終在防範著——而在天仙子面前，她不由自主地要說真話，哪怕真話是多麼不可接受，在實在沒法說真話的時候，她就只好保持沉默。

毫無疑問她是懂得愛情的，在海底世界，愛情是一件簡單而快樂的事。爸爸看中了媽媽，就把自己的名牌交到媽媽手上，如果媽媽也願意的話，就在三天之內把自己的名牌交給爸爸，他們就可以在一起了。就這麼簡單得令人乏味，而且，他們會忠於對方一生一世，而絕不會像人類那樣，碰到一點誘惑便改弦更張。

而人類世界的愛情，簡直太複雜了。照羊皮書所寫，人類的愛情，不是靠眞正的兩情相悅，羊皮書說眞情是最脆弱的，簡直不堪一擊，如果愛上一個人，絕對不能輕易表達，尤其不能合盤托出，那樣會「非常危險」，一定要先試探對方的意思，幾個回合之後，才能在「最不經意」的時刻表達，而且在男人女人之間，主動與被動，控制與被控制的角色轉化是極爲重要的，百合想，天哪，這哪裡是什麼愛情，簡直就是一場戰爭啊！她越是熟悉天仙子，就越是懷疑：這書是天仙子寫的嗎？不對吧？天仙子是很單純的一個人啊！

很久以後，她終於壯著膽子說出自己的疑問，得到的回答是肯定的。天仙子說的確是她寫的，是她的成名作，可惜，天仙子說她自己是個「葉公好龍」的人，她寫了這些，是她頭腦裡的領悟，而在實際生活中，她不但不會使用這些伎倆，相反，她簡直就是個弱智，而且，永遠栽進同一個坑兒裡。

百合可不願像她這麼活著，百合想，既然來人世一遭，就得活得有模有樣，精彩紛呈。就說眼前吧，對老虎那種朦朦朧朧的感情，就特別讓她神往，她甚至想一輩子都不戳穿，就要羊皮書上說的那種「鏡花水月」的感覺，這樣，她會覺得每天的生活都非常美好。即使是有一點波瀾，她也會覺得是微風吹皺了彩虹映照的水面，白雪在山上的陽光裡閃耀，面對美景她會榨一杯水梨汁，但她不會喝，她怕喝下去甜蜜就會消失在腸子裡。她走到院落中，看著百葉窗上的白漆已經剝落，太陽耀花了她的眼睛，這時她會和鄰居的女孩一起打網球，懷揣著一個祕密，那就是她的戒指，她的奇異的花朵紋章。

她會趁著打球的時候偷偷瞥一眼她的戒指，它還在，沒有任何被仿造的跡象。網球在天空中飛得很慢，如此遼闊的天空下，有了太多的靜默。

傍晚她偶爾會去參加在一條叫做單向街的讀書會。這個城市裡湧出越來越多的作家，如蝗蟲一般把各種糞便似的思想往年輕單純的女孩們心裡倒；另外一些時候她會買一張音樂會的票，音樂廳被擠在這個城市的一隅，周圍全是施工工地，她的耳朵會從嘈雜的施工聲中辨別出莫札特的音樂，偶爾會看到舞臺上閃亮著一列金綆裝飾的高領子，在假髮髮膠的包裝中，假扮的音樂神童會出來亮相。

不過此時的百合依然很幸福，起碼，人類社會滿足了她巨大的好奇心，她無論在哪兒，總覺得天空是彩色的，就像她家門前的院落，即使是凋謝的大麗菊，也會泛出令人意想不到的衰敗的紫紅色。她會在陽光充足的時候，把一瓣盛開的夾竹桃夾進羊皮書裡，做成植物標本，她喜歡植物乾枯的過程，她不覺得那是一個凋謝的過程，相反，她覺得越枯澹越美麗。

6

曼陀羅在一個偶然的機會發現了一個與戒指有關的重大祕密。

這個十五歲的女孩一直沒閑著，她一直在探索：那戒指上的花朵究竟是什麼花？戒指暗盒裡的迷藥究竟是什麼致幻性植物的粉末?!

她已經與時俱進地設立了一個專門製作迷藥的地下工廠，拋棄了過去的那套原始方法。她也曾試圖仿造那枚戒指，但是難度實在太大了，她爲此投了一筆鉅資，幾乎傾家蕩產，但最後的結果依然是：失敗。

她曾經以爲，那粉末如同百合所默認的那樣，正是曼陀羅花製成的迷藥，然而卻不是。她提煉純化了一克曼陀羅粉末，用純金的天秤稱了一下，接著又稱了同一重量的來自暗盒的粉末，最後倒上專門用於測定迷藥成分的淡藍色藥水，不可思議的事情發生了——那些純粹的曼陀羅粉末變成了淺蘋果色，而暗盒中的粉末則變成了一片銀白，然後迅速地結成了塊壘。

她發了幾秒鐘呆，想起自己一直以來的懷疑，是的她從一開始就懷疑這是不是眞的曼陀羅迷藥。她飛快地想像了兩種可能，要麼就是百合在騙她，而更大的可能是：連百合也不知道這迷藥來自何方，很可能根本就是藏在戒指裡的來自人類的迷藥。也有可能：與戒指上的花朵有關係。

曼陀羅早已精通迷藥的種類與作用，儘管種類像植物一般繁多，卻有著共同的對心理致幻的作用，它使疲於奔命的人身心鬆弛，就像是一桌色香味俱全的大餐，會勾起人們視覺、味覺和嗅覺的全面享受，那種撲天蓋地的感受，足以壓倒一切人類的情感。

她想，最關鍵的就是這朵奇異的花了——爲了製作迷藥她收集了無數植物，唯獨沒見到過這種花。

曼陀羅於是毫不猶豫地踏上了危險的旅程。她堅信隨著神的指引，她會找到這種奇異花朵的誕生地，而一旦找到，她也就會順理成章地找到這種特殊的迷藥。

曼陀羅決定用最省錢的方式環遊地球。她坐最廉價的火車和灰狗巴士，從一個城市轉到另一個城市，她聽慣了車站地板上小孩的哭聲，看慣了佈滿皺紋的臉上的哀傷，有時一覺醒來，正躺在某一個國家展翅的紀念銅像下面，這時候她就會向路人要一根菸，深深地吸上一口。

她找不到絲毫跡象，每當她絕望的時候，她就會在自己的手腕上拉一道淺淺的血痕，學著中世紀巫婆的方法，把血塗到叢林的葉子上，試圖從葉子上找到什麼咒語。有時她會租輛車，開進實驗室附近的停車場，從車裡偷窺白色實驗室裡那些神祕的器具。有時候她會認錯房子、街道或者樓梯，透過鑰匙孔窺視，發現每間一樣又不一樣的廚房。餓極了的時候，她會按響門鈴，用古怪的神情向站在面前的人要一塊麵包吃。

她的足跡凍結在很多國家的很多條小路上，臉上的那塊青記更加明顯，她索性就那樣裸臉示人，接受雨滴的鞭打。她有時會睡在廢棄的工廠裡，可是有一次，她看見一個士兵拿來一桶汽油，另一個準備點火，她跳起來，用風一樣的速度跑開了，她剛剛停下來，就聽見身後巨大的爆響。

那是深夜，她覺得自己很可能迷失，她穿過被遺棄的果園、葡萄園和長滿荊棘的堤岸，靠著螢火蟲的小燈籠和飛過的流星照明，聽見下面急流吼叫，有崩落的雪和著陰冷的硫磺的顏色滾滾而下。

終於在冰天雪地裡她看見了一列火車停在車站。而月臺上空空如也。

7

曼陀羅尋找迷藥的過程就像是一部匪夷所思的動畫片。因爲這一切畢竟離現實太遠了。她知道自己必須從此緘口不言，因爲即使說了也會無人相信——她坐上那列空無一人的火車，火車只走了一站就停了下來。她只好走出來，不知身在何方。

好像是鄉村。四周是荒野。遠遠的，有鋸木場和森林，有一條河流經那兒，在草地和堤岸之間，有高大的蕨類植物，她習慣性地吸了一口氣，沒有什麼異味。她穿過那些植物，終於看到一座城堡。遠遠便能聽見薩克斯風的樂聲，看到那張大桌子，她才意識到自己實在是太餓了！她一頭栽進去，大口喝著蜂蜜和葡萄酒，再咬一口噴香的鬆餅。

沒有人管她，當她抬起頭來，卻發現那些跳舞唱歌的人都似曾相識——他們是瑪麗蓮・夢露！約翰・甘迺迪！馬龍・白蘭度！葛麗黛・嘉寶！甚至哥白尼！伽利略！還有梵谷！塞尙！那個長著長長白鬍子的老人，不是托爾斯泰又是誰?!還有那個矮胖的傢伙，分明是巴爾札克啊！

她覺得自己在夢魘裡了，爲什麼她見到了他們，她在夢裡都意識到，他們雖然偉大，但到底是死人啊！

不過他們都像是根本沒有看見她，繼續在那裡歡歌狂舞。她急急地穿過一條迴廊，走進莊園的深處。

被灰紗掩映的窗簾裡，正在上演一幕戲劇：一個貴婦模樣的女人，正在把她的情人放倒在床上，在情人的身體各個部位塗抹著香精。窗外的曼陀羅用她超級發達的嗅覺，判定那香精中有紫羅蘭、豌豆花、忍冬花、檸檬油、風信子、鳶尾花和丁香，還有要命的金雀花、石南花、鐵線蓮和野玫瑰……天哪，她覺得自己隔著窗子已經幾乎被熏倒了。

那女人是在殺她的情人！一定是的！誰也無法忍受這許多致命的香精，這種香精的濃度比一般迷藥還要厲害，果然，那男人已經躺在貴婦的懷抱裡無法動彈。

曼陀羅突然意識到，自己的機會來了！——如此精通香料配置的人，怎麼會不知道暗盒裡面眞正的迷香成份？說不定，還會知道那奇異的花朵！

這時，這座未名城市的拱廊、過道和大理石廣場，恰恰被晚霞染得鮮紅，衣衫襤褸的乞丐們集體出動，蜂擁著去吃那張大長桌的殘羹。雖然是殘羹剩飯，到底是被名人們吃過的，也足以令人敬仰了。當然，已經死去的名人總比活著的更有價值。

Chapter 5 摩里島

所羅門本來有一只著名的指環，戴上它就能與花鳥蟲魚飛禽走獸自由交談，根據傳說，他把這枚戒指送給了示巴，而示巴重新加工了這枚指環：首先，她讓頂級的工匠為這枚戒指雕刻了一朵全世界只有示巴族才有的花朵。

天仙子寫得實在是太慢了。我每天都在催她——我這麼做可不是人類說的什麼敬業，我是在找理由與老虎交談，談天仙子的書，就成了我和老虎通電話的理由。從天仙子的書談開去，老虎成爲我無話不談的朋友。而且，我特別盼著有一天，他能突然對我說點什麼。

有一天，老虎十分鄭重地把我叫到他的辦公室，對我說，不能光把寶押在這一個戲上，得想辦法再抓一個戲，抓一個到國外拍攝的戲。說這是上面的精神。人類所指的上面無非就是哪一級的上層。我表面上很認眞地聽老虎講著，實際上我在悄悄地看著他那英俊的臉，琢磨著他的長長的眼睛，高高的鼻樑，稜角分明的嘴唇，我簡直看得入了迷，以致他在跟我商量什麼的時候我還在點頭。

「你在想什麼呢？」他的嘴角露出譏諷的微笑。

「沒……我沒想什麼……你說什麼？」

「還說你沒想什麼！那你怎麼沒聽見我說什麼啊？我在說，咱們做國外拍攝的這部戲，最好是一部女人戲。眞正的女人奮鬥史，最好是推出我們B城的阿信，要陽光向上，不要那些亂七八糟的，懂嗎？」

我點了點頭，其實我一點也不懂。不懂得他說的「亂七八糟」是指什麼，更不懂什麼是「我們B城的阿信」。

「像咱們這樣的大型國企公司，一定要保持品格，無論社會上搞什麼名堂，咱們都要堅守。」

「堅守什麼啊？」我迷惘地看著他。

他驚奇地看了我一眼，露出一種哭笑不得的表情：「喂，」他說，「你是在眞空裡活著嗎？」他皺著眉，上下打量我，突然冒出一句話：「百合，有時候，我眞的覺得你有種很奇異的氣息，眞的，要是過去，說不定我會喜歡你……」

我很想問一句，那現在呢？可我忘了羊皮書上是怎麼寫的了，在這種情況下，該不該問這樣的話，這樣的話，會不會讓人覺得愚不可及……在我猶豫的時候，他已經轉成一副若無其事、堅不可摧的面孔了，好像剛才那一點點帶著柔情的話語不是從這個嘴巴裡說出來的似。他說百合，你現在必須馬上做一件事：找一個外國作者，爲我們寫一部國外拍攝的電影，據我的情報，現在很多公司都在蠢蠢欲動尋找國外合作了，我們要走在前面。

這回該輪到我皺眉頭了：「……可是，我上哪找這樣的寫手啊？我怎麼會認識這種人啊？」他笑笑：「很簡單，天仙子。天仙子肯定有這樣的朋友。」我本來想問，爲什麼你不找她啊，你不是也認識她嗎？可我又忍住了。哦，羊皮書！羊皮書上好像說，凡是在這種情況下，上層們都不會親自出面，上層們一定要裝作若無其事的樣子，上層要指使小卒子做這樣的事。好吧，我找天仙子，好吧我找。

天仙子倒是好說話，立即介紹了一位從外邦來遠東旅遊的小姐，叫做番石榴。在這座城市北面的一間茶舍裡，我和老虎一起會見了番石榴小姐，已經是深春了，番石榴穿一件薄毛衣，不一樣的是，她的領口開得極低，露出了一半乳房。我看見老虎的眼睛不時瞟向她的乳房，我憤憤不平地想：哼，她的乳房，比我差多了，只不過她敢露我不敢露而已。我一定也要買這樣一件低領的薄毛衣。我問她，這毛衣在哪買的，她回答：「在我生活的摩里島。」她這樣回答的時候眼神裡帶著一種暗暗的驕傲。我暗想，這輩子我一定要去趟摩里島，她好像聽懂了我的心裡話似的，似笑非笑看我一眼說：「將來你去摩里島，我帶你去買，我看B城這裡好像還沒什麼這種性感一點的衣裳。特別是春秋裝。」她當著老虎說這樣的話，簡直是肆無忌憚，然而老虎似乎司空見慣似的，一點也沒覺得彆扭，倒是我害羞地低下了頭。

那晚會見的收穫，是番石榴推薦了一個叫做小騾的摩里島編劇。「他是我們那裡唯一的編劇。」她說。然後她扭了扭腰肢說出了她的條件：在這部劇中演一個角色——由於她並沒有強調演什麼角色——龍套也算角色，所以精明的老虎毫不猶豫地答應了。

2

沒想到的是，我很快就有了一個去摩里島的機會。

這要歸功於曼陀羅，曼陀羅說她的迷藥生意越做越大，一直做到了摩里島。曼陀羅說摩里島土著祕藏有一種特殊的迷藥，她說我應當感謝她，是她的發現讓我洗清了罪孽——迷藥並非海底才有，人類世界的某些祕地早有迷藥，她現在想做一種實驗——那就是，把兩個世界的迷藥結合起來——那將是一次劃時代的創造，是人類想像力所能達到的最為迷人的夢想。

不過她費盡心機也拿不到。她說能拿到迷藥的只有我。

我問爲什麼，她說在電話裡說不清楚，等到了再解釋。我依然不鬆口，最後她拿出了殺手鐧，她說你不是讓我幫你找戒指的主人嗎，告訴你，很可能就在這兒。

我生平沒有坐過人類的飛機，第一次坐就到遙遠的摩里島，說實話我很害怕，我不知道怎樣買票，怎樣到機場，帶些什麼東西，我想去問天仙子，可曼陀羅不讓。曼陀羅說此事絕對保密，不能告訴任何人，她在電話裡向我發號施令，讓我到B城民航大廈買票，說一定要買往返機票，這樣會便宜些，回來的日子一定要OK而不要OPEN，現在這個季節有可能買到打折票，這樣也就更省錢了。然後，她讓我準備一只箱子，最好是拉桿箱，她說不要帶太大的箱子，但是一定要能放下一盒稻香春的點心。因爲這裡的土著居民非常喜歡這種點心，她也是無意中帶了幾塊，結果被人一搶而空。

後來我終於知道她爲什麼非讓我帶上這種土著人喜歡的點心。原來依然是迷藥問題。摩里島的土著們個個結實壯健，曼陀羅的迷藥因爲先天薄弱而缺乏力量，對付一般人還行，對付摩里島的土著可就差點兒了。所以，把迷藥放進香噴噴的點心裡來誘惑他們，是曼陀羅一廂情願的想法。

五月的摩里島，氣候已像遠東三伏。但卻絕不悶熱。它熱得爽，熱得透亮，因爲有海。遠遠地從飛機上看過去，摩里島如海市蜃樓一般，美得令人驚歎。在領略了摩里島特產黑珍珠的眩目光彩之後，我開始了摩里島一站最精采的節目：摩里文化村之旅。

文化村有七個部落。七個部落有七種風俗七種文化。當我乘著一條獨木舟劃過靜靜的水面時，各個部落穿著民族服裝的土著乘著同樣的獨木舟穿過那些奇異的熱帶和亞熱帶植物，飄過水面來歡迎我了。我忽然想起了我出生的海底，這裡就像我出生的地方那樣，依然保存著天眞未鑿與混沌未開的美麗。

那水如藍絲絨一般厚重而深湛，越發顯出水邊綠葉扶疏之中大紅扶桑的豔麗。那些顏色都是純粹的天然色，包括摩里島的姑娘，都是那麼純粹，那麼天然，她們用各種鮮花編織成花冠花環，戴在頭上頸上。頭上的花不是隨便戴的，若是已婚，戴在左邊，若是未婚，戴在右邊，戴在後邊有孔雀開屏的意味：等待追求；千萬別戴在前邊，那樣就會被人認爲是傻瓜了。

各個部落都用最精采的節目來歡迎遊客，精采之最，要算莫里亞酋長的表演。這是個眞正的表演大師。即使我們海底最好的演員也無法與他媲美。他個子不算太高，但極壯碩。頭上紮一圈用薄荷葉編成的冠，上身赤裸，腰下圍一圈獸皮，身上別著弓箭，英武之外透出幾分狡黠。出人意料的是，他講一口極漂亮的英語，同時會四國語言。他大手一揮，便有一個土著如靈猿一般四肢並用攀到一棵椰樹頂端，扔下一顆成熟的大椰子。那距離起碼也有二十公尺，酋長卻穩穩地單手接住，這一系列令人眼花撩亂的表演激起了熱烈的掌聲。

酋長接著把椰子和一把錘子遞給身旁的一位黃頭髮藍眼睛女士，女士竭盡全力，椰子紋絲不動。酋長微微一笑，像變魔術似的把椰子一舉，又在膝上輕輕一磕，椰殼從中間裂開，早有乳白色的椰汁流下來。又是一陣熱烈的掌聲。接著是授花冠儀式。酋長叫了三個姑娘，先贈給她們每人一串花環，都是摩里島的鮮花，沉甸甸的足有上百朵，然後按摩里島禮節讓她們每人吻他一下，他再授冠。這花冠上的花朵是不同的，鮮紅的扶桑最上乘，其次是一種淺黃色的花，再次爲白色花。第一位個子矮，因他站在高臺上，她怎麼也搆不著他，姑娘急得抓耳撓腮，酋長抱著胳膊一點兒也不配合，一邊半是嘲諷半是憐憫地搖著頭，大家轟堂大笑。第二個姑娘很乾脆，根本沒有那麼多囉嗦，衝到石臺上抱住酋長便親了一下，酋長誇張地做著手勢，大家幾乎笑倒。這時我看到了番石榴！她紅著臉站在那裡，不動，一副惹人憐愛的樣子，酋長情不自禁地彎了彎身，我看著她頸上的花環，驀然心生一念，遂大叫：套啊！番石榴敏捷得令人吃驚，她瞥我一眼，一揚手，早把頸上的花環直接套到酋長的脖子上，還沒等他反應過來，她使勁一伸，他下意識地一低頭，臉上早響起一聲輕吻。大家捂著肚子笑，又鼓掌又跺腳，酋長哈哈大笑，鮮紅色的扶桑花冠自然屬於番石榴了。

曼陀羅對我傻乎乎的樣子十分不滿。她說百合你怎麼對什麼都像著迷似的啊？這樣的小兒科遊戲有什麼看的啊？這不就是酋長利用職權和女孩子公開調情嗎？話還沒說完，後面就有人遞過來一枝鮮紅的扶桑花，一個甜膩膩的聲音說：「謝謝你百合，謝謝你剛才幫了我。」

正是番石榴，她夾進我和曼陀羅中間，與我們並排走著，我看見曼陀羅對她一臉不屑。我接過花，聞了聞，發現花心裡有一種前所未有的迷香，即使是在海底我生活過的王國裡，那香氣也是上乘的。

我和番石榴聊得開心，曼陀羅完全被晾在了一邊，她的臉色越來越陰暗，最後，我邀請她們一起到我所住的威基賓館裡坐一坐，番石榴欣然答應，曼陀羅卻氣呼呼地走了，說中飯時再找我。

我覺得番石榴當得起這個名字，假如我沒有記錯，那應當是羊皮書裡一個外邦女子的名字——和曼陀羅一樣，也是一種美麗的致幻性植物。我把帶來的稻香春點心拿出來給她吃，她吃了一塊說好吃極了，然後就一塊接一塊地吃起來。看她吃得香噴噴的樣子特別讓我快活，我笑瞇瞇地看著她，她有模有樣地把形狀各異的點心放進小嘴裡，然後不慌不忙地吃著，偶爾用淡紅色的小舌尖舔一下嘴唇。到曼陀羅來找我一起用午餐的時候，巨大的稻香春盒子已經空了。

曼陀羅如母狼一般嚎叫了一聲，把嬌滴滴的番石榴嚇了一大跳。

3

漂亮的女孩都自戀，番石榴自然也不例外。她家境富裕，每天的生活是上午睡到自然醒，差不多已經是十一點多鐘，然後梳洗打扮，最煩瑣的是要每天黏假睫毛，這種假睫毛與B城完全不同，它完全可以以假亂眞，而且還散發出誘人的迷香。它需要化妝者有足夠的耐心，一根根地把它黏在自己的睫毛上，略帶彎捲的睫毛就像蝴蝶鬚一般美麗，以至於下眼瞼上都會有著重重的陰影。

然後她會化彩妝，做雕花指甲彩繪和手臘手部護理，有時還會去摩里島最好的美容院去接髮。她會看著我誠懇地說：百合，你爲什麼就不能稍微化點妝呢？你這樣的臉型會非常上妝的——她的論調與金馬如出一轍。

她提出請我做 SPA，是摩里島式的，與B城的完全不同——這是一個巨大的誘惑，我沒有拒絕。但是因爲她的饞嘴，我們的計畫被迫改變了。

她眞是個倒楣的女孩，不過是吃了一盒點心，就要戴罪立功，隻身打入摩里島土著內部。

曼陀羅的冷血眞是令人髮指。爲了得到那想像中的迷藥，她囑咐番石榴必要時要有「獻身精神」，一個女孩的貞操難道只比得上一點迷藥嗎？我狠狠瞪著她，她的目光卻滑向別處。當天晚飯後，曼陀羅一直把番石榴關在房間裡，親自爲她化妝，曼陀羅在她的鼻影和上眼皮抹上金棕色，眼尾到眉尾的地方用紫色銀粉壓下去，唇彩塗上冷調的冰紫色，指甲用了螢光色。曼陀羅狠狠看了番石榴兩眼，彷彿忽然發現了什麼似的，又開始爲她準備服裝，一身蓮青色的晚禮服，高領裸肩，蓮青色透明鑲銀嵌珠高跟鞋，再配上一支乳白色的馬蹄蓮……

番石榴對著鏡子的時候，已經不認識自己了。

曼陀羅得意地望著自己的作品，冷冷地說：「一個人應當懂得揚長避短。你看這樣一來，你看上去至少高了三公分。你的胸一般，鎖骨也不漂亮，但是肩很美，所以應當選擇這樣的款式。像你過去那麼穿，眞是可惜了。」

番石榴一下子對曼陀羅崇拜得五體投地。在興奮地轉了許多圈兒之後，她爲我詳細介紹了那個叫做小騾的編劇。據說他是摩里島上的第一代遠東人的後裔，他的祖先，便是個很有性格很有特點的女人，不如趁著今晚叫他來找我，而她，今晚另有任務，她含羞向我微笑，她說百合我去了。還沒等我反應過來，她已經輕移蓮步，絕塵而去。我轉過頭來看著曼陀羅，目光中不乏譴責，曼陀羅卻像根本沒看到似的，鼻孔朝天，高高地揚起了下巴。

小騾生得怪怪的，他挺白，不像當地土著，兩隻眼睛像圓規畫的似那麼圓，翻鼻孔長下巴，笑起來很憨厚，他叫我姊姊，可實際上他比我大得多。小騾說，他現在掌管摩里島唯一的一份土著報紙，他還把包裡的報紙拿出來給我看，上面圖文並茂，有各色人等的人頭像，其中還有那個酋長的。小騾說這份報紙是酋長花錢辦的，所以每一期都要有酋長的消息和照片。

原來如此！

小騾給我講述了他祖先的事：

他的祖先——那個第一個來到摩里島上的東方女人，名叫珍珠。珍珠家裡窮得只有一條被子，十六歲那年父母雙亡，出去打柴時遇見盜匪，遭受了凌辱，後來被賣到南洋的妓院，卻又因不是處女被退了回來，被一個廚子所救。一位宗族老者要做大壽，召回海內外同宗之人，其中有一位是在海外發了大財的，他說他去的國家叫摩里島，遍地黃金，最有誘惑力的，是可以同時娶五個老婆——這讓在場的所有男人都躍躍欲試。就在這時機會來了，一位來自摩里島的莊園主霍爾來到此地，要招收一批在橡膠園勞動的廉價豬仔。一下子，幾百人都報了名，最後選定二百條精壯的漢子，廚子也是其中的一個——至於珍珠，是偷偷溜上船的，在半途被發現了，霍爾不能把她趕下海，只好氣沖沖地默認了。不過廚子絕佳的廚藝很快贏得了霍爾全家的心，珍珠也沾了光，可以不必去橡膠園勞作而呆在霍爾家裡做女僕。但是好景不長，廚子竟傳染上了麻瘋病，被驅逐到麻瘋病山上。當時他和珍珠已經有了四個兒女。珍珠面臨著選擇：是隨丈夫到麻瘋病山，還是留在已經愛上她的霍爾家裡？她毫不猶豫地選擇了前者……

聽起來眞的是個又偉大又好看的故事。小騾說，讓我隨便到哪個土著家裡看看，他們現在還供奉著珍珠的像。因爲珍珠當年用自製的中藥醫好了不少當地的土著。我立即隨他和番石榴去了一家，果然，伸出舌頭歡迎我的土著，笑咪咪地指著桌上的塑像，用一種奇怪的語言告訴我，那就是來自遠東的偉大女人珍珠，那是他們心目中的女神。

我大喜過望，當即打電話報告老虎，我打電話的時候並沒有考慮時差的問題，以致犯了一個小小的錯誤：當時正是老虎的夜半三點，而且，老虎身邊明顯地有個女人，哼哼唧唧地在阻止他接電話。

我的心立即被一瓢冷水澆透了，眼珠裡似乎都要噴出涼氣來！

見他們的鬼吧！什麼曼陀羅，什麼番石榴！什麼小騾!!什麼廚子什麼珍珠!!統統見鬼去吧!!我哪有什麼心思在什麼摩里島遊山玩水幫曼陀羅弄什麼迷藥找什麼見鬼的題材!!我心裡裝的其實全是老虎！我所做的一切其實都是爲了他！

——我眞的不知道自己什麼時候沾染了人類「情感」的惡習。

上天作證，在這一瞬間我心裡充滿了對老虎的憤怒，就像羊皮書上說的那樣，有時人的感情是可以被利用的。他利用了我！利用了我的感情！對於我傻呼呼的心態，他一定全都看出來了，然後他就不動聲色地利用我，讓我到處幫他尋找什麼題材，而他卻摟著女人睡在黑甜鄉裡！

我的臉色大概當時就變了，因為小騾和番石榴都詫異地望著我。番石榴急忙兌現她的承諾：從袋子裡掏出幾件「性感的」衣裳讓我試穿，小騾一邊輕輕地叫著百合姊姊一邊問我能不能現在開始就寫這個故事？我說了一句等我消息吧就一頭竄了出去，完全像一隻沒有馴服好的小動物。

5

情感是不是就是一種永遠翻來覆去上天入地的東西？翌日上午我接到老虎口氣溫柔的電話，頓時昨晚的怒火又煙消雲散。老虎的聲音裡充滿了真誠的感激，他說百合你真是辛苦了，你說的題材實在太好了，我們要，我們當然要。你回來之後正好能趕上一個專案經理要走，到時我會幫你，你放心。

我想問一句專案經理走跟我有什麼關係？又有什麼事需要他幫忙？但又怕他取笑，只好弱弱地答應了一聲。然後我說作者積極性很高，是不是可以讓他開始寫了。他頓了一下說最好還是能見一見，和他，和董事長都見一見。我說好。本來談話到這裡就可以無疾而終了，我最後還是沒忍住問了一句：「你太太回來了？」他怔了一下笑起來：「哦，是的我太太回來了，你打電話的時候她就在我身邊。」「她不走了？……」「當然不是，」他鎮定地說，「她不過是短短地住幾天，還得回去。」

他的回答沒有任何破綻，但是很久之後我知道，睡在他身邊的根本不是他太太，而是天仙子。天仙子在極度孤獨中再次違反了自己的誓言，還是向那個根本不愛她的男人妥協了。

6

番石榴成功地拿到了摩里島迷藥。代價是付出了貞操。但其實對她來說也沒什麼不好，因爲她眞的喜歡那個酋長，而酋長也喜歡她。多疑的曼陀羅讓我鑒定一下迷藥的質量，我只是嗅了一嗅，就發現那種迷藥裡含有扶桑花和桃金娘提煉的香料，不過，的確有一種香味，是非常特殊的一種，我無法清晰地辨別，但我知道，那種香味其實本來就藏在我的戒指暗盒裡，這時我已經清楚地知道，暗盒裡的藥，只有一小部分曼陀羅花的香料，大部分是完全不同的、非常特殊的一種迷香，或許，跟鑲在戒指上的花朵有關係。

不過我牢記羊皮書上的教導，這時絕對要不露聲色。我淡淡一笑說你眞沒必要興師動眾花這麼大代價，你知道嗎，這不過是我們的藥裡面加了點扶桑花和桃金娘製作的香料而已。曼陀羅半信半疑地收了藥，她說她的錢快用完了，讓我先幫她墊上機票錢，我毫不猶豫地答應了，但是我突然想起她的諾言還沒實現，我說曼陀羅好像我們還有件事兒沒辦？……她眨了眨眼睛清晰地說：「你指的是戒指的主人對嗎？我看那個酋長應當知道……」

她的聲音剛剛浮現，四周便似乎泛起了一圈圈的漣漪……有什麼事情就要發生，她好像被一種悠忽而至的寒氣冰了一下，噎住了。

「百合，已經很累了，還是休息會兒吧，晚上你不是還要給我送機票嗎？晚上再說……」她說著說著似乎就睜不開眼睛了，我只好告辭。

然而當天晚上我給她送機票的時候卻出了驚天動地的大事情：曼陀羅坐在梳粧檯旁，變成了一個老嫗。

嚴格地說是個木乃伊式的老女人。她的手裡，還捏著那只裝迷藥的小盒子，裡面卻是空的。她的臉上驀然出現了那麼多皺紋，五官還是她的五官，可是衰老得全部鬆懈下來，成了一張皮。

是她服了過多的迷藥變成了木乃伊，還是有什麼人對她施行了法術?!

我緊急地翻找羊皮書的內容，沒有，完全沒有這方面的應對措施，羊皮書的內容，完全是人類的各種遊戲規則，沒有這種匪夷所思的內容。我下意識地感覺，對於她的這種狀態，我應當嚴守祕密不事張揚，於是我只好守著她，完全無所作爲。

我拉開窗簾，星星漸漸顯現出來，還有一輪下弦月。我從眾多的星星中認出了海王星，抱著試一試的想法，我把戒指摘下來，讓它正對著海王星，發出光芒。

過了大概有十幾秒鐘，海王星開始閃亮，變成了集束的光芒，與戒指的光對接了起來，那是一道巨大的光柱，我開始暈眩，然後，在那種迷離的狀態中，我聽見海王熟悉而低沉的聲音：「……不要管她，她是自作自受……」

「啊……不，我的王，」我急切地呼喚著，「求你原諒我，我必須要管她，假如她做了什麼錯事，你可以懲罰她但不是現在，求求你，她的母親是我最熱愛的人，假如她有個一差二錯，那麼她的母親會活不下去的。」

「那麼好吧，小百合，我問你，如果需要你拿出全部財產來救她，你是否願意，當然啦，不包括你的小戒指，我還指望著你的小戒指爲我們的世界立下大功勞呢！哈哈哈……」

全部財產？我迅速地想了一下，我現在的全部財產，包括從海底世界帶來的全部珠寶和少許的錢，當然，那些珠寶可以折算出巨額錢財。

「我願意。」我聽見我的聲音在說。

「那麼，請你在今晚把全部財產送到酋長那裡，他會幫你想辦法的。」

「那要是萬一……」我想說，要是萬一我把財產都交出去了酋長卻不幫我怎麼辦，可話還沒出口，海王星就熄滅了。無論我怎麼拿戒指去比劃都沒用。海王星熄滅了，就像從來沒亮起過一樣。

看著曼陀羅的乾枯的身子慢慢變得暗淡，我開始收拾我身邊的「財產」。可我心裡眞的很氣，我跟她有什麼關係啊？可我知道海王正在看著我，神的眼睛在盯著我，我不能和人類一樣，說過的話不算數。一整晚附近的唱詩班都在唱詩，直到月亮和太陽交接的時候才慢慢停止。

7

莫里亞酋長獨自坐在一尊大燭臺旁邊，面目有些猙獰。

然而戒指的亮光似乎令他暈眩，他看到那亮光的一刻，表情就變了，慢慢變得和善。我想起曼陀羅的話，仔細觀察著他的表情，天哪可千萬別是他啊，我覺得自己一點也不喜歡這個男人。

越怕越來事兒，他終於開口說話了，他說小姑娘，你戴的這個戒指好奇怪啊！我緊張得連看都不敢看他，我假裝鎮定地說一個戒指罷了有什麼好奇怪的啊？但他可不是那麼好哄的，他突然問我：「你知道這枚花朵的名稱嗎？」

我搖搖頭。

「那麼，你認識詹嗎？」

「誰是詹？」

他好像舒了口氣，轉移話題說：「小姑娘，你這個戒指可不是一般的戒指，如果我沒有猜錯的話，這是所羅門王後裔的戒指。」

我全身抖了一下——在此之前，還沒有任何人、包括我的父母和祖父母——向我如此肯定地講述戒指的來歷——也許他們像我一樣對此一無所知。

酋長的臉在燭光下忽明忽滅，他的聲音也似乎隨著燭光的明暗而起伏。

「所羅門王你應當知道吧？他是大衛之子，是以色列的國王。聖經裡有他的故事。他的父親大衛開創了猶太王朝，並謀求建立一個從埃及邊界直至幼發拉底河的帝國。所羅門繼承王位以後消滅了他的政敵，把他的朋友安插在軍隊、政府和宗教機構的重要崗位上，還通過聯姻的辦法加強統治——他與各地國王的女兒和姊妹成親，其中有一個是埃及法老的女兒，法老攻佔並焚毀迦南人的迦薩城，把它送給了所羅門。當然，與所有帝國的開創者一樣，所羅門也是以武力維持自己的版圖。他大大地發展了商業貿易，興建了耶路撒冷城牆和聖殿，他還是一位著名的詩人，寫過一千多首詩歌……總之，小姑娘，所羅門當政時期是以色列猶太聯合王國的巔峰時期，軍隊強大，商業繁榮，耶和華聖殿和華美的王宮就是在那個時候建成的，他被後人認爲是古代以色列最偉大的國王。所以，現在我們稱讚一個人聰明，常常用『所羅門的智慧』這句話來形容……」

他賣弄了一番他的知識，我迷惘地看著他，不明白他說的這一切和我有什麼關係。

「別著急小姑娘，我接著要說的是：就在所羅門給外國的貿易使團修築館驛之後，來自示巴的美麗高貴的示巴女王對他進行了一次著名的神祕訪問，有人推測說那是一次帶有重大政治目的的國際訪問。聖經裡說，示巴女王聽見所羅門之大名，就想去了解一下眞象，她帶了整整一個駝隊的禮物！駱駝馱著香料、寶石和許多金子，浩浩蕩蕩地進入了耶路撒冷。她問了很多極其難解的問題，而所羅門全部回答正確。女王見所羅門確有大智慧、大榮耀，就讚頌他說：耶和華將永遠立你作王，使你秉公行義。

「……但是事情還沒完，後來，傳說是所羅門用他獨特的智慧誘惑了尙是處女的示巴。示巴女王由於拜訪所羅門而生下一個兒子。結局等於兩國聯姻，其後的示巴國民中出現了所羅門的後代。

「所羅門本來有一只著名的指環，戴上它就能與花鳥蟲魚飛禽走獸自由交談，根據傳說，他把這枚戒指送給了示巴，而示巴重新加工了這枚指環：首先，她讓頂級的工匠爲這枚戒指雕刻了一朵全世界只有示巴族才有的花朵，然後在裡面設了機關，加了只有示巴王國才有的香料，這香料也叫迷藥，是示巴女王專門引誘男人用的，但是據說這只指環被吃醋的埃及法老的女兒派人偷走了，她誤服了那裡面的烈性迷藥，結果化作木乃伊，最後被法老葬在金字塔裡。」

「這麼說，曼陀羅化作木乃伊是因爲誤服了戒指裡的迷藥?!」

「當然，因爲我在裡面加了一點島上的植物，所以藥性更烈了一點，而她又如此貪婪，有很多東西都是，少食一點也許有益身心，但貪欲就會造成不可挽回的結果!而且……而且……」他臉上的那種猙獰中又添了幾分陰險，「她也許在做一件可怕的事，我是要保護我們摩里島的利益，絕不會讓她得逞的!……我對你說，你一定要想好，我的小姑娘，像曼陀羅這種人早晚還會死於非命!你要想好，值不值得花那麼大的代價解救她!!」

「當然，我一定要解救她。當然，當然有原因。但我沒必要告訴你。」

他淡然一笑：「那好啊，所有的事都是有因果關係的。既然你願意，那麼我並不反對收藏一些海底世界的珍寶。」

「不過我想問你一件事，你既然知道戒指的由來，那麼知不知道戒指的主人究竟在哪裡呢?!

他呵呵大笑了：「小姑娘，你眞可愛，我知道你背負著海底的使命，眞可惜我不知道。我只能告訴你，你投生的那個東方，也許眞的投錯了，西方嗎？也不太像……如果按照這個故事的線索……」

「啊！如果按照這個故事的線索，很可能就在此地！古代的示巴族，不恰恰就在此地嗎?!」

他的眼睛裡突然暴出兩束亮光，然後慢慢熄滅了……他搖著頭：不知道……不知道……我眞的不知道……」

——但我想，他是知道的。

Chapter 6

曼珠沙華

神並沒有為善良的人增添一點什麼，也不從卑劣和虛偽那裡剝奪什麼，神似乎採取的是隱藏的策略，面對現代人，他從不現身，也許連他也感覺危險。

天仙子第一眼看見女兒就覺得她變了。除了過去一貫的冷漠，還有一種完全提不起精神來，彷彿大病了一場的感覺。過去曼陀羅瘦則瘦矣卻並不憔悴，可現在舉手投足間完全失去了過去的自信。因爲精神不好，美貌也打了折扣，天仙子急忙煲了豬手雲豆羹爲女兒滋補，曼陀羅一口口地吃著，毫無表情，無論天仙子多麼著急，她都一言不發。

曼陀羅好久都沒有恢復過去的美貌，她一直睡著不想見人。天仙子只好給百合打電話，百合似乎也對去摩里島的事諱莫如深。天仙子沒有辦法，只好每天好吃好喝地侍候女兒，天仙子暗暗地想，一定是自己造了孽，上天給予的懲罰。

天仙子很恨自己。明明知道老虎不愛她，明明知道愛上一個人該怎麼辦——恰如她清醒時在羊皮書裡寫的那樣「你若是愛上一個男士，萬不可去主動表達，因爲在愛情中愛得主動的那一方，都是受制於人的。」她明明知道這個，當她自以爲愛情來臨的時候，她卻慌不擇路，所有的紙上策略都煙消雲散，一句話，在她百般試探之後，她斷定了老虎不愛她，但她無法接受這個事實，只好繼續自欺欺人，她唯一的希望是老虎幫她演戲，無論愛不愛她也要幫她演完這齣戲，讓她軟著陸慢慢退出，否則，她會受不了，她會自殺，她很怕死，更怕自己死去沒人照顧讓她又愛又恨的女兒。

天仙子的這番心思，哪裡瞞得過老虎的眼睛?!老虎帶著一種居高臨下的心態，洞若觀火地俯瞰著天仙子拙劣的表演。他不戳破，沒有什麼好戳破的，既然老婆不在身邊，天仙子又無法干涉自己的自由，那又有什麼不好呢？開始他還比較收斂，後來簡直就是明目張膽了，無非就是滿足欲望唄，在老虎的眼裡，這個傻冒女作家其實跟那些充氣布娃娃也差不多，唯一不同的是還要多費點唾沫星子。至於愛，那是絕對談不到的。這個城市的男人已經多年不知愛爲何物了，女人對他們來說無非也就是一種商品，二十幾歲的青澀了些，還有點哄抬物價的意思，三十歲以上就可以賤賣了，而且她們還常常自降身價。現在SB傻瓜才去搞什麼處女呢，又難弄又危險，一般的熟女也不行，時間長了之後她們就會恃寵而驕，要這要那的，好像男的欠了她們什麼似的。比較理想的就是像天仙子這樣的女人，她們傻就傻在至今也沒能把愛和性分開來，由於她們那傻乎乎的帶有獻身精神式的愛，她們在交往過程中不會提出任何條件，還常常倒貼。而一旦膩了之後甩開她們也很容易，因爲這類女人的內心是驕傲的，傷她們是很容易的，一旦受了傷，她們出於自尊，還不敢揭露眞相，總是自欺欺人，不了了之，因爲她們貌似堅硬，實際上是最好欺負的一族。

天仙子是如此鄙視自己，自己這個已經做了母親的人，竟然如此爲了滿足自己的情欲不顧女兒，她又一次下了決心：老虎再來的時候，自己一定要立即斬斷這種關係，可是老虎沒來。三天過去了，一個星期過去了，一個月過去了，依然沒來，老虎，就像是在這個星球上消失了。

於是她心裡的一種痛又被另一種痛所代替。

她開始討厭自己，覺得自己正在變成一隻蒼蠅，用糖漿在洗滌自己。她看著自己好像進入了電視螢幕，覺得自己的服裝和一切都那麼可笑，語言和思想的時代明明已經過去，人們都在避開眼睛的對視，迅速地擺出各種欺騙的姿勢，不妨按一下倒退按鈕，把這座城市的歷史再從頭看一遍。找一個最適合自己的迷人的欺騙姿態，把自己暴露在外部，不再受內心苦惱的折磨，或者掉頭逃開，或許很快就能看見腳印被野草覆蓋，徹底離開那座城市的罪惡與快樂。

她這才明白那個被割掉舌頭的夢的深刻寓意：她也許很可憐，但是這種可憐是任何語言所不能表達的。彷彿海浪被鎮壓在陡岸底下，又像被一隻魚鉤釣著的魚，儘管那魚鉤是金的，那魚嘴上塗了口紅，可殘酷的現實是，她依然是釣餌上一條可憐的掙扎的活魚。

清醒的時候她覺得自己捲入了一個無聊的故事，她甚至懷疑神的品質：因爲神並沒有爲善良的人增添一點什麼，也不從卑劣和虛僞那裡剝奪什麼，神似乎採取的是隱藏的策略，面對現代人，他從不現身，也許連他也感覺危險。

然而，這世界上就眞的連一丁點兒的愛，一丁點的溫暖也沒有了嗎？她還是不信。只不過神沒有惠顧她，愛沒有惠顧她，神也喜歡年輕人，喜歡那些飄在風中的顏色鮮明的裙子，而她，更希望碰上一隻可以假裝成諾亞方舟的紙船，那樣的話，起碼可以騙騙自己……

2

老虎特意爲百合擺酒接風。

百合穿一身玫瑰紫的紗衣，戴摩里島買來的銀紫色耳環，這些，都是她在失去財產之前買的。老虎在給百合倒酒的時候，心裡還在惦記著：她會給我買件什麼禮物啊。

老虎這麼想絕非沒來由，以前的每次相聚，百合都是大包小包提了來，老虎是親眼見過百合買東西的風範的，百合買東西從來不問價錢，有一次他們偶然在一家高級商場裡面相遇，百合拉著他就找了一家品牌專賣店，叫什麼LV的，百合說你的西裝實在是該換了，你看這兒的新款西裝多漂亮啊！不如買兩套穿穿，當時他驚奇地看著她帶著一種玩味的心理看她是否能夠堅持到最後，但是讓他吃驚的是：她根本不是在演而是動眞格的，她滿場亂飛地跑來跑去，把每套尺寸合適的西裝都拿來給他試穿。他一開始還帶著一種絕不相信的輕鬆和好玩心理，直到最後她準備付款的時候才大驚失色，他攔住她他說百合你千萬不能這樣，我們在公司是上下級關係，你要是這樣以後就不好辦了。他壓低了聲音爲的是怕售貨人員聽見，可是百合沒頭沒腦地大聲回答：「什麼叫不好辦啊？不好辦是什麼意思啊？我又沒想讓你提拔我，我不過是覺得你身上的西裝太老氣該換了而已。」百合的聲音讓所有的售貨人員都聽見了，老虎面紅耳赤覺得自己陷入了一個尷尬的境地。

後來百合一擲千金地買了一套近七萬元的西裝，藏青色，款式絕對漂亮，爲了和這套西裝相配，百合又半強迫地爲他買了一雙漂亮的名牌皮鞋，老虎覺得這身行頭可以參加華爾街的任何重要會議，但是到目前爲止，他覺得自己沒有穿的場合。然後百合又買自己的衣裳，她讓他等在外面，自己跑進試衣間，一套套的衣裳穿了脫脫了穿，讓他來評判。說實在他也是見過大世面的人，也曾經當過大型選秀活動的評審委員，所以審美上還是蠻自信的，那天百合一連買了四套衣裳，都相當成功。她今天身上穿的這套玫瑰紫的紗衣也是當時買的，如今穿著依然風姿綽約。

可是，為什麼百合這次竟然沒給他帶來任何禮物呢？

老虎覺得奇怪。更奇怪的是接下來百合的問話：「……原來我每月的薪水只有這麼一點點錢啊？」

「你是第一次領薪資的錢？」他問。

「是啊，原來我以為……現在看起來，這點薪水還不夠一頓飯錢。」

「是啊，你現在不過是個普通編輯，如果……如果可以做項目經理的話，你的薪資會比現在高得多……」

「那麼，我怎麼才能當上項目經理呢？」

「你一直活在外星上嗎？」他盯著她有些詭祕地一笑，「百合，你來了公司以後一直傳言不斷，有人說你是某地首富的女兒，有人說你是上面某政要的親戚，甚至，甚至……甚至有人說你是某國國王和某國女星的私生女！……總之大家都認為你是有背景的，而且背景大得很！……你，你能把眞相告訴我嗎？咱們也算是朋友了，把眞相告訴我吧！我一定保密!!」

她困惑地看著他，眞的不明白他在說什麼。「你說的什麼啊？什麼眞相啊?!」百合知道當然不能告訴他她來自另一個世界，她知道即使告訴了他，他也不會相信的！

「好了百合，你演得夠成功的了！你看你多會裝傻啊！一個小姑娘，照你說來是父母去國，可你哪來的那麼些錢？看你乾乾淨淨的，不像是掙那些來路不明的錢啊！」

「對，我的父母是在很遠很遠的地方，可是難道父母不能為我留下或者寄來什麼東西和錢財嗎？」她憤然叫了起來，「這些人太噁心了！要知道我並沒有招惹他們，可他們為什麼總和我過不去啊?!」

他笑了笑：「很正常啊，他們並不是專門跟你過不去，他們是恐怖的大多數，大多數的意義就是要和所有人過不去，每個人都要經過嚴格的審查，你今天合格了，但並不意味著永久合格！明白嗎？……看來你還是不明白，譬如說我吧，我最近被議論得少了，並不意味著我就永遠不被議論了。假如我明天酒後駕駛或者和哪個女演員出去吃飯，我的消息肯定又得上咱們B城的頭版！這是個娛樂時代懂嗎？什麼都別太較眞兒了，特別是在我這個位置，認眞的話一天都不能活，懂嗎?!」

「那你為什麼還願意呆在這個位置啊？」

他一怔，哈哈大笑：「百合啊，我眞是服了你了！你眞的像從另一個世界來的！告訴你吧，這個位置是個魔椅，上去就別想下來。很久以前有位偉人說過，與人奮鬥其樂無窮，眞的，位置的風險越大就越有刺激性，男人嘛，都喜歡這種刺激……算了，不跟你講了，講了你也不懂！……」他臉上的笑容劃過一絲淫邪，「我會很快提你做項目經理，如果你表現得好一點的話。」

也許她的表情不是他所希望的，他又把口氣放溫和些，輕輕地問：「我可以問個問題嗎？你必須如實回答我。」

她點點頭。

他的聲音幾乎成了耳語：「……你……是不是最近破財了？去摩里島回來之後……」

「是的，我破產了。我所有的錢財都丟失了。現在，我是個一無所有的人。」

她看著他，平靜地說。

一向冷靜之極的他竟然半張了嘴，說不出話來。

3

百合眞的沒想到錢對於人類社會是如此重要，其重要性簡直等同於生命。

百合的薪資幾天就花光了，而所有的海底珠寶也沒有了，她只好變賣自己的衣裳。好在她的衣裳成箱成籠，而且，都是名牌，還非常漂亮。

百合瞄準了離家不遠的一個地方。地鐵裡，對面一個瞎子老頭在歌唱，兩邊是賣DVD的，百合鋪了一張簡陋的席子，盤腿大坐，把帶來的衣裳一件件鋪上去，剛剛鋪到第十七件的時候，她的眼前就出現了一大堆穿著各種鞋的腳。然後，就出現了手，一些穿著考究的小姐太太們，不顧體面地在百合的衣裳中扒來扒去，她們幾乎是如同搶掠一般地抓狂著，每人都拿走三四件，不停地挑選著，正當百合的眼睛顧不過來的時候，突然發現人叢中好像有個熟悉的面孔，那張小小的狐狸臉，一閃就不見了，她好像也拿了幾件衣裳在比劃，百合突然感覺到一絲寒氣掠過，好像是一種邪惡的信息——

百合有些擔心了，她站起來開始叫喚：「喂，大家還是把衣裳放在這兒挑吧！好不好啊？」

然而場面已經失控了。那位一閃即逝的小姐手裡已經拿到了五件衣裳，她眼尖手快，早已發現那是一線大牌 Burberry 和 Kenzo 的牌子，恰恰這兩種牌子都是她喜歡的，應當說價格相對已經算是低的了，但是她依然覺得遠遠不夠，對於她——罌粟這樣的女人，一切都沒有底線。她悄悄地跑到一邊去打了個手機，僅僅過了幾分鐘，那五套美麗昂貴的衣裳就歸她所有了——警察來了，驅散了人群，人群趁亂把那些平時根本不敢問津的衣裳一搶而光，而百合卻被帶到了警察局。

罌粟一口氣跑了差不多一站地，才覺得自己安全了。她雙手發著抖，迫不及待地打開那些衣裳，這種感覺簡直是太奇妙了！她判斷那一套 Burberry 時裝裙至少要值十二萬塊！天哪！十二萬塊！她是打死也捨不得買這樣昂貴的衣裳的！可她是多麼喜歡看那些櫥窗裡的模特兒啊！那些國貿大廈裡面的高級品牌，經常是五位以上的數字，她常常在那些櫥窗旁邊留連忘返。她覺得自己的身材一點也不遜於那些模特兒，可爲什麼就沒有穿那些漂亮豪華時裝的福氣呢?!可現在她有了，而且沒有花一分錢。不她一點兒也沒有爲那個被帶進警察局的傻丫頭難過，沒準兒她也是從什麼不法管道弄來的呢，要不然怎麼會在這個鬼地方擺攤兒呢？只能怪她倒楣，只能怪她運氣不好！罌粟四顧無人，趕緊把衣裳重新裝回袋子裡，緊緊捏住，就像是捏緊了一個夢似的，生怕它溜走。

她決定，今晚要約見阿豹，穿這套 Burberry 的連衣裙。

大概就是從這一次開始，百合眞正領略了人類世界的可怕。

當她從警察局走出來的時候，天已經擦黑了。

她漫無目的地走著，向著家的方向。她在想海底世界她自己的家，在那個世界，億萬年來也不曾發生過這樣的事情。有一次，她和一條貝葉魚同時發現了一隻剛剛死去的大珠蚌，那裡面有一顆價値連城的巨大明珠，她和貝葉都喜歡，但是她們互相謙讓，她搶先把珠子塞給貝葉自己走了，可到家之後就看見珠子在自己的房間裡熠熠放光，奶奶說小貝葉把你買的珠子帶回來了。她吃了一驚，把珠子收好，然後在自己臨走的時候仍然給了貝葉，這就是海底世界的生物們之間的關係。

她就這樣失去了自己美麗而昂貴的衣裳，沒有得到一分錢，還被幾個又髒又醜的男人教訓了一頓。她在想，人類實在是太可惡了，難道他們做的這些事，神沒有看見嗎?!

她拉開窗簾，想在月圓的時候向海王星祈禱，可是外面無星無月，她肚子很餓，餓得睡不著覺。她在想，應當找誰？第一個想起的人是老虎，說實話她現在想念老虎，她知道她如果找他，他不會拒絕，可是，她需要爲自己目前的窘境向他解釋，而實際上，她無法解釋。那麼就是天仙子了，天仙子那裡很安全，她可以在那吃好睡好，甚至可以住一段時間，可是依然面臨著一個解釋的問題，所謂解釋，就是撒謊而已，百合還沒有完全學會人類撒謊的本領，拿不準自己是不是能夠把一個謊言編圓。

只有曼陀羅了！這一切都是因她而起，百合把自己全部的財產抵押出來，不過是爲了拯救這個鬼知道該不該拯救的女孩子！她立即撥通了電話，電話那頭傳來曼陀羅懶洋洋的聲音：「來吧。」

5

曼陀羅破除法術之後，似乎一直處於一種失憶狀態。百合倒是覺得這種狀態挺好的，比過去的曼陀羅可愛。

只有曼陀羅自己知道，她並沒有失憶，她什麼都記得。

那一天，當她坐上地獄列車馳向那個無名古堡的時候，在無意間洞察了一個殺人的陰謀。一個貴婦模樣的人用香料殺死了自己的情人。她當時覺得終於找到了機會——她的判斷是對的：那位貴婦果然知道一點有關戒指的祕密。

她的判斷自然首先來自那些香料的配製，那樣的配製令她震驚。她斷定貴婦完全懂得有關迷藥的一切，她衝進第一現場，貴婦在慌亂中說出了一些本來不該說的話——很可惜她手頭沒有那枚戒指，但是按照她的描述，貴婦說那朵奇異的花來自摩里島。至於叫什麼花，那是打死也不敢說的，看著她臉上那種莫名驚恐的表情，曼陀羅的好奇心陡然又增加了數倍，她決定立即啓程前往摩里島。

貴婦勸她別去，貴婦說她從小就懷有一個巨大的夢想，想實現她想像中的美好愛情，爲此她不惜用各種致幻性植物的配方配製出各種香料以迷倒她看中的男人，然而多少年過去了，她的夢早已幻滅。至於躺在這裡的這個男人，是一個負義的王孫，她懲治這種人已有經年，她知道自己已經墮落了，但她不忍心看著一個十五歲的美麗女孩走自己同樣的路。

「小姑娘，我勸你還是回去吧。回到你自己的國家裡，人類不是說過嗎？好死不如賴活著，何況你這麼漂亮、這麼聰明……」

「告訴我，怎麼才能走進摩里島王宮？」

「……那裡有一位叫做莫里亞的酋長，很受王室的信任……不過我勸你別去，那裡非常危險……」

曼陀羅完全置之不理，決定去會會那位莫里亞酋長。她已經深陷在自己建構的幻想之中，誰也無法阻攔。

沒有想到的是，她剛剛開始描述戒指上那朵花的形狀，並且希望得到酋長幫助，找到那種花與香料的時候，酋長便翻了臉，當時莫里亞好像突然變成了可以擠出藍血的惡魔，撲上來掐住她的脖子，把所有的迷藥都灌進了她的嘴裡，她心裡是清楚的，手腳卻僵硬著無法動彈。她眼前出現無法描摹的幻象：被橡樹根糾纏的房子上面坐著一個流浪的神，遠處有人在彈鋼琴，一個留著捲髮的女孩被奇怪地貼了鬍鬚，拿著一只黏土長頸瓶，裡面不知是酒還是蒸餾水。後來她終於看見那個彈琴的女孩，竟然是坐在馬桶上，鋼琴上擺著的蒼白的玫瑰帶點紫色。有一大群人四仰八叉地躺在周圍，還有一口大鍋，咕嘟嘟地煮著藥水，那藥水的香氣浸透了她的全身，她覺得自己昏迷了很久很久才醒過來，全身的力氣都失掉了。

她比以前更瘦了，一件細肩帶睡衣撐著她細小的骨架，她迷迷糊糊地半睜著眼睛，從冰箱裡拿出半成品：咖哩炒飯和義式肉醬麵，又煎了幾個雞蛋，百合一邊狼吞虎嚥一邊譴責：「怎麼你永遠吃這兩樣東西啊？」曼陀羅又給她倒了一杯紅酒。百合吃飽喝夠之後靠在沙發上，喘出一口氣來，慢慢地說：「我破產了，在你這兒住些日子，可以嗎？」曼陀羅冷冷地垂著眼皮說了一句：「隨便。」然後就從櫃子裡拿出一套乾淨的床單被褥，放在客房的床上，然後去浴室放洗澡水。

百合在洗澡的時候把剩的最後一點玫瑰精油用完了。然後就倒在床上呼呼大睡，凌晨時分她忽然作了個夢，夢見一朵萎敗的花就開在自己的床頭，越開越大，就在它變得人那麼大的時候，她驚叫一聲驚醒了——在漆黑的夜裡，曼陀羅正一動不動地站在她的床前，看著她。

她一下子坐起來，肩上的細肩帶滑落了，露出肩膀和前胸上的一片雪白。

「百合，過去的事都是我錯了，求求你，給我一點迷藥吧。你知道，我早就離不開這玩藝兒了，現在我天天失眠，沒有食欲，很多見過我的人都說我不如以前好看了，所以，我現在天天閉關，連人都沒興趣見了，一個人貓在家裡不知道要幹什麼，百合啊，你不知道那種滋味有多難受！眞的是抓狂啊!!……」

曼陀羅站在她的床頭說了很多，曼陀羅的話讓她突發奇想，她一直奇怪摩里島的那個夜晚到底發生了什麼，可曼陀羅總是諱莫如深，做出一副失憶的樣子，然而百合內心深處，並不相信她失憶。

「你得告訴我，摩里島的那個夜晚，到底發生了什麼?!」

曼陀羅雙眼都變得迷惘：「哪個夜晚，我記得我們去了摩里島，在那呆了起碼四個晚上，然後就回來了，什麼事也沒有發生啊?!」

「我們臨走前的那個晚上，你變成了一個木乃伊，最後是我把全部財產抵押出去，才請得莫里亞酋長來爲你解除了法術，難道你一點不記得?!」

她迷惘的眼睛變得吃驚了：「你說什麼?百合，你不會是還在作夢吧?什麼木乃伊?什麼酋長?不過是臨走那天晚上有個小偷把我的迷藥偷走了，我沒有了迷藥，一直痛苦而已……」

「那我問你，還記得番石榴嗎?那個女孩，因爲吃光了稻香春的點心讓你生氣，然後你讓人家犧牲貞操來爲你換迷藥……」

她作一副苦思苦想狀：「……我做過這種事?……實在想不起來了。……」

百合拿出隨身帶著的幾張照片：「這是番石榴，這是莫里亞酋長，這是我和你……這你總歸不會認不出來了吧?!」

「啊!天哪!……」她的臉變得煞白，驚叫起來，「你看哪，你看百合，這裡面還有一個人，還有第五個人你看見了嗎?!」

她的驚叫讓百合後背發涼，當時，萬籟俱寂，百合一手撐著床，慢慢地把眼光挪到那張照片上，可是，什麼也沒有，背景是摩里島的文化村。

她恐懼地看著百合：「你眞的看不見嗎百合?就在文化村的林子裡有一張人臉，你看不見嗎？一張老人的臉?!」

百合毛骨聳然地重新拿起照片放在燈下，依然什麼也看不見，百合把燈慢慢擰暗，就在燈光變化的時候百合眞的看見了一張臉，一張老人的臉——那是海王的臉。

曼陀羅是眞的害怕了，因爲，她過去是見過這張老人臉的。

6

百合眞的被提拔爲項目經理，她的薪資一下子長了很多，她對薪資這個東西終於有了概念——原來薪資就相當於海底的貝殼，她攢了很多貝殼，可以用它們去換她需要的東西。

她在曼陀羅家住下來了，曼陀羅似乎仍然處於失憶狀態，不過曼陀羅的確有一個大大的優點：和她一樣慷慨。曼陀羅拿出存摺對她說，過去做生意的時候還賺到過一些錢，隨時可以取出來用，密碼她告訴了百合，摺子放在她們共同知道的地方。儘管如此，百合依然非常自覺，只有在自己的薪資用完，而又非常需要的時候動這些錢，這是一筆很大的存款，她眞的不知道曼陀羅靠做什麼生意賺的錢。曼陀羅說你就別管那麼多了，反正你花吧，隨便花，就當是自己的錢一樣。

曼陀羅這麼做，自然是對百合終於給了她一點迷藥的報答，百合告訴她自己所剩的也不多了，只能給她一點點。實際上百合只給了她小米粒那麼一點點，她就已經感激涕零了。她不再失眠，膚色也慢慢恢復，整個人也從那種完全被打垮了的狀態裡漸漸走出來。她和百合話不多，每天說話都是在吃晚飯的時候，她不再吃那種冷凍的半成品，她經常帶回很昂貴的食物，而且她們還常常到外面去吃。當然，她吃得很少，好像純粹是爲了陪百合，而百合天生有個大胃，好像永遠裝不滿似的，說眞的百合自己都不好意思了，可曼陀羅總是爲百合點各種讓她難以拒絕的美食。有一天晚上，她們在一家日本料理吃飯，她突然對著百合說百合你眞好看。然後就拿了一面小鏡子給百合照，百合在鏡子裡看見一個臉色白裡透紅的大娃娃，還鼓著腮幫子大嚼著——百合想，自己什麼時候變成這樣了？

再看看她，瘦得像根蘆柴棒，雖然比百合小幾歲，但看上去她們年紀相仿，她在百合旁邊就像受氣的小媳婦。自從遭遇摩里島那次毀滅性打擊，她好像傷了元氣，再也恢復不過來了似的。

當晚，她們在一起看DVD，是她帶回來的。這張碟片一打開就嚇了百合一大跳，那裡面全是做愛：男人和女人，男人和男人，女人和女人，甚至還有野獸。嚇得百合毛骨聳然。但是百合的好奇心迫使自己看下去——曼陀羅拉住百合的手，好像在給她壯膽。

DVD看完了，曼陀羅站在她面前，慢慢脫掉自己的吊帶裙。

她先是發呆，後來好像一下子明白了曼陀羅要幹什麼，她驀地站起，腳底抹油似的溜進房間裡，任曼陀羅怎麼敲也不開。

曼陀羅的聲音十分輕柔：「百合，百合你別怕啊，眞的很好，你會覺得，意想不到的好，那種感覺，你要是沒有嘗過，眞是枉費一生啊！……」

曼陀羅不斷地說著，聲音慢慢變成一種奇怪的耳語。她好像慢慢聽進去了。但是她依然沒開門。

轉眼間，她來到人類世界已經幾年了，她習慣了這兒的生活，可是，她的內心世界依然屬於海底。在海底，大家肌膚相親的前提只有一個字：愛。並不排斥和同性，她和小貝葉也有相親相愛的時候，她們覺得很自然，然而對曼陀羅，她沒有這種感覺。

心跳和鐘響融爲一體，都是有節律的聲音，還有門外越來越弱的耳語聲。她慢慢地被催眠了。不知過了多久，在一片靜寂中，她聽到了一個聲音，來自那個小倉庫，她怔了一下，以爲是夢裡的聲音，但突然地，她驚醒了，不，那是現實中的聲音，是實實在在的聲音！就來自那個小倉庫。

一瞬間她睡意全無，聽了聽，門外已經不再有耳語的聲音。她悄悄地走向那個小倉庫，卻看見那上面，安著一把鎖。她把耳朵貼在倉庫門上，悄悄地問：「有人嗎？」

她問了幾聲，沒有聲音，就在她剛剛轉身離開的時候，她聽見裡面嘩的一聲響，像是有人把一杯水潑在了地上。

她驚住了。是的祕密就在那兒，就在那扇門裡。曼陀羅從來不開那扇門，也永遠把她從那扇門前引開。

7

曼陀羅也有很認眞很靜默的時候。

那是她認眞研究那些花朵的標本的時候。

那時候，百合就會悄悄沏上一杯茶，在透明的陽光底下，欣賞這個怪異的女孩。應當承認，這個女孩靜默下來還是很讓人憐愛的。

百合這才知道，她那些鐵藝和玻璃之間，一疊疊的像畫作一樣的紙張，都是花的標本。

曼陀羅說，製作迷藥的第一步，就是要了解這些花朵，這些迷藥和香料的來源。高興的時候她會招手讓百合過去，告訴她許多有關花朵的事情，百合是第一次從她嘴裡聽說關於「花語」。是的那本羊皮書上有「如花解語，似玉生香」這類的詞兒，但是百合並不明白，花語是指人類用花來表達人的語言，表達人的某種感情與願望，在E時代，甚至成爲了一種信息交流形式。絕不能在不了解花語的情況下就亂送別人鮮花，結果只會引來別人的誤會。

曼陀羅說，花語最早起源於古希臘，那個時候不止是花，葉子、果樹都有一定的含義。在希臘神話裡記載過愛神出生時創造了玫瑰的故事，於是玫瑰從那個時代起就成了愛情的代名詞。

「花語眞正盛行其實是在法國皇室時期，當時貴族們收集了民間的花語信息，然後讓那些含有特殊花語的花朵在他們的後花園裡生長。」曼陀羅有些詭祕地看著窗外的雲，「十九世紀的時候，社會風氣還不是十分開放，在大庭廣眾下表達愛意是難事兒，所以戀人們贈送的花就成了愛的信使。」

關於花語的描述吸引了百合，她大睜著一雙清澈見底的眼睛，聽著。她的這種姿態讓曼陀羅很得意。

「譬如現在B城的人都時興在情人節送『藍色妖姬』，」曼陀羅滿臉不屑的樣子，「可是他們根本不懂，單枝藍色妖姬的意思是承諾，而雙枝藍色妖姬的意思是：相遇是一種宿命；至於三枝藍色妖姬是說：你是我最深的愛戀，希望永遠銘記我們美麗的愛情。這幫土冒兒，他們不過是跟風兒罷了。」

曼陀羅打開那一頁頁夾著花朵標本的紙，裡面的藍色妖姬是一種藍色的玫瑰，如同藍色天鵝絨一般華貴。

又打開一頁，鳶尾花，外觀像蝴蝶，很美的花。曼陀羅不經意地說：「它別名就叫藍蝴蝶，也叫愛麗絲，它是戀愛的使者，是製造香水的最佳原料，歐洲人認爲它象徵光明和自由，古埃及人覺得鳶尾花是力量與雄辯的象徵，不同顏色的鳶尾有不同的花語：白色代表純眞；黃色表示友誼永固；藍色是破碎的激情；紫色代表愛與吉祥；深寶藍色的德國鳶尾代表神聖……」

又翻到一頁，黑裡透紅紅裡透金的玫瑰。「……看，這是黑玫瑰，多漂亮，玫瑰裡我只喜歡它，這種叫「黑魔術」，很神祕；這種叫「黑美人」，花型小一點，光澤好，像金絲絨似的，你知道它的花語是什麼嗎？……」曼陀羅盯著百合，一字一句地說：「它代表眞心；我是惡魔，但我是個眞心的惡魔知道嗎？我送了你這個，你就得歸我所有！」

百合一下子轉過臉去，「那你永遠別送我這個！」

曼陀羅笑起來：「逗你玩呢傻孩子！看看這個吧，花中妙品「虞美人」，是不是像美女？長袖善舞，華麗文雅，可惜不能作觀賞，要是切了，汁水外流，很快花枝就會萎縮。嬌氣得很，它的花語是安慰、慰問的意思，你要是生病了我可以買了它去慰問你。」

「我可不想為了它生病，」百合喃喃地說。然後她就被一朵可怕的花嚇倒了，那花就像是一領廢舊了的綢緞，打成了一個起了皺的包裹，巨大，顏色像陳舊的血跡——

「這叫魔鬼之花，也叫屍香魔芋。它的花語是死亡。」曼陀羅繼續說著，好像說著完全與她無關的事。「它生長在蘇門答臘群島，是世界上體型最大的花，它的臭味能引來蒼蠅為它授粉。傳說中它能亂人心智，產生幻象，引誘著人走向死亡，好像它就是那個專門守護所羅門王寶藏的惡鬼。……它……」

「好了，別說了，翻篇兒翻篇兒……快點啊！……」

「哈，原來我們的百合也有害怕的時候！」曼陀羅更加得意，又翻了一頁，「好了好了，這種花叫天蝶梅，又叫雪球花，它代表青春美麗！好了吧？它代表你！」

百合這才湊上去看了看，看見一朵朵小花圍成一個大球，小花呈星形簇生，清雅嫵媚，就像雪白的皺紋紙做成的，百合上去聞了聞，一股很正的清香。「這花好香，應當是製造香料的好花朵啊。」

曼陀羅哼了一聲：「可這花是中看不中用。它呀，雖然香，可不合群兒！和任何其他香料都配不到一起，所以也只好棄之不用了！」

那天，當星星出現的時候，百合終於看到了傳說中的「彼岸花」。

「這不是花，這只是一幅畫。它藏在了銀色封面的夾層裡：「這是我第一次給人看。我媽千方百計地想看，我都躲過去了！……你看它多美！」

百合戰戰兢兢地看著這枝畫在羊皮紙上的怪異的花，她甚至覺得此花比那個什麼魔鬼之花還可怕。它有紅白兩色，眞是雪白血紅。而且，上面還有金色的斑點。

「這才是最頂級的花呢！你知道它的花語嗎？災難、分離、死亡之美！它也叫曼珠沙華，我就叫它曼珠沙華，比彼岸花這名字美多了。它只開在黃泉路上，所以我拿不到它，只能把它按照傳說中的樣子畫出來。那些守候著男人的傻女人，純粹是假裝幸福的守候，實際上她們守候的是通往黃泉路的彼岸！這彼岸其實是永遠到不了的距離，除非死。」

百合覺得渾身發冷，她下決心要擺脫曼陀羅，無論她對自己多好，都要擺脫，可是在那個時候，她還是問了一句愚不可及的話：「那你聽說過『煉獄之花』嗎？」

曼陀羅的臉色一下子變了。曼陀羅說什麼煉獄之花？你一定是說我媽媽正在寫的那部傻小說吧?!她不過是在我這兒批發了一個詞兒，就用來當書名，她對花，對香料和迷藥可以說是一無所知。煉獄之花，根本就不存在。

最後百合伸開自己的小胖手，指著戒指上的花朵：「你要是能說出這朵花的花語，我就服你。」

曼陀羅沮喪著：「這朵花，別說花語了，連花名也不知道。」

在那個星光燦爛的夜晚，她們兩個誰也沒想到，曼陀羅到死也不知道那戒指上的花朵——她後來正是死於魔鬼之花和曼珠沙華。而煉獄之花，它是存在的，並不僅僅存在於天仙子的幻想中。

8

阿豹看到罌粟出現時果然眼前一亮。今天的罌粟容光煥發，的確非比尋常。罌粟穿一件紫色調的服裝，黑紫相間，腰間有精緻的金色花紋，低胸，露出很深的乳溝，令人想入非非。

那一天他們做愛酣暢淋漓，完事兒之後像平時一樣，她枕在他的臂彎裡，似乎不經意地回答他的話：「你也看出這衣服不一樣了？當然不一樣，跟你說，這衣服擺在國貿的櫥窗裡，十幾萬。」她感覺到身旁這個人僵住了，半晌，才動了一動，又動了一動，捏了捏那件連衣裙的衣角：「好是好，可也看不出這麼貴啊?!」「世界名牌你懂嗎？光這個牌子就不得了，Burberry，中國有幾個人穿得起啊？」「那你哪來這麼多錢啊？」

她微微一扭脖子：「別人送的。」

「誰？」

「一個大老闆。」

「什麼目的？想泡你？」

「哼，」她又媚笑了一聲，「不過是在時尚雜誌上發了個頭條。……倒是，想泡我的有錢人也確實大有人在，」她戳了一下他的腦門兒，「你可得有點危機感啊！嘻嘻……」

他覺得自己一下子被打中了，好久以來，他一直有樁心事，他想做買賣，他想在經濟上打個翻身仗，眼看著別人一天天富起來，「忍看朋輩成『新貴』」，他心有不甘，特別是過去的連襟金馬似乎越來越闊，買了房子買了車，他聽女兒曼陀羅說起，心裡不是滋味。就在前些日子，他接觸到一個大公司的老總，說想讓阿豹到他那裡去當副總，說起一件抵押擔保的買賣，當時老總想讓他做擔保人，因爲他和另一個公司的總經理是發小，從小一起長大的，鐵哥們。他猶豫不定，不知道水有多深。

那天他們談到很晚，阿豹突然發現，罌粟不但是性感尤物，還著實是個商場菁英。罌粟鼓勵他一定要接下這筆生意，她飛快地幫他算了一算帳——如果此筆做成了，那麼賺下來的至少有七位數。

罌粟說，該出手時就得出手啊！

阿豹想，是該自己出手的時候了。

然後他們打開電視，偎在一起，一下子就看見了金馬那張志得意滿的大頭像，金馬在大侃反腐倡廉問題，談得口沫橫飛，滿臉憂國憂民，意正辭嚴。他的反腐劇終於開播了，據說還有些反響。

罌粟說換頻道吧，看見他我就噁心。阿豹說我倒是挺欣賞他的表演的，他演得眞好啊！我敢說他是個利用寫反腐搞腐敗的人，以前不得志是因爲沒有機會腐敗，假如有了這種機會，我看他比誰都腐敗！你信不信？

罌粟冷冷哼了一聲躺下去：「不知道，你大舅子的事兒，倒問別人？」

阿豹雙手捧起罌粟的臉兒：「別著急，三年之內，我讓你坐上BMW。」

罌粟似笑非笑地斜睨著他：「……三年，是不是太長了點？我都老了……」

他們的身體又黏在了一起。黑暗中，阿豹覺得罌粟化成了一攤水，一抓，就從手指縫裡流瀉出去了。

Chapter 7

奴隸

有了那一段生活，我才明白為什麼自有人類以來，便不停地為權力而鬥爭，甚至金錢都沒有那麼大的誘惑，而且往往是有權便有錢，便有一切。

晚上閑得無聊打開了電視，意外地，我看到一張大臉，差不多覆蓋住了螢幕，是金馬！我知道最近正在播他寫的那部反腐戲，他現在今非昔比，儼然是個人物了！

但是他說話水準眞的有限：他反覆地說什麼過去一直鬱鬱不得志的原因，他眼睛裡含著憤怒，臉上的肌肉在抽搐著，他罵那些評論家水準太低，過去一直看不懂他寫的東西，一直不承認他，說到這裡他脖子一梗青筋綳出來：「現在，我根本不需要他們了！我的觀眾加起來有一個億！他們算什麼呀，有幾個人知道他們啊？過去我還一直把這些人供著，想給他們拎點兒點心過去，哼，眞是高估他們了！他們眼裡，根本沒有我這樣憂國憂民、以社會爲己任的作家，他們眼裡只有那些個人化寫作，脫光了衣服寫作的人!!……」

金馬因爲過於激動，一口吐沫從暴牙縫裡漏出去，噴了主持人一臉。我看得哈哈大笑，我看見那個主持人一下子沉了臉，冷冷地說：「對不起金大編，我看你就是脫光了衣裳也沒人看!!」

我笑得幾乎背過氣去，曼陀羅從另一個房間衝過來，當她弄清楚是怎麼回事的時候，她好氣又好笑地盯著我說：「百合我看你瘋了吧？我明明聽見剛才那句話是你說的啊！你不想想，人家主持人怎麼會說這種話呢？」

我一怔，再看主持人笑容可掬的樣子，這才回想起剛才那話的確是我心裡想說的，可我怎麼一不留神就說出來了呢？而且還認爲是別人說的！我過去可沒這毛病啊，我怔怔地看了她一眼，她狠狠地擰了我臉蛋一下：「你眞是讓人恨又不是，喜歡又不是！看你，最近光長肉了，還不減減肥！」

「你管得著嗎？」我嘴上這麼說著，還是跑到鏡前照了照——我的臉蛋已經變得像圓規畫的那麼圓了——我爲什麼這麼容易長肉啊?!

「哼，像我這麼缺心少肺的人，當然容易長肉了，誰像你，越長越像猴兒，眞給人類世界丟臉！」

曼陀羅被我說得無精打采，她最近越發瘦得可憐，兩根鎖骨像錐子似的凸了出來，她從冰箱裡拿了兩罐優酪乳，遞給我一罐，自己走到窗前慢慢吸著。我走過去，輕輕推了她一下：「喂，我可不是討厭你大舅啊，他好歹還幫過我的忙，我就是覺得他那樣兒特別好玩兒……」

話還沒說完，我突然覺得自己被兩條灼熱的鐵箍給箍住了，箍得死死的喘不過氣來，半晌我才反應過來——那兩條鐵箍，竟是曼陀羅的兩根瘦胳膊。

我被她拖進一個灼熱的死海裡，她張開血盆大口掉出一條血紅的長舌頭，活像一條響尾蛇吐出毒信子，那陣勢完全是要把我吞了！她像鼻涕蟲似的黏在我身上，黏得牢牢的，怎麼也撕不開……她嘴裡不停地重複著：「百合、百合、百合我喜歡你，眞的喜歡……」那滿臉迷醉的樣子眞讓我覺得自己成了寶，我覺得自己在使盡全力地推開她，可其實根本沒有力氣，她身上那要命的迷香把我的力氣奪走了……

可我依然沒有讓她得逞，在緊要關頭，我的戒指突然爆發出一種奇亮的光，曼陀羅看見那光就捂住了雙眼，然後她像奴隸一般跪在我的身邊，吻著我的腳趾，她說百合你的腳趾甲該剪了，我來剪，我還會給你塗上一種非常漂亮的指甲油。

2

多年之後在回憶中，我才深感那一段日子實際上是我有史以來最愜意的生活。有了那一段生活，我才明白爲什麼自有人類以來，便不停地爲權力而鬥爭，甚至金錢都沒有那麼大的誘惑，而且往往是有權便有錢，便有一切。

我的快樂就來自我的一點小小的權力：我終於有了一個可以使喚的奴隸，我可以隨心所欲地使用我的控制力——原來這可以爲一個人帶來無窮盡的快感！而且，妙就妙在曼陀羅不是個一般的奴隸，她是超級聰明的，善解人意的，雖九死而猶未悔的！在她的侍奉下我眞的成了一個女王，一個只有一個臣民的女王。

每天早上我要睡到自然醒，我剛一伸懶腰打呵欠她就會小心翼翼地遞上來一條雪白的毛巾，然後我會掀開被子，我往往裸睡，因爲我看過一個什麼人的健康須知上寫著裸睡有助於智力。我掀開被子的時候她就會在我身上及時地噴灑一點橙花油，據說橙花油是提振精神的，晚上她會給我噴薰衣草油，薰衣草油是助眠的。

噴完橙花油之後她就會幫我穿上湖絲的袍子，她說湖絲接觸皮膚的細緻與綿密程度遠遠高於蘇絲，但是湖絲因爲衰敗了所以顏色和款式都不如蘇絲杭絲。我身上穿的是她親手爲我縫製的湖絲袍子，上面繡了大朵的扶桑花，看來她還留戀著那種罪惡的香氣。

然後她會爲我打水洗臉刷牙，然後用銀色的托盤把豐盛的早餐端到我的床上，今天她爲我端來的是西式早餐：一片蒜香麵包，一大杯香蕉牛奶，西式煎蛋、培根香腸和油浸芥藍菜。我邊吃邊要聽她讀報紙，我聽到今天的頭版新聞裡講了一個娛樂界大師驟然死去，全民哀悼的事，這倒也罷了，但是緊接著我聽到她念出一條鏈結：知名作家天仙子咒死大師該當何罪?!

我嚇了一跳，看著她那張毫無表情的瘦臉，我急於證實此天仙子是否彼天仙子，她眉毛也沒抬一下地肯定說：「當然。」

然後她耐心而完全不帶一絲感情色彩地向我講述了這件事的前因後果，她說之所以這樣，是因爲天仙子在羊皮書上說了，此大師今年將命喪黃泉，我不信，立即叫她把羊皮書拿來，她冷冷地說就在第一八五頁第七行。

果眞，羊皮書上眞的寫著，從冥王星進入小熊星座的第三天，生於癸丑年的男性要受影響，假如這男性五行屬金，且血型爲AB，而又生肖屬牛的話，那麼命中難逃一劫。羊皮書上信誓旦旦地指出爪哇國國王便犯此太歲，而避禍的方法是進入地下室，千萬別頻繁曝光，和土命的人多在一起，或許還能有救，否則必死無疑。天仙子書中還舉了某大師的例子，她說譬如某大師，一定要在這一年中住進地下室，不要露面，尤其不能與開保時捷的火行女性相聚——而眾所周知，大師何止與火行女性相聚？他的新情人就是一個五行屬火的女子，且開的正是保時捷！

於是天仙子自然引起了公憤！天仙子網站慘遭刷屏爆量攻擊，曼陀羅打開電腦，只見天仙子網站裡充滿了污言穢語，可她似乎對母親的災難完全無動於衷，甚至臉上還露出一絲幸災樂禍的笑意。

我狠狠地盯著她：「你爲什麼不幫她？」

「這種事，幫得了的嗎？」她又小聲嘀咕一句，「都是她自己找的！蠢東西！」

我一把揪住她的衣領：「你不是甘願做我的奴隸嗎？那麼我現在命令你，在一小時之內，必須把她的網站清了，懂嗎？」我邊說邊換衣裳，摔門而去，臨關門前還聽她問：「你上哪兒啊?!」

3

我當然去找天仙子。

不出我所料，天仙子的狀態非常不好，她臉色灰暗，好像連頭髮都變灰了，眼睛無神，最可怕的是她的胸好像整個塌了下去，那種青春性感的感覺好像一下子離她而去，她看到我的時候，眼睛裡似乎還有敵意。

「你是來看我笑話來了，對嗎？」

我撲上去拉住她的手，什麼也沒說，她的眼睛在我臉上轉來轉去了好一會兒，突然，如冰川塌陷火山爆發，她哇地哭出來，哭了一個山搖地動日月無光。我一直拉著她的手，不知道說什麼才好。

在人類世界，女性面臨精神崩潰的時候，急救措施不外乎兩條：華衣美食。這一點，我早已屢試不爽。天仙子對穿衣裳沒什麼追求，只有用美食來挽救她了。我打開冰箱空空如也，摸摸手提包一文不名，儘管那麼討厭曼陀羅，可又不能不求助於她。

可是曼陀羅的手機打不通。一個討厭的女聲不斷地響起：「對不起，您撥打的電話目前無法接聽……」

天仙子終於哭夠了，她拉著我的手，問我該怎麼辦？我心裡覺得太奇怪了，在人類社會，每逢我不知道該怎麼辦的時候，我總是去查找那本羊皮書，而現在羊皮書的作者反而請教我——該怎麼辦！難道她那本書並不是由於她自己的徹悟，而是由各種書中的各種道理拼湊的嗎?!我低頭半晌囁嚅著說：「你沒想到查查那本羊皮書麼?」

天仙子彷彿一驚，然後眼睛從下往上盯住了我：「你倒提醒我了，從咱們認識那天你就一直在說羊皮書的事兒，可是，我的羊皮書的樣書只有一本啊!怎麼會跑到你手裡的?」

我也驚住了，假如，實話實說，告訴她那本書是在路上撿的，她肯定不信，但是，我至今還沒學會人類隨口說謊的本事，我無法在短時間內編造出令人信服的謊言，於是我只好呆呆地看著她，說不出話。

天仙子顯然是誤解了我，她收回目光，淡淡地說：「好了百合，謝謝你。你可以走了。」

我呆呆地走出門去，不知道如何解釋。人類社會真的是太複雜了，有時你真心想要幫一個人，可結果並不好，那種受人誤解、不信任的感覺實在是太難受了。相比之下，海底世界是多麼單純！我們從來不懷疑別人對我們的好，對我們的友誼和愛！同樣，我們對別人的愛也從來不打折扣！我們永遠不會費腦子去想這些我們看來非常簡單而人類看來非常複雜的問題！

我走出天仙子家門口的一大片陰涼，進入了烈日如火的天空。我看見我的影子投射在柏油路上，猶如黑白照片一般清晰，我看見我的影子突然晃動起來，一會兒變長一會兒變短，我突然有些害怕，下意識地回了一下頭，看見天仙子的臉正貼在她家的玻璃窗上，因為鼻子壓癟了，所以看起來有些怪異。

4

我的突然昏厥讓天仙子驚慌無比，據她說，我走進烈日裡，就像是喝醉了酒似的晃悠起來，她本來以為我是在故意走舞步逗她玩兒，直到砰然倒地，她才緩過神兒來。她說百合你為什麼不為自己辯解呢？我不過是說了那麼一句話，我其實非常希望你能為自己辯解，因為我自己也不相信自己的說法，我需要你的強有力的辯解來支持我心裡相反的想法。我聽了這話就歎了一聲，我說你累不累啊？你們人類怎麼都這麼累啊？本來我還以為你會不一樣呢。

聽了這話天仙子的眼睛裡就流過一絲詭譎的神色，她說百合你說什麼，你說我們人類？難道你不是人類？

我眞覺得自己很失敗。媽媽白白花錢買了這麼一副昂貴的面具，可我在不長的時間裡，竟然暴露無遺。曼陀羅、金馬、老虎，現在又是天仙子……每一個接近我的人都對我的身分質疑，可見我是太不會僞裝了！而且到現在，戒指的主人還一點線索都沒有。

我對天仙子說了實話，我說那本羊皮書是在路上撿的，我甚至向她背誦了幾段羊皮書裡的格言警句。天仙子聽了就翻她的書架去了。半晌，她一臉茫然地轉過身：「好奇怪，眞的沒了呢。我怎麼會把這本書扔在路上呢?!……」她的注意力終於轉移了，她邊說邊換衣裳，她說百合我們出去吃飯吧，附近新開了一家法國餐館。

我心裡沒底，因爲每次吃飯都是我付帳，好像成了習慣。成了習慣的事一般很難改變。天仙子像每次點菜似的那麼豪爽，法國蝸牛和鵝肝是少不了的，另外，什麼香煎銀鱈魚，什麼法式牛尾濃湯什麼的，都是天價。過去我有錢的時候對這些價位完全沒有概念，可現在，我心裡直發冷。那種不踏實的感覺伴隨了我整頓飯，那麼正點的法國菜也沒讓我興奮起來。

天仙子倒是說個沒完沒了，她冤啊！她說她憑良心發誓，她當初寫這個的時候，完全沒有傷害他人的意思，她邊說邊吃，什麼都沒耽誤，天仙子的能量大得驚人，我現在最怕就是聽她說話，在之後的歲月裡越來越怕，這是因爲天仙子一說起話來就是兩三個小時，假如不及時打住，她的話會像流水一樣沒完沒了。後來我慢慢發現，實際上人類社會中的女人，大多是些不幸者，但是她們的不幸與貪欲一樣多，假如她們的性欲沒有得到滿足會用食欲來補，假如食欲也滿足不了就會有一種奇特的說話欲，眞是太奇怪了，天仙子尤其讓人受不了的是還特別敏感，假如她對你說話，那麼她一定是要求你要專注地聽，你要全神貫注眼睛一眨不眨，這樣讓我感覺非常之累，譬如現在，她反覆地激動地申述著她的冤屈，在和假想敵對抗的時候總是用一根手指指著我，這讓我驚恐萬分，後來我實在忍不住打了個呵欠，她立即停住用極爲不滿的眼光盯著我說：「你不想聽了？」我只好說我想聽我太想聽了，只是，只是……

「那好，買單吧。你也累了，需要休息。」她的態度一下子變得冰冷。她向服務生揮了一下手，然後就向我示意，天哪最害怕的一刻終於來到了，服務生走到我旁邊，我的雙手都涼了，我鼓起勇氣說天仙子這一次你來結吧，我忘了帶錢了。

我看見她本來已經惱怒的臉一下子變青了。她在手提包裡面掏來掏去我想她也面臨著極爲尷尬的時刻，眞的一切都怪我，由於平時養成的習慣她認爲我應當付帳，我沒有及時告訴她這個以至於她在選擇餐館及點菜等一系列問題上犯下大錯。我雙唇發著抖試圖向她解釋，但還沒等我說出她就蹦出一句讓我難受很久的話：「我本來以爲你是來安慰我的，沒想到你也會趁火打劫！」

我呆坐在那兒，覺得半個餐館的人都在盯著我看，我的臉熱辣辣的，心想錢這個東西在人類社會眞的是太致命了！沒有錢，所有的好心都會在瞬間變成驢肝肺，沒有人相信你的解釋，甚至沒有人會聽你的解釋。語言和好心一樣，在錢的面前都會軟弱得一觸即潰。

幸好在我的電話呼救之後，老虎及時趕到。老虎解救了我，而天仙子，見到老虎似乎就化成了一團蜂蠟，這時我好像在他們交流的鼻息裡聞到了一股迷藥的氣息，我張皇失措地看了他們一眼，心裡突然地疼痛起來，爲了掩飾這疼痛，我匆匆逃離。

我逃到外面的陽光裡，也學著人類點上一支菸，邊走邊吸，讓身心被煙霧籠罩，使勁記起他們種種的好。

5

小騾又來電話了，自我們從摩里島回來，小騾的電話就如影隨形般地跟過來，沒完沒了。小騾說他的梗概已經寫得差不多了，我懶洋洋地說那你發過來吧，儘管我知道這件事做成的結果就是又有錢又有名，可我還是沒有絲毫動力。

終於有一天，小騾對我說，他已經把劇本初稿寫完了！他要坐上三十多個小時的飛機，把劇本親自送到我的手上，當然，他也準備和我的「上層」面談。

我這才覺得，要動眞的了。當然要向老虎彙報。自從那次付帳事件之後，我已經好久和老虎沒有聯繫了。曼陀羅裝了個來電顯示的電話，只要一看是老虎或者天仙子，我們就毫不留情地任其鈴響，只是不接而已。

老虎約了醉園大飯店，不但自己來了，還把董事長也請來了。小騾顯然是沒有料到董事長會來，他只帶了兩份禮物，明顯是準備送給我和老虎的。小騾倒也直接，趁著董事長和老虎談話的當兒，輕輕拉一拉我的袖子：「姊姊，要不，我先送他們，你的以後再說……」我吃了一驚，在我生活的那個世界，這樣做是要遭海王懲罰的！可是人類世界……我實在忘了羊皮書裡是怎樣寫的了，也可能，把這一點遺漏了？但是時不我待，兩位上層已經轉過頭來了，小騾也不再看重我的表態，急忙把手裡拿的兩份禮物獻將上去，兩位上層反應不盡相同：董事長顯出一副正氣凜然的樣子，揮了揮手，老虎卻很痛快地接了，然後又替董事長把另一份也接了。然後他們開始談，偌大一個飯店，好像我變成了一團空氣似的。小騾的臉上全是諂笑，說著一些讓人不斷起雞皮疙瘩的話，把兩位上層哄得不錯。有些事情眞是無師自通：小騾雖然並不曾學過金馬發明的歌謠，做的事情卻頗有天賦。後來董事長銅牛因爲有事先告辭了，這才像突然想到我似的說：「百合啊，你去把飯菜安排一下，還有客人的食宿。」

我點了點頭，心裡很不高興。在海底和人間這種地位的反差讓我難受。但是爲了使命，我也只好去做這些我根本不願意做的。大約老虎也看出我不高興了，他急忙對著小騾說：「我們對你這個題材是很重視的，不然我們不會派百合來做，她可是我們這兒的主力啊。」小騾這才打了一個怔兒，把一雙大眼珠子調向我，同樣媚笑著說：「那是那是啊，百合姊和我們一見如故。我們談得可好了，不然也不會把我這個敝帚自珍的題材拿出來啊！……」我這回可是沒給他面子：「什麼一見如故啊？我怎麼沒感覺到啊？」老虎在一旁笑起來，連連說：「好了好了，我們的百合喜歡開玩笑，騾先生你不要介意啊，好，我們去吃飯吧，騾先生喜歡什麼樣的口味？這個飯店大概有七種口味，日式韓式義式法式，中式的有粵菜湘菜還有准揚菜……」「准揚菜吧，小騾的祖籍就在那兒。」沒等小騾說話我便搶著回答，因爲我喜歡吃准揚菜，而且，我也怕老虎一高興請他吃義大利菜，這個飯店的義大利菜有名的貴，上層一高興，最後負責買單的是我，太貴了，財務不會給我報帳，這個道理，我倒是弄清了。

老虎上洗手間的時候，小騾急忙作卑躬屈膝狀：「百合姊，委屈你了，這樣吧，你說個數，如果我拿到了稿費，你拿回扣怎麼樣？」

我原是最討厭人類社會什麼回扣什麼提成抽佣一類的詞兒的，可是鑒於小騾的表現，我決定：不要白不要。我說我要百分之二十，本來是準備他砍砍價的，沒想到他一口答應。他剛答應了老虎就回來了，我心裡開始忐忑，我怕他會把這件事告訴老虎，更加困惑的是，我不知道自己怎麼一時使性子就要了回扣，我難道眞的窮瘋了嗎？

下面他們談了什麼我一概沒有聽，只記得那天結束的時候他們兩個都是面帶笑容似乎各得其所的樣子。有誰能預見到幾年之後他們竟然成了仇敵啊，是眞正的仇敵，恨不得白刀子進紅刀子出的！

小騾臨走的時候我專門對他說，那天關於回扣的事情取消。沒想到他一聽此言好像天塌下來似的，他說百合姊我怎麼得罪你了？是回扣還不夠多嗎？如果不夠多那就加給你好了，我不過是要個名份罷了。

至今我才理解他當時的驚慌——當時的人類社會已經有了這種做交易的潛規則，只不過還不那麼明目張膽就是了。

Chapter 8

阿芙柔黛蒂

從一堆金光閃閃的泡沫裡慢慢升起來，周圍有無數的鳥兒在啼鳴，巨型的貝殼載著她走到岸上，她赤著腳在岸邊走著，所到之處鮮花盛開，萬物生長，所有的人都簇擁著她，享受著她帶來的豐饒與美麗。

曼陀羅生下來就知道自己與眾不同。很早的時候，她就能從大人的眼神裡讀出他們心底的想法，她蔑視他們，蔑視一切人。她覺得用不著和眾人溝通，所謂群眾，不過是一群可憎的烏鴉而已。

再大些，一個偶然的時刻，她親眼目睹了父親和那個女人的醜劇——當時他們赤身裸體抱在一起，變成了一個黑白相間的太極圖。那時她還是個孩子，她就那麼站在他們的床前，一動不動地俯視著他們，直到父親突然看見了她。

從此父親總是悄悄地塞給她錢和各種好東西。她冷冷地不動聲色接受。但她從心裡看不起父親，也看不起母親。她覺得自己那時已經徹底了解了所謂「夫妻」與「愛情」，她注視著她的父母，覺得他們很可憐：他們在家裡壓低聲音吵架，但是只要門鈴一響，他們的臉就會立即多雲轉晴，裝出歡欣鼓舞的樣子與朋友攀談，還經常勸誡別的朋友要珍惜婚姻，她都替他們累。但是後來發現似乎所有的成年人都在這麼僞裝著，沒有假面具，似乎他們一天也活不了。

從那時她就發誓，將來絕不要婚姻，更不要任何男人，男人是另一種動物，她嫌他們髒。

她很早就有了種種可怕的難對人言的祕密。她很小的時候就偷偷看過母親天仙子的羊皮書，羊皮書裡寫滿了她這個年齡不該看的東西，還有許多讓她看了血氣賁張的圖畫，她開始在夢中使勁地蹭自己，後來夜夜無法入眠，再後來，她覺得身體內部出現了什麼可怕的問題——那是既無法明言又難以解決的問題。特別是，當她初潮來臨之時，她覺得自己的身體內部起了巨大的變化，渴望與拒絕一樣強大，擄住了她整個的身心，她不知道如何排解，就會在靜夜之中，用課堂上削鉛筆的小刀，在自己身體的各個部位劃上深淺不一的傷痕，事後她並不是不後悔，可當時就是無法克制那種奇怪的衝動，好像只有疼痛能夠緩解她身體內部的不安……

有一天，她終於用那把小刀戳破了自己的處女膜，一縷縷暗色的血流出來，她咬牙忍痛不讓自己喊出聲來，她一夜夜地翻滾，一刻也不停止，好像停下來就要死了似的。她臉色已經定格成灰色，於是她濃妝豔抹，化妝品於她便成了一片甲冑，白天黑夜都不再摘下來，但是身體的一天天走向毀滅卻是勢在必行的了。

直到那個夜晚，那個西班牙現代舞之夜，她死而復生了！

多年以前她在看西班牙現代舞劇時的那一聲啼哭，就是她內心某種東西的覺醒。當時百合的手越過母親天仙子觸碰到了她的臉蛋兒時，她覺得驀然一驚，她作了個夢，她夢見自己變成了一朵巨大的曼陀羅花，美麗而有毒。她在海面上飄啊飄啊，越沉越深。她很害怕，怕自己沉入萬劫不復的深淵。

突然，有什麼軟綿綿的東西把她接住了，她覺得自己深深陷入一片雲彩之中，那種柔軟好像打通了她身上的什麼脈絡，她一下子覺得光芒四射明豔照人，她全身一下子好像有了使不完的力氣，她看到四周全是那種軟綿綿的乳白色，她知道那是海百合，是海底最美麗最昂貴的生物。

而那天晚上的手指的觸碰，讓她感受到那種全身通透的感覺，當時她飛速地抓走了那枚戒指，完全不是爲了想偷竊什麼，她只是想把那種突然而至的光芒留在身邊。

之後她就認識了百合。百合是以一種強勢的、蠻不講理的方式進入她的生活的。百合對她的仇視溢於言表，然而，她卻是恰恰相反，時間越長，就越是感到百合的可愛：百合沒有任何人類的陋習，她自然天成，樸實無華，喜歡享受一切華衣美食，根本不懂得現在女孩的標準是「骨感美」，百合胖乎乎的像個大娃娃，最重要的是她健康之極，勇敢之極，生氣勃勃，頭髮烏黑油亮，皮膚汪出水來，「唇不點而含丹，眉不畫而橫翠」，正好與曼陀羅相反。

她聞見了那種香氣，那種迷藥的香氣，她用她的手法偷了一點點迷藥，當天晚上，她就把那一點點藥粉服食下去，啊——那是怎樣的夢啊!!——她夢見自己變成了阿芙柔黛蒂，從一堆金光閃閃的泡沫裡慢慢升起來，周圍有無數的鳥兒在啼鳴，巨型的貝殼載著她走到岸上，她赤著腳在岸邊走著，所到之處鮮花盛開，萬物生長：水仙、番石榴、藍色天仙子和白色百合……她在海邊種植了石榴木，釀造出美味的葡萄酒，酒裡摻著大量令人銷魂的催情劑，引來無數人世間的癡男怨女，夜間，大家沉睡在玫瑰花間，玫瑰花油如同珠淚一般滴落下來，浸透了香精的鴿子在他們的頭頂上拍打羽毛，所有的人都簇擁著她，享受著她帶來的豐饒與美麗。

自那之後，她天天瘋了的似研究剩下的一點點藥粉的配方，徹夜煉製迷藥，但因爲藥引子太少，總是不能達到純度的效果，終於有一天，夢再次來臨，但那不是一個美麗的夢，那是個噩夢——有一個面目不清的老人對她說了幾句含混不清的話，她聽懂了，那個老人是說，如果把她臉上那朵曼陀羅花削下來放進煉製迷藥的鍋子裡，將會出現獨一無二的迷藥。她在夢裡問：那麼我的臉呢？我的臉怎麼辦？會不會出現一個大疤痕啊？……老人回答：「不，不會的，你削掉它，還會有新的曼陀羅花長出來，而每一次煉製，都需要一朵新的曼陀羅花，別想一勞永逸……呵呵……」

她在老人陰險的笑聲中醒了，一身大汗。就在第二天，她遇見了一個男人，一個神祕的男人。這個神祕的男人，腳心上刺了一朵曼陀羅花，她覺得自己得救了。

她沉浸在迷藥之中，須臾不可離開，迷藥是她逃避這個世界的唯一辦法。可是自從摩里島的那番遭遇之後，她終於知道，除了迷藥之外，這世間還應當有點別的什麼。除了在迷藥製造的夢中得到虛幻的愛之外，她還應當得到一點點實在的撫摸。

眼下，曼陀羅覺得能救自己的只有百合，這個與眾不同的又胖又漂亮又純潔又厲害又不諳世事又愛享受的小可愛。自從摩里島的那次獲救，曼陀羅已經確定百合是一個在她生命中佔有重要位置的人，可難受的是，無論曼陀羅怎麼侍候她討好她被她奴役都完全沒有用，從她內心深處，她願意爲百合做一切，這是極度自私的她從來沒有過的想法，她想，這或許就是愛了，眞的，她愛百合。思想骯髒的人往往會愛一個乾淨純潔的人，她想，如果這個濁世上還有一個沒被污染的人，那麼她一定就是百合——誰也沒規定同性之間不會產生愛情吧?!

一直被她那麼厭棄那麼鄙視的人類愛情，竟然在她自己自以爲早已封凍的心底悄悄滋長，而百合，無疑就是她的原子破冰船。

然而那天百合給她看的那張照片裡那個隱約可見的第五個人，正是她夢中那個陰險的老人！難道，這是什麼不祥的預示麼?!

她從睡夢中驚醒，大汗淋漓。

2

在罌粟的不斷鞭策下，阿豹終於辭了公職，來到那家大公司。老總沒有食言，隨即就任命他做了副總。沒過幾天，就開始跟他談那個也許是覬覦已久的紅港項目。老總把他和另一個副總叫來開會商量如何籌資的方法，主要是想辦法解決融資管道和融資手段，老總特別對他說，他認識的那個發小王總，掌管著一家極高檔的酒樓，應當有辦法解決資金問題。

阿豹立即找了王總，小時候叫王四兒的。王總請他到那家高檔酒樓吃下午茶，寒暄過後，阿豹直接說明來意，王總也很痛快，說既然這樣，那不妨用我這個超豪華的大酒樓為你們做資金抵押擔保，作為互利，你們花點兒錢把我這酒樓裝修了如何，正好我要裝修了。

阿豹馬上回去彙報，老總一聽大喜，立即與對方簽了反擔保協議，但是過了幾天有些不放心，便派人到酒樓去考察，考察之後才突然發現，那酒樓即使裝出花兒來，也不過才要八百萬之多，超過部分很可能被他們挪作他用，於是老總鄭重告知阿豹，本公司只同意擔保八百萬元，讓阿豹把那份反擔保協議追回。

阿豹覺得這一切都再好辦不過了。所謂的王總，在他眼裡不過是那個小時候流著兩條黃龍鼻涕的王四兒，那時候都住平房，他和王四兒家算是鄰居，兩家偶爾做了什麼好吃的，香味兒都會飄過去。那時阿豹是孩子頭兒，彈弓打鳥鬥雞走狗撈魚攔蝦無一不精，附近小河裡魚蝦雖小，下雨後水漲時去攔，也能大桶地撈回，回來就裹了麵粉炸，香味能傳出一個街區。頭一個聞香而來的就是王四兒，拖著兩條鼻涕就進來了，手沒洗筷子沒拿就先抓起一條炸好的魚，一口咬下去，阿豹上去奪也不過才能奪個魚尾巴，嘴裡吃著兩手還抓得滿滿的，別提多招人恨了。

阿豹其實有天眞的一面，在他的心目中，人物都是定格的，沒有變化的，譬如想起王總，他總是想起那個流著鼻涕的王四兒，而忽略了歲月帶給人的變化。而最後，實際上他正是敗在這種變化上。

但是在當時，他十分欣喜，他再次約了罌粟，認爲巨富已指日可待。他找了一家環境極好又極貴的私家菜，罌粟也不客氣，點了這裡最貴的芽菜梭子蟹和鱈魚煲，味道的確是美，罌粟的吃相很好，她能不動聲色地吃光一大桌山珍海味，而不必擔心長胖。她是天生的那種瘦肉型，但是該突起的地方絕對突起，阿豹已經深感罌粟在這段時間內的突飛猛進了。

他們上演的仍然是老節目，吃完飯，就開車去了罌粟家，罌粟家裡一看就是那種局部不錯但缺少總體構想的格局，但是局部不錯就夠了，最漂亮的局部自然就是床，罌粟把心思都用在了這張床上，這張床很像是十八世紀法國公主的床：有層層疊疊的花邊，洛可可式的圖案，鐵劃金鉤精雕細琢一點不帶含糊的，罌粟買了比印度神油還貴的一種迷藥，據說這是最近在坊間悄悄流行的。過去沒有阿豹的時候，她偶然也帶男人來這裡睡，但她有些提心吊膽，現在的男人，有幾個沒在髒地方呆過，她很難想像，連一個報社的多年故交，老實出了名的，還跟她講了對小姐們特殊服務的感受呢。她夢寐以求的，實際上就是現在這樣的格局，規律的性生活才對女人有益，否則，還不如沒有。

罌粟是大事小事都不吃虧的人，總是把事情算得精而又精。而表面上，她顯得開朗活潑，她經常的策略是：乾脆把別人對利益難以啓齒的話半開玩笑地說出來，這樣既拔了頭籌占了便宜，還落個光明磊落，別人還說不出什麼。她總是以弱勝強以柔克剛，表面上對阿豹百依百順，實際上把他操控於掌心之中，還讓阿豹覺得很舒坦。罌粟這樣的功夫可非一朝一夕所能練就，眞正要苦其心智勞其體膚空乏其身行拂亂其所爲……不過罌粟也並沒吃多大的苦，因爲她有個好家庭，有個好爹，他爹是名廚，有通天本事。從爹那裡，罌粟耳濡目染學到不少處事爲人的本事，然而爹這個金字招牌，不到萬不得已，絕不使用。與阿豹肌膚相親達三年之久，她才貌似無意地說出這個祕密，令阿豹咋舌不已。

而現在，她和阿豹躺在這張美麗絕倫的床上，享受迷藥與阿豹帶來的快感，在快樂接近尾聲的時候，她一向的憂患意識又突然出現了，不知爲什麼她總覺得公司讓阿豹找王總做擔保這件事有點不可靠。發小？從小一起的哥兒們能說明什麼呢？難道人不是在變的嗎？連愛得要死要活的人，都會突然之間分手，那世界上還有什麼是不可變的呢?!

於是在阿豹坐起身來抽上一支菸的時候，她突然說：「你注意，在反擔保合約中，讓你們老總簽字，你千萬不要簽字。」

事實證明，這句話在後來發生的事情中，拯救了阿豹。

3

天仙子覺得自己到了地獄的邊緣。不，是已經到了地獄。

她寫不出一個字。

她每天都烈火焚身，明知山有虎偏向虎山行：每天的第一件事就是打開電腦看自己的網站，看那些能讓人瘋掉的污言穢語。有時她潛水，有時也穿上馬甲以化名回罵，可這一點點微弱的聲音，怎能抵擋那幾十萬罵戰大軍?!她注意到只有一個網名叫「東方不敗」的網友常常站出來幫她說話。「東方不敗」常常發出驚人高論，恰似呂布的方天畫戟，但是她奇怪這樣一柄銳利的方天畫戟怎麼會起這樣一個名字，是他（她）有意掩飾性別？還是眞的練過「葵花寶典」？她有點想約他（她）出來，可又害怕見光死。但是這一腔悲憤同誰訴啊?!老虎？不行。她很害怕再度與老虎恢復那種暗無天日的關係，哥哥金馬？不，她能想像到哥哥幸災樂禍的笑容，百合？不，剛剛一起吃過飯，要不是老虎趕來買單，她天仙子就要丟大人了！她奇怪百合過去一向樂於買單，爲什麼單單這次忘了帶錢？是眞的忘了嗎？百合是不是也想從失敗者身上找到一點居高臨下的感覺呢?!

剩下的只有女兒了。女兒曼陀羅有多久沒回家了，連她自己都記不清。她和女兒之間的關係，永遠是單相思的關係。她怕女兒，怕女兒臉上那種刻毒的微笑，怕女兒犀利的言辭，她永遠不是女兒的對手，她懷疑即使自己死了，女兒恐怕也不會落下一滴眼淚，可是現在，現在這個被輿論絞殺的瘋狂時刻，女兒大概不會不出手相救吧？

4

對於百合來說，進入人類世界以來，第一個眞正喜歡的人就是羊皮書的作者天仙子，現在天仙子遇難，她很難過，可是一切事情都搞砸了。

她躺在床上，梳理著自己的思路，搞砸的根本原因，當然是錢。她再次感到恐懼：錢，對於人類來說，實在是太重要太重要了，它幾乎就是一切，儘管有些人還羞答答地不願承認，但實際上就是如此。

她想，她唯一的辦法就是再回去一趟，取一些海底的珠寶。自從那天吃飯回來，她已經幾天沒有出房門了。曼陀羅一日三餐地把好吃的放在她的門邊，她並不開門，任憑曼陀羅如何低聲下氣，她都不理不睬，但是她奇怪地發現，不吃飯並不能使她消瘦，甚至不能讓她有一絲絲的憔悴，她在鏡子裡看到的，依然是個唇紅齒白的胖娃娃。

這天在她輕輕開了一道門縫的時候，一直等在外邊的曼陀羅箭一般地衝了過來，只覺得豔光一閃，她這才發現曼陀羅竟然赤身裸體地等在外邊，只在頸項處、雙臂處，手腕、腳踝處戴了漂亮的首飾，那樣子還眞像印度阿育王時代的修瑜伽女。曼陀羅如同一支行將萎謝的花朵，匍伏在了百合腳下，她仰起臉，她的臉讓百合嚇了一大跳，這還是那個美麗非凡的女孩嗎?明明變成了一個飽受摧殘的怨婦!那種衰敗，那種怨毒，那種已經完全無法自控的欲望!……都讓百合害怕，怕得發抖!

百合不知是心亂如麻還是一片空白，她覺得自己的衣裳如同蝶翼一般紛紛殞落，曼陀羅金屬一般冰涼堅硬的手指在她童貞的皮膚上劃來劃去，但是她除了覺得有點癢癢之外並沒有什麼其他的感覺，她看著曼陀羅著迷般的表情，委實不知道自己到底是哪一點迷住了她!

後來，當曼陀羅費盡心力，終於剝掉了百合的最後一縷衣裳的時候，她已經大汗淋漓累得喘不上氣了，看著百合滿臉的天眞無邪，她突然覺得自己所有的勁兒都白使了。

曼陀羅用最後的一點勁兒狠命掐住了百合的脖子，但是她的力氣實在太小了，百合沒用什麼勁兒就把她甩開了，驚叫道:「你到底要幹什麼?!」

曼陀羅如電閃雷鳴一般痛哭起來:「你!你!我早晚會死在你手裡!」曼陀羅的哭絕對是一場疾風暴雨，掃蕩一切，而且她哭的時間是那麼長，她不斷重複著一句話:「我就不明白了!我就不明白了!……」當她把這話重複了一百遍的時候百合才不關痛癢地問了一句:「你不明白什麼啊?」

百合糟糕的問話導致了曼陀羅新一輪的大哭——她不明白的事兒太多了，首先她不明白自己為什麼拒絕那麼多英俊有錢男子的追求，而單單迷上了這個不知世事的胖娃娃，然後她不明白自己為什麼把這件事看得這麼重，以致「衣帶漸寬終不悔，為伊消得人憔悴」，為這件事把自己弄成這個人不人鬼不鬼的樣子，而她最最不明白的就是百合的態度，她憑什麼?她憑什麼這樣對我啊，我這個被千人搶萬人疼的香餑餑，怎麼到了她這兒就變成了一塊千人踩萬人踏的爛抹布了呢?!

曼陀羅覺得自己的心都快疼得炸開了，她眼前這個觸手可及的娃娃，本來應當是很容易被佔有的啊，可是一切到底是怎麼了?怎麼這麼難?!她設計的一切都變成了零，甚至負數，完全沒有用，這雙近在咫尺的天眞未鑿的眼睛讓她如此迷戀又如此痛恨，她覺得自己完全要瘋掉了!

她一直哭到聲帶嘶啞發不出聲，哭到再也哭不動了才算收聲。從腫了的眼皮向世界看到的第一個場景，就是百合竟然在看羊皮書。她撲過去一把把書搶在手裡，用最後的力氣來撕扯，不過她只來得及撕破了書皮和扉頁，就被百合奪走了。

「我不過是想查查羊皮書裡碰到這類問題該怎麼辦。」百合認眞的回答讓曼陀羅哭笑不得愛恨交加，她說不出什麼來了，她只能自認倒楣。

5

曼陀羅就是在這樣的心情下回到母親身邊的。但是她見到母親第一眼的時候就立即恢復了過去對母親的那分憎惡。這種憎惡並不在於對象對於自己的好壞，即使母親把心肝肺都扒出來給她炒著吃，也換不來她的愛，相反，儘管她負氣出走，把百合一個人留在家中，可心下還是惦記她的，可以說剛一出門兒就惦記上了，這傢伙會做飯嗎?對，是給她留了足夠的錢，可她不會出去的時候忘了鎖門吧?或者更糟，把鑰匙鎖進門兒裡了，這樣的事兒，她肯定幹得出來。

天仙子因為過於激動而沒有注意曼陀羅的神情，她緊緊拉著女兒的手如同一把鐵鉗，曼陀羅只看見她的嘴在一張一合發出顫抖的聲音，卻聽不清她在說什麼。曼陀羅只覺得她哭起來很難看：鼻涕眼淚一鍋粥都糊在臉上，曼陀羅使勁掙出自己的手，以免那種髒東西流到自己的手上。

天仙子拉著女兒去看電腦螢幕，女兒只是淡淡地掃了一眼便說：「網上的東西有這麼大的殺傷力嗎？網路不過是個虛擬世界，有什麼好怕的？你就全當他們一群瘋狗狂吠不就行了？要麼根本不看，要麼全部刪除！早知這樣兒當初別裝神弄鬼啊！瞧你那點兒出息！」說罷，曼陀羅熟練地移動滑鼠，連續點擊數次，螢幕上頓時一片空白。

天仙子的眼淚還是止不住地流著，嘴裡說著：「刪是刪了，可是壞名聲也出去了！怎麼消除影響啊？……」曼陀羅冷笑不止：「你怎麼不想這還是因禍得福呢！你過去寫了十多年誰知道你是誰啊？你又想出名又裝矜持？我呸！如今誰不知道，只有不要臉才能眞正出名兒啊，不信你就給我出去裸奔一圈兒，回來保證家喻戶曉了！現在沒讓你裸奔你就出了名兒了，還怎麼著？別得了便宜賣乖了！誰不買名人的帳啊？新聞正面負面都行，就怕沒人兒理！你這十幾年爬格子，有人理你嗎？你現在再出去瞧瞧，那得是什麼成色！提醒你啊，趁現在推出你的新書，正是時候！」

天仙子不吭氣了。她暗自心驚，女兒的話讓她覺得，自己已經和女兒形同陌路，她不知道女兒出走之後一直過的是什麼樣的生活，是什麼樣的環境造就了現在的女兒，她不敢問，她怕女兒，越來越怕。

好不容易收了淚，她突然小聲說：「忘了把那個東方不敗的話留下來了，他一直是支持我的。」

曼陀羅突然大聲冷笑兩聲：「哼，『你要挺住，你要敢於與網上垃圾爲敵，你要有烈火焚燒若等閒的勇氣！』對嗎？」

天仙子呆住了。

「您的浪漫主義幻想特想把這人想像成一個敢於英雄救美的帥哥吧？可惜不是。」

天仙子默默地拉住女兒的手，心裡驀然湧起一股暖意。女兒畢竟是女兒，血濃於水，可女兒的手什麼時候變成了這樣的瘦骨嶙峋啊？

曼陀羅把手抽了回去，冷冷地說：「別以爲是我，我沒那麼好。……你把飯擺出來吧，我餓了。」

天仙子巴不得這一聲兒，忙不迭地上菜，把平時捨不得吃的好東西都拿出來，又到廚房去做曼陀羅愛吃的火腿煎餅。

當烤得焦黃噴香的煎餅端上桌子的時候，天仙子看見女兒一條腿彎曲在椅子上，另一條腿在椅子沿兒上晃蕩，一隻手不住地夾菜，另一隻手按在椅子背兒上搖，這樣的姿勢，若在過去天仙子是一定要管的，記得女兒剛剛學會自己吃飯的時候天仙子就做了這樣的規定：「一隻手夾菜，另一隻手一定要端住碗，這是規矩！」女兒也曾經忘記這麼做，忘記這麼做的結果便是打手心兒。天仙子狠狠打過女兒的手心，她記得，女兒用凶惡的眼神看著她，一聲不哭。

而現在，她哪還敢再說什麼，女兒能回家，跟自己說上幾句話，吃幾口自己做的飯，自己已經深感榮幸了——恰如皇帝能夠突然臨幸一個關在冷宮中數年的白頭宮女似的，天仙子覺得自己高興得有點神經錯亂了。

「順便說一句，」曼陀羅繼續晃著椅子吃飯，目光撩亂，「你想知道東方不敗是誰嗎？——告訴你吧，是百合。」

6

曼陀羅關門的聲音比平時大，但是百合像平時一樣不以爲意。她對鏡照照自己，揩掉嘴角邊的點心渣子，覺得自己好像又胖了一圈兒。她煞有介事地打開小騾的劇本，開始讀，怎麼也讀不下去。說實在的，在梗概階段她就沒好好看。在這個公司裡做編輯也有段時間了，但是像小騾這麼積極的作者她還是頭一回遇到。她總覺得，這是個慢活兒，但小騾的積極主動打亂了她的節奏。

已經有好久了，她發現人類世界一個特別有趣的現象，那就是：越是講故事講得天昏地暗日月無光的人筆頭子越不行，而一些眞寫得好的，往往是茶壺裡裝餃子有東西倒不出來。小騾不幸就屬於前者。

小騾那個所謂摩里島祖先的故事，誰聽了誰感動，誰聽了誰說好。可怎麼一到了他的筆下就變成了這麼亂七八糟?這叫電影兒嗎?他看過電影兒嗎?但凡看過電影兒的人也不會寫出這樣的臭大糞啊!

但是她強迫自己硬著頭皮看,這是她的工作——她必須交給上層一份審閱意見。可現在,她覺得自己掉坑兒裡了。

小騾沒有任何寫作基礎。沒有任何基礎的人還想玩兒花活,一會兒閃回,一會疊印,一會兒定格,一會兒淡出淡入,可基本的敘事功底等於零,說白了,就是根本不會用筆講故事。

百合站起身來回踱步,腦子裡一團漿糊。她依然惦念著天仙子,這個她來到人類世界後的第一位老師。她現在還記得當時撿到羊皮書的情景,那本已經被她翻舊了的書,裡面的插畫色彩依然那樣新鮮,在她初來乍到的日子裡,是這本書教會了她很多事情,沒有它,她幾乎不知道該怎麼在這個奇怪的世界裡生活。

然而,她早就發現,書的作者卻往往忘掉了書中的戒律,從而引禍上身。譬如這次詛咒某大師死亡的事,就十分蹊蹺,但是從另一方面來看,也證明了天仙子的確有預測的本領,天仙子在書上曾經提示:某大師一定要在這一年中住進地下室,不要露面,尤其不能與開保時捷的火行女性相聚——所以,她眞的想在合適的時候建議天仙子開個類似預測一類的舖子,說不定會賺到大錢呢——她現在對錢可是有概念了!

百合在胡思亂想中發現掛鐘的時針已經指向中午十二點,她照例感到餓,翻開冰箱看曼陀羅給她買的東西——沒什麼好吃的,很讓人失望。總算有一大塊新鮮的奶油蛋糕和檸檬,她取出來，把檸檬汁擠在蛋糕上面，這時，她聽見了一個聲音，確切地說，那是個熟悉的聲音——好像有人把一杯水潑在地上，聲音來自小倉庫。

百合覺得，那個神祕的地方早該曝光了。

7

阿豹順利地掙下了第一筆錢，準備和罌粟到拉斯維加斯結婚了。第一筆錢並不是來自他所服務的公司，恰恰相反，它來自王總——當他告訴罌粟的時候她不知爲什麼有些不祥的預感——王總並沒有把那份反擔保協議還回來。

但是阿豹卻一臉篤定，阿豹心裡的王總還是那個兩筒鼻涕的王四兒，他無視罌粟的提醒，悄悄接受了王總派人送來的一筆款子，連罌粟也沒告訴，他想，去拉斯維加斯的錢夠了，他要給她一個驚喜。

罌粟在時尚雜誌幹得很好，雜誌有個欄目是名家訪談，罌粟接手之後漸漸把它變成了一個專門拉錢的欄目，首先，她特別精心製作和宣傳這個欄目，她的目的很明顯：就是要把這個欄目做成品牌，然後讓它成爲釣餌，專門去釣那些渴望名利之徒——沒想到這樣的人比她想像得還多得多。她應接不暇。爲了能夠排隊上「訪談」，有的人竟然不惜血本——她簡直是驚喜交加，除了交給公司的那部分錢之外，她的私囊大大地肥起來了，因此也對阿豹有了更高的要求——他得配得上她的品級啊！

就在中秋之夜，阿豹準備宣布驚喜的那個晚上，罌粟接到一位權貴的助理打來的電話。這電話讓她驚喜：那位權貴想請她吃晚飯。——那位權貴，便是那個鼎鼎大名的電影公司董事長，老虎的上司。他其實在A城，B城的這家影視公司，不過是他無數企業中的一個罷了。那位助理轉達銅牛董事長的話：「想一睹罌粟小姐的芳容。」罌粟連想也沒想就答應了，地點約在醉園。

與她想像的完全相反，出來的是一位魁偉佛像的中年男子，身上穿設計極簡的一線大牌。他在談話間很快露出自己的年歲，罌粟嚇了一跳——他看上去比自己的實際年齡老很多啊！好像是一個歷盡滄桑的大佛。

在A城富豪排行榜上名列前三的銅牛先生原來是這樣的！他的談話方式非常直接，三言兩語就進入了實質性內容。他說很早就注意到了這本著名的時尚雜誌，特別是名人訪談這個欄目，注意到了罌粟小姐的冰雪聰明，今天他約她出來，是想隨便聊聊。以罌粟的職場經驗，立即明白了「隨便聊聊」的實際意義。她急忙作洗耳恭聽狀。一泡茶之後她明白：銅牛是想告訴她，他是個極其成功的商人，但在感情上卻是個失敗者。對此，他其實耿耿於懷，卻又要裝作不介意，他是把她看作免費的心理醫生了。

他手下有無數王牌企業，隨便動一動便會有巨額回報。最近，他正在跟他的第二任老婆辦離婚手續。

罌粟悄悄打開錄音筆，整個中秋夜就被遮敝在了銅牛先生營造的氛圍裡，那個中秋夜沒有月亮，不斷有賀中秋的簡訊打斷這漫長的談話，十一點鐘的時候罌粟收到阿豹的簡訊：怎麼還不回來？蠟燭已經快燒盡了。罌粟的臉上微微劃過一絲異樣的表情，銅牛先生立即停住：「怎麼？」罌粟馬上調整笑容：「沒事兒，一個朋友。您接著說，我正聽得過癮呢。」

那個中秋之夜，阿豹面對已經快要成灰的蠟炬，正在打盹兒，忽聽門鈴響起，他一下子興奮起來，開門便大嚷：「你怎麼才回來?!」

可是透過迷朦的睡眼，他看見兩個冷若冰霜的男人站在門口，其中胖點的那個舉起一張紙，恍惚間他看到檢查局幾個字，他呆在那裡，全身一下子涼了。

8

百合萬沒想到，她打開那扇門的剎那，便為自己的家族立了一功。

那扇小小的鐵門很難打開，她幾乎用盡了所有的辦法。最後在毫無辦法的時候，她無意中用手指煩燥地劃著門，突然，手上的戒指在不經意間觸到了鐵門，竟然立即劃出了一道深深的劃痕。

這戒指果然非同凡響！她摘下它，它就成了一隻特定的鑽石切割工具——鋒利無比，毫不費力便劃開了一個巨大的鐵框空洞——足以讓她進入。

這小倉庫讓她很失望。裡面亂七八糟的廢棄品堆積如山，唯獨沒有什麼讓她眼前一亮的東西。她對色彩很敏感，假如有什麼漂亮的東西不會逃過她的眼睛，可是現在，她的眼前灰濛濛一片，到處都是灰塵和破爛，那種濃濃的灰塵味嗆得她喘不過氣來。她準備開溜了。

但是她聽見了一個聲音。

一個微弱的細若游絲的聲音在這樣的暗夜裡，怕是很恐怖的吧。她覺得心被什麼東西牢牢攥緊了，她捂住鼻子像小偷似的四下看著，終於發現那聲音發出的地方——一大堆爛報紙裡面。

她首先看到的是他的腳！——他的一隻腳的皮被扒掉了，那種被扒掉皮的顏色很恐怖！那個細若游絲的聲音在說：救救我，請把我救出去……

她的第一個反應是快跑，快快離開現場，但是，一種不可救藥的悲憫之心拉住了她。

她小心翼翼地走向他。

他的臉被一大堆鬍子弄得很髒，但她仍然能夠感覺到，他其實是個年輕人，不過是因爲一直沒有刮過鬍子洗過臉，所以弄成這副樣子而已。看他那雙眼睛，竟然有幾分熟悉，他癡癡地無助地望著她，她被他的目光弄得心亂如麻。

Chapter 9

腳心

那裡像幽冥世界一般安靜，穿過一片沼澤就來到了那地方，有幾棵樹，半堵牆，斷壁殘垣，遠遠就能看見那裡冒著一股股白煙，再走近些，便是一股濃烈撲鼻的香，幾乎把人熏倒。

1

我把他扶進浴室，幫他脫掉衣裳。他很髒。可以說是太髒了。浴缸裡的水很快變黑，然後又換了一池水。就這樣一共換了七次水，水才慢慢清澈了。

別誤會，這是我自己家裡的浴缸，本來我是想在曼陀羅那兒給他洗的，可他不要，他的眼神非常驚恐，好像有人隨時會把他殺了似的。

洗乾淨了，刮了鬍子，我發現他竟然是個很漂亮的男子，而且，越發覺得有點熟悉，他也癡癡地對著我看，問他的來歷，他竟然完全記不得了。很明顯他患了失憶症，但是一點也沒有喪失感覺，也許感覺比以前還要敏銳，他痛，一直在痛，說著說著他會痛得輕輕地抽搐。我很害怕那被剝了皮的腳，我的目光一直躲著那個地方，可越躲，越是要悄悄地瞥上一眼。

他終於說：「……我，我好像在哪見過你？……」

我說：「我也覺得有點熟悉。……你的腳怎麼了？難道連這個也不記得了？」

「記得，當然記得。就是前些年的一個晚上，有兩個蒙面人把我綁架到一個極爲偏僻的地方，那裡像幽冥世界一般安靜，穿過一片沼澤就來到了那地方，有幾棵樹，半堵牆，斷壁殘垣，遠遠就能看見那裡冒著一股股白煙，再走近些，便是一股濃烈撲鼻的香，幾乎把人熏倒。……有個女孩穿著一身白衣白袍，是很舊的那種白，上面佈滿了骯髒的斑點，她拿著一個杵子似的東西，冷冷地盯著我，後來我知道她叫曼陀羅。」提到這個名字，他痛苦地咽了一口唾沫，「她遞了個眼色，周圍的女人便一擁而上，脫光了我的衣裳。……我不知道她們要幹什麼，大叫起來，她們用一塊很髒的布堵上我的嘴，然後把我的兩隻腳抬起來給她看——她滿意地點了一下頭，兩個女的就衝了上來，用一把鋒利的刀開始旋我腳上的皮……我一下子疼昏過去，再也不知道了……可奇怪的是，三個月之後，我左腳的標記又長了出來，然後她們再次把它旋掉……就這樣，不斷地長出，不斷地旋掉，每三個月，我就要經歷一次無法忍受的痛苦……」

「你說什麼標記？你這隻腳有什麼與眾不同的地方嗎？」

「當然，我的腳心上，有著一個記號，是一朵青色的曼陀羅花，那是由一個德高望眾的老人親自爲我紋的。」

呵……我吃驚得要喊起來了！曼陀羅花的標記?!是……是哥哥！

我抓住他的手：「你還記得我嗎？」

他細細地打量著我，慢慢搖頭。

哦，他已經忘記了一切，他失蹤的時候，我太小，但是現在，我只能把疑問藏在心裡，無論如何不能與他相認，我要做的是——儘快把他送回海底！

我一動不動地盯著他的眼睛：「難道你沒注意那個女孩的左臉嗎？」

「當時她的左臉是被頭髮擋著的，後來，在她把我放進小倉庫的幾年裡，有一次她給我送水，我才發現，原來她左臉上長著一個和我腳心上一模一樣的胎記！我一開始甚至以爲，是她把我的標誌移植到了臉上！——」

我的心劇烈地跳動起來。我突然想到，也許我無意間已經掌握了曼陀羅的核心祕密！——回想起摩里島那次可怕的經歷，我在想，是不是曼陀羅爲了迷藥，爲了她不可遏制的欲望，問了什麼不該問的話，才遭到突然變身的懲罰！並不像她自己說的，是因爲誤服了過多的迷藥……

當時莫里亞酋長曾經說過：「……她犯了彌天大罪！……」

呵……萬幸啊萬幸！幸好我沒屈從於她的那一套，不然是不是也得被她拿走什麼器官啊！毋庸置疑的是，神一直在保護著我。當然，我用全部財產贖她並不後悔，我爲的是天仙子而不是她。

儘管我知道我的處境萬分危險，但我還是對哥哥承諾：「別怕，你就暫時住在我這好了。我會帶你上醫院看傷，雖然我已經沒錢了，但是你吃飽飯應當沒問題。」

他怔了一下，一雙好看的黑眼睛慢慢滲出了淚珠兒。

2

我硬著頭皮向老虎借了一些錢，帶哥哥看病。我給哥哥起了個人類的名字叫腳心，專門紀念他那曾經有過曼陀羅花印記的腳心。他的眼睛很漂亮也很善良，還帶點神經質——可是我們倆長得一點也不像。

我用借來的錢給腳心買了一副拐杖，帶他看病的時候，他可以拄著拐杖一瘸一拐地走。醫生覺得他的傷勢很奇怪，醫生說他腳心的皮很難植上了，問了他的年齡和家庭，他全都忘了，我在一邊只好說他是我哥哥，患了失憶症。醫生問他的皮是怎麼脫落的，我說是被壞人害的。醫生說只能把他大腿的皮削下來一塊試一試，手術成功與否不能保證。

我和腳心互相深深凝望了一眼，我問他：「要試試嗎？」他問醫生這個手術要花多少錢，醫生說很貴的，大約要八萬塊。他立即說不做了。他可憐巴巴地低下了頭，我看他那可憐巴巴的樣子心就軟了，做出一副無所畏懼的樣子說：「做，只要能好，多少錢都做！」醫生冷冷看著我說：「可惜我不能給你這個承諾，只能賭一把。」「那就賭一把！」沒等他話音落地我就接了過去。

多少年後想起我當時的樣子，完全可以用年輕氣盛來形容。是的我太年輕了，而且從那時開始到現在，我從來不相信自己會老。

在決定賭一把之後，我又開始瘋狂地借錢。借錢很難，只有老虎痛快些——當然，後來我才明白，他其實「慷」的是公家之「慨」。

不過自從那天我發現了他與天仙子的祕密之後，我對他再沒有過去那種近似愛情的感覺了——我現在除了想把哥哥的病治好，心裡可以說是一片空白，什麼念頭也沒有。

有了錢，我立即把腳心送進了醫院。我讓他住上了最好的病房，我把一切都安排得很好，離開的時候已經是晚上了。他巴巴地看著我，依依不捨。

「乖乖的，明天我再來看你……」我像哄小孩似的哄著他。

他的眼睛裡再次閃現出淚花——哥哥他可眞愛哭啊，他的性格也和我截然不同，我們眞的是同胞兄妹嗎？

我們同樣經歷過物種的迷宮，哥哥出海的時候，一定也像爺爺和爸爸一樣，曾經懷揣英雄的夢想。但是他的夢想在一個悶熱的晚上被閃電射穿了，曼陀羅就像是一道閃電粉碎了他的英雄之夢，而現在他不知此刻自己是誰，而過去又是誰？

3

鑒於天仙子小說總是出不來，小騾劇本嚴重不可行，而我又總是沒錢可花，於是老虎讓我去南方抓一部涉案片，而編劇自然又是金馬。

劇情涉及到一個發生在南方的販嬰案件——人類的惡行簡直令人髮指，爲了賺錢，不滿周歲的小嬰兒被他們弄進貨櫃裡，打一種讓他們哭不出來的針，這樣便可以很安全地在火車上過夜，然後運到需要買孩子的地方去，獲取暴利。而這樣做的結果，是導致這些孩子終生致殘！

作爲靈長動物之首的人類，眞是集天地最惡之大成啊！就像奶奶常說的那樣，他們會遭報應的！這一點，他們已經察覺到了，只是他們似乎沒有辦法克服自己的欲望而已。

我突然想——我將來不會變得和人類一樣吧？這個念頭一閃而過，心裡一片寒冷。

臨走前我去看了看腳心，他術後一切正常，醫生說，他起碼還得住一個月，我把借來的錢裝成紅包交給醫生（這是老虎提醒的），拜託他好好照顧腳心，並且對所有前來探視的人擋駕──他捏了捏紅包，大約感覺到了它的厚度，於是欣然答應了。

金馬比我想像的還要噁心，自從他出名之後，對我的態度就遠不如從前那麼熱情了。大概他覺得我是個生瓜蛋子吧，從我這兒什麼好兒也撈不著，我又沒錢了，還有什麼必要對我好啊？和我一起出差，他竟然讓我給他拎著一大堆沉甸甸的資料，我一個年輕女孩，他一個大老爺們，這若是在海底世界，是必定要受重罰的。我當然也不是省油的燈，下火車走了兩步我就重重地把那一大堆東西扔到了地上。他轉過頭一怔。我說：「金大編，以後這種東西你要是拎不動，就請自帶小廝一名，我是項目負責人，不是拎包的。」說罷，我就全身輕快地往前走去。他只好惡狠狠地歎一口氣，然後把那包重物拎起來。

聽說金馬駕到，當地官員以迅雷不及掩耳的速度趕往賓館，當天晚上開了一個熱鬧的派對。當地的頭號大官親自主持，人類喜歡的鮑翅生蠔扇貝什麼的都上了，人們頻頻給金馬敬酒。我眞是奇了怪了，這些鮑翅之類的在我們的世界裡值個什麼啊？可人類拿它們當作待客的佳餚──不過實事求是地說，他們確實會做，做得好吃，我想過了，將來完成任務回去之後，要在海底開個餐館，專門賣人類世界的佳餚，一定很紅。

像以往一樣，在他們互相敬酒的時候我低頭狂吃，萬沒想到，他們愛屋及烏，竟然來給我敬酒了，那個最大的官走到我面前，狂誇一通我年輕有爲之類，然後說：「先乾爲敬！」一仰脖兒就把一杯酒喝了，把空杯亮給我看，我不知所措，金馬在一旁擠眉弄眼，急得什麼似的，我隨手拿起面前的一杯哈密瓜汁，我說我不會喝酒，只好喝點果汁了。我看那個大官的臉色一下子變得很難看，周圍的人臉色也變了，金馬在一旁諂笑道：「百合的確不會喝酒，她是以果汁代酒，只要感情有，什麼都是酒對吧？……」大官這才略略緩過來，周圍人打著哈哈，總算是過了。我雖然沒看金馬，可也感覺到他一直在惡狠狠地瞪著我。

不出意料，回到賓館金馬就跟我翻了。爲了防止他像《大話西遊》裡的唐僧那樣囉嗦，還沒等他說兩句話我就把他關在了門外。我的理由很充分，我說我要洗洗睡了，明天再說吧。可憐金馬一腔怒火無法發洩，活活地憋在了肚子裡，估計他要是再跟我出兩趟差，必得癌症無疑。

不過他並沒有放過我。我剛剛睡著，床頭的電話粗暴地響了起來，金馬的聲音在暗夜中格外刺耳：「喂，百合嗎？趕快起來！書記剛才來電話請咱們去唱卡拉OK，你對人家那個態度人家還能這樣，夠有肚量的了，你還不找補一下？快點起來打扮一下，別黑著一張臉，讓人家覺得你除了吃對什麼都沒興趣！」

「你說對了金大編，我還就是除了吃對什麼都沒興趣，起碼對你們這些狗屁男人沒興趣！」

那邊啞了一秒鐘，然後說：「百合啊百合，我看你是越學越壞了！那麼乖巧伶俐的一個女孩，怎麼變成這樣子了?!告訴我，是不是跟曼陀羅學的？那可是個壞ㄚ頭，你這麼單純的人老跟她泡一起，可不就是近朱者赤近墨者黑嗎?!快點起來吧，別讓人家等啊！」

「誰也沒攔著你啊，你去唄。反正我不去，我睡得正香呢。」

「你！——百合！我——我求求你了，人家現在可能都去了，咱們還要求著人家給資料呢！你可不能把我的路堵死啊！……百合，百合……」

當他叫到第二十聲的時候，我終於起床了。既然已經裁了面兒涎下臉來求我，我還眞不能不給他這個面子——他畢竟還是天仙子的哥哥啊。但是我一點沒有打扮，連臉也沒洗，套上一件毛線袍子就出去了，頭髮還亂蓬蓬的。

看到我這個樣子，大官的臉色頓時又不對了，我裝作沒看見，金馬拚了老命使勁造氣氛，從來不唱歌的他竟然連續點了五首歌，每當音樂響起的時候他就捏著嗓子說，這首歌我是獻給誰誰的……，眞讓人起雞皮疙瘩。然後他就玩命地讓我唱，說實在的我覺得KTV包廂裡的音樂眞是令人作嘔，這樣的音樂怎麼能引起我唱歌的興致呢?!要知道，海底的音樂是非常美的，每到春天，我們家族的女性是會在黎明時分浮出水面唱歌的，那時候，附近的漁民都會笑笑說：「海百合又在歌唱了。」那種美麗的聲音足以把一萬個強壯的漁民迷倒。

可現在，面對著這一群喝得面色紫漲的老男人，我怎麼會把我熟知的海底音樂暴露出來呢？所以任憑他們說破大天，我也不爲所動。

老男人們大概覺得無趣，終於不唱了，於是金馬提議去吃宵夜。大官的興致又好起來，介紹說附近有一家很不錯的夜宵店。金馬立即說由我們來請。大概是因爲晚餐過於豐盛而卡拉OK也不便宜，超過了應有的接待費，大官這次沒有推辭。

金馬一下子點了數十種菜數十種點心，大約他覺得我腰包裡揣著的公款閑著也是閑著吧。我不吭聲兒，反正他點了我就吃，這兒的宵夜味道的確不錯。大官可能想改善和我的關係，一個勁兒挑話頭兒說話。他和藹可親地問我多大了，在公司工作幾年了，是哪兒的人，家裡是做什麼的。他問一句金馬就替我答一句，到後來他終於沒得問了，消停了。吃得也差不多了，金馬立即示意我結帳。我一摸包包，喲，公款鎖在賓館的保險櫃裡忘帶出來了。

金馬這一下氣得非同小可，臉都黃了，又當著大官諸人的面，只好哆哆嗦嗦地掏出自己的錢夾，一邊眼睛還瞪著我，一邊小聲對服務生說：開張發票，抬頭寫巨龍影視發展有限公司——萬沒想到，服務生傲岸地揚了揚下巴說：「對不起，發票沒有了，過兩天再來拿吧。」——金馬再也無法克制，終於爆發了：「你！過兩天是什麼意思?!過兩天是過幾天?!我們後天就走了！哪個有空再爲這張發票跑一趟?!」「對不起先生，」那位服務生大概是見得多了，根本就沒把金馬的咆哮放在眼裡，「我們現在沒有發票這是事實，至於你是不是能爲這張發票跑一趟，那是你們自己的事情。」服務生的鎮定令金馬越加老羞成怒，他把桌子一拍衝了過去，立即被大官和幾個隨從拉住了，我心中暗笑，因爲我知道大官們如果不拉住他他也是做不出什麼來的，沒準兒更丟臉，若是眞的動起手來，他未必是那幾個服務生的對手。

金馬恨極——他這趟差事算砸在我手裡了！——他還眞做得出來，爲了那一張發票，他決定再多留幾天，我可沒耐心等他了，我還惦記著腳心呢，再說若和大官那些人多相處兩天，不是他們瘋了就得是我瘋了，趕緊走吧，還落個全鬚全尾兒。

4

我從車站直奔醫院。

我突然發現我惦念腳心的程度要超過任何人。從羊皮書中我知道，對腳心那樣牽腸掛肚的擔憂和思念屬於血濃於水，到底我和腳心是有血緣關係的，就是不一樣啊。

但是腳心不在醫院。

醫生說，兩天前，有人把他接走了。我像金馬為發票發狂那樣為腳心發狂了，我拽住醫生不鬆手直至醫生說出了全部的詳情——我判斷一定是曼陀羅派人把他綁架了，一定是！

我衝到曼陀羅家，鐵將軍把門。我用我的戒指劃開了玻璃，跳進去的時候扎破了手指，我就那麼鮮血淋淋的衝了進去。

曼陀羅家變化好大：儼然是一派阿拉伯式的裝修風格，裝飾和味道中都滲透了一種淫靡的香氣。找到那間小倉庫，已經不存在了，徹底的裝修已經把那兩面非承重牆打掉，小倉庫已經化作了客廳的一部分。再翻冰箱，卻是依然如故：只有一包冷凍咖哩飯和冷凍義大利肉醬麵。

我不死心，依然到處翻找，每個隔扇每一個櫃子都打開了，在一個裝著巨大鐘錶的櫃子面前我站住了——那個櫃子是緊鎖著的，上面有一個橢圓形的密碼盤——我的古老的戒指在現代的密碼盤面前無能為力了。

身後的聲音冷冷地響起：「你在幹什麼？入室盜竊？要不要我打報警電話？」

我猛然回身：曼陀羅直挺挺地站在那兒，她越加瘦了，瘦得如同一根蘆葦，但眼睛裡似乎又有了神，除了左邊那力圖被頭髮蓋住的青記，她簡直有一種冥間的美。

「該打報警電話的是我，你把他弄到哪去了？」

「他是誰？誰是他？」

「別裝蒜，趕快把他交出來，否則別怪我不客氣！」

一絲痛苦的神情劃過她的眼神，但很快，她便恢復了那種冷冷的態度：「對不起，我看你是精神出問題了，請你出去，別在這兒無理取鬧！」

我自己都沒想到我的出手如此凌厲，對，我們水族的後代出手，要比動作最快的人類還要快上五十又十分之三秒。那一巴掌是我來到人類世界後最最痛快的一巴掌，我居然把她搧得宛如陀螺一般轉了四個圈兒，然後倒在地上。她捂著臉，咬住牙沒有哭，眼神裡帶著一種惡狠狠的表情，她就那麼看著我，黑而長的睫毛像黑寡婦的扇子似的那麼恐怖。

就這樣，我們不知對峙了多久，她慢慢坐起來，拍了兩下巴掌。她拍巴掌的姿勢，很像羊皮書中介紹阿拉伯貴婦呼喚奴隸的那種姿勢。果然，「奴隸」被她喚來了，那是兩個膀大腰圓的漢子，他們慢慢逼向我。我看著他們，突然覺得那天去醫院綁架腳心的便是他們了。

架子上的那個羅馬鐘盤，時針一分一秒地逝去，那種聲音恰似放大了的耳語，有一種末日將臨的感覺。就在按照海底時間計算已經超過七分鐘的時候，我突然說出了一番我本來並不想說的話。我說曼陀羅你要是敢動我一根毫毛，我就會讓你死得很難看。

我不知道我當時說話的表情，我的表情也許只能從曼陀羅的臉上折射出來，那是一種恐懼的光，我繼續說我說你還記得摩里島的那個晚上嗎？你與惡魔的交易失敗讓你消失生命變成木乃伊，是我用自己的全部財產抵押才換回了你的生命你忘了嗎?!早知道你是這麼個惡魔，我眞是多餘做了這件事！告訴你曼陀羅，你必須在三天之內把他給我送來，不然你別後悔!!

曼陀羅臉上的驚愕一點點閃爍著，在我拔腳要走的瞬間，她突然撲上來抱住了我的腳：「百合，別走，我求你了別走！百合你不懂，你不懂我需要他，沒有他我就活不成了，我也需要你，別離開我好嗎百合？別離開我啊……」

「沒有他活不成？應當說是沒有他的皮你就活不成吧？」

她示意那兩個壯漢退下「——那如果我說我已經幫你找到了戒指的主人呢?!」

我只猶豫了三秒鐘。「你別騙我了！你已經騙過我一回了！有意思嗎？我起碼不會兩次掉進同一個坑兒裡！三天，記住，三天!!」

曼陀羅撲上來，死死地拉住我：「百合，別生我的氣，我是個病人，我一直在自我折磨，但是我不知道我得了什麼病，要是我知道病因就好了。多年來我無法接受我存在的地方，我只覺得我應該活在別的地方，活在別的人群裡，那些人，都是像你這樣的人，眞的，我一直想應當有個地方，那兒有眞正的樹木、大海、聲音、友誼和愛情。永遠免掉那些不必要的奔忙，那些讓人噁心的面具，我去找過了，沒有。我知道那個晚上是你救了我，我也曾經爲你去尋找那個戒指的主人，也許你不相信，我竟然走進過地獄車站，見到過那些戴著桂冠的死去的偉人，最後我相信，戒指的主人的確就在摩里島，眞的，可是我眞的無法再進一步了，摩里島的那個酋長，他是個魔鬼。」

我覺得她拉住我的雙手，不再那麼堅硬了，她雖然沒有落淚，但那樣子比哭出來還難受：「百合，你眞的不了解我，我沒那麼壞。也許在你面前我應當感到羞恥，可在其他人面前，我比他們好得多！百合，眞的沒想到，這麼短短的時間，你竟然愛上了這麼個窩囊男人，你太讓我失望了！」

我好氣又好笑，顯然她是誤解了我和哥哥的關係，但我不想解釋，我想繼續看看她的表演。

她接著又說出一句讓我瞠目結舌的話：「……如果，如果你不能給我迷藥，那你就要和我相愛，我們一起逃避，一定要逃避這個世界，我一天也受不了了！」

我冷笑：「笑話！相愛？是要脅我嗎？我憑什麼要滿足你的要求？」

「就憑我一直眞心眞意地愛你！難道你沒有感覺，是塊石頭嗎?!」她終於咆哮起來。

「對不起，你的愛，我消受不起。你還是離我遠點兒，好嗎？」

我拂去她的手，不願再看她臉上驚愕的表情，因爲也許再過一分鐘，我又會被她的表演迷惑了。

我聽見她在我身後上氣不接下氣地哭起來：「我知道你愛的是媽媽，可眞正多餘的人是我！是我！媽媽……早就和這個時代妥協了，她不是不想下跪，只是不知道向誰下跪而已！……」

我順手掃了一下她那些花朵標本，那些寶貝在一瞬間統統坍塌了……

5

沒想到金馬的能量這麼大，他竟然把我告到了董事長那裡。董事長銅牛在我眼裡一直是個佛爺般的老人，他幹了一輩子大眾傳媒，在業界威望很高，從來也沒見他發脾氣。所以當我見到他暴跳如雷的時候眞眞的嚇了一跳！

他雙手拍桌子，把桌子拍得山響，以致我不得不堵起耳朵，我的這個舉動無疑引得他更加生氣，他吼叫的時候嘴巴擰歪了，吐沫噴出來，再也不像佛爺，而像是羊皮書裡畫的那些獰惡之神了——我眞的不知道金馬是怎麼誇大其詞的。

我斷斷續續地聽見，他說那個大官是我們重要的關係，我的所作所爲侮辱了那個大官，也侮辱了我們公司，更侮辱了他本人。他說馬上會召集董事會研究我的去留問題。他的話我聽不太明白，但也大致知道，他的意思是想趕我走了。

奇怪的是，我沒有一點點傷心，更不想辯解。我心不在焉。我只是在想著腳心的事，我對腳心牽腸掛肚，我在想，三天期限中，曼陀羅會不會把腳心還回來。

我照常吃中飯，公司的人都用異樣的眼光看著我，我猜想他們毫不理解我在挨訓之後爲什麼還能吃得這麼香。吃罷飯，我沿著回家的路走著，突然手機響了，這是老虎最近給我買的手機，花了人類錢幣一萬多元，據說還是個不錯的手機。打來的是老虎，他聲調嚴肅地問了問我出差的情況，然後說，晚上開完董事會後來我家。

老虎敲門的時候已經很晚了。他一臉嚴肅地走進來，坐在那裡就開始吸菸——這還是我第一次見他吸菸。一支，又一支，一言不發。我沒有菸缸，只好拿個小茶碟子遞過去，當我遞過去的時候他順勢把我拉到了他的身邊，坐下。我們已經好久沒有坐得這麼近了，但他並沒有像過去那樣充滿深情，只是摸摸我的頭，歎了口氣。然後說：「百合啊百合，你可什麼時候才能長大啊！」那口氣，活像是我的爺爺。

我特別煩別人用這樣的口氣對我說話，於是我梗起脖子反問他：「我又怎麼了？」「什麼叫又怎麼了？你還要怎麼樣啊?!……虐待金大編，侮辱我們的重要關係戶，輕視董事長……你早該被開除了！」

「這麼說我還沒被開除？」我心頭一喜。他無可奈何地看了我一眼，揪了一下我的鼻頭，「……剛才會上，我為你據理力爭，總算以微弱優勢，否決了把你開除的決定。」他又歎了一口氣，「……你總是這麼天真，以一種不變的眼光看人，你知道，金馬可是今非昔比鳥槍換炮了，他再不是把你介紹到公司的那個金馬了！他現在可是了不得的人物，一提起巨龍公司，大家首先想到的就是金馬！連董事長也不能不買他的帳！你一個小丫頭片子，那麼不給他面子，讓他當眾出醜，他能不記恨你嗎?!那個關係戶，是咱們董事長的拜把兄弟，你不給人家敬酒倒也罷了，人家大人大量給你敬酒，你用一杯果汁對付，你跟任何人去說說，這說得過去嗎？人家會懷疑，巨龍公司怎麼會有這樣的專案經理！會進一步懷疑巨龍公司的品質！另外，董事長找你談話，你不理不睬，毫無認錯之意，最後連招呼也不打一個就走了，你眼裡還有董事長嗎？你一個公司的專案經理，連董事長都不放在眼裡，那你眼裡還能有別人嗎?!……你看看，我在這兒說，你就一顆一顆地吃杏仁兒，恐怕你連一個字也沒聽進去，那杏仁很好吃是嗎？你知道人家現在都說你什麼嗎？——人家都說，你除了吃，對什麼都沒興趣！」

他那副樣子以爲這話是給了我一顆炸彈，孰不知一聽此言我笑顏逐開：「那有什麼錯啊，我看天仙子的書上寫著，連你們的老祖宗都說食色性也呢，這是地球上所有生物之本能……」

「那你是地球上哪類生物？」

他說這句話的語速很快。他的臉色陰沉，讓人看了有點害怕。要是過去我又得嚇一大跳，但現在我無所謂。隨便他們把我當成什麼，反正我死不承認就是了。「裝傻」，是人類社會的一大法寶。

「你別嚇唬我好不好？我可膽兒小。」我嘻皮笑臉地說。

他氣得臉都青了：「百合，眞的沒想到，那麼單純的女孩，變化這麼大！你再不是我喜歡的那個百合了！……」他猛地抽了口菸，然後又把菸頭按在菸缸裡狠狠掐滅。

「咦？原來你喜歡過我？怎麼沒聽你說過啊？」我依然嘻皮笑臉。

他怒視了我好一會兒，緩和下來，歎了口氣，然後，把我的臉蛋捧起來，輕輕地吻了一下。然後他開始吻我的耳朵，我覺得癢癢，就突然格格大笑起來，他一把捂住我的嘴：「你呀！你可眞是……」

後來我才知道，我的這一笑破壞了當時的氣氛，阻止了老虎對我下手，這一笑，救了我自己。

6

每天上班的時候，那個諾大的文化廣場是我的必經之路，那裡無論冬夏春秋都聚集著人群，我就奇了怪了，爲什麼這個城市裡的閒人永遠如此之多？他們究竟靠什麼生存啊？最奇怪的是，他們的臉上永遠漾著鬆弛的笑意，而相反，那些所謂的白領金領，倒永遠是一臉緊張，一腦門子官司。看來，人的快樂與否、滋潤與否眞不在掙錢多少，我看就是地鐵裡賣唱的還偷著樂呢。這一啓示對我來說極其重要，我一下子就想到：這次雖然過關了，可我不定哪天就被開除了呢。那也沒什麼了不起，羊皮書裡說人挪活樹挪死，說不定我離開這家公司，倒是件好事兒呢！就是心裡有點捨不得小騾那個項目，甭管怎麼樣，還能以這個項目爲名再去趟摩里島呢，而且，還會跟老虎一起去，那該有多好！不管怎麼說，他對我還相當不錯的！

那天，我和老虎神聊，把在摩里島內心感情的大起大落都講了，他聽了哈哈大笑，捏著我的鼻子說你這個沒心沒肺的小傻瓜，現在的女孩長個尾巴都變猴兒了，怎麼還有你這樣的異類？我不喜歡他的笑聲，就說我才不是小傻瓜呢，爸爸媽媽都說我是冰雪聰明的小可愛！他笑得更厲害了，連連說對對對，當然你是冰雪聰明的小可愛！當然當然！……

我喜歡夕陽落山時的廣場。在廣場不高的臺階上，每一層都星星點點地站立著人群，我喜歡這樣的不規則的透視感，很像一個電影裡的場景，也許就像麥克・漢內克的慣用手法那樣，最後的結局來一個莫名其妙的的全景——全景中疊印著熙熙攘攘的人群——最近我幾乎天天在看人類世界的碟片，記住了很多漂亮的細節。

一個醉漢歪歪倒倒地跑到臺階上，脫掉上衣光著膀子，然後突然地吼出一嗓子：「大河——向東流啊，天上的星星向北斗哇！……」熱心觀眾們立即喊一聲好！醉漢多少有點人來瘋，立即東倒西歪地接著唱下去，文化廣場上人群攢動，有喝彩的，有笑的，有跺腳的，連廣場邊上討飯的瘸腿老太太都咧開沒牙的嘴樂了。怪不得羊皮書上說這是個全民娛樂的時代，是個娛樂至死的時代。但是我又突然想起羊皮書上回顧歷史的時候說，許多年前，這個民族也有娛樂節目：看處決犯人，據說那時的閒人們也很多，也有很多熱心觀眾，還有的人把蒸好的饅頭蘸了犯人的血拿回去治病——大補——羊皮書上如是說。

「路見不平一聲吼哇，該出手時就出手哇！——」醉漢完全沉浸在自己的歌聲中，還做出各種裸體造形兒，下面的觀眾們也就越發如醉如癡了——我忽發奇想：將來哪天實在不行，我就做個街頭賣唱者吧，只要我把海底的歌聲洩露那麼一點點，人類世界就會轟動！

我穿過廣場的時候早已夕陽西下，手機響了，不出意料是老虎的聲音。老虎的聲音有點焦急，他說百合你在哪兒呢？快回家看看吧，你們家好像有人，燈亮著，可我敲了半天門敲不開——

我的心忽悠一下，莫不是腳心回來了?!

我一路狂奔，打開門，真的是腳心！但是……但是他已經不是完整的腳心了！他的右腳已經齊齊地被切下去，光禿禿的，他的頭髮也被剃光了，他的眼神裡沒有絲毫抱怨和痛苦，只有怯怯的感激的閃光——我淚如泉湧。

Chapter 10

罌粟

她很早就發現了一個真理：把男人搞定的訣竅根本不在什麼美貌和才華，而在於女人的「腥味兒」，但是一旦得手，要把男人長期牢牢抓在手中，僅憑腥味就不好使了，還得有幾招狠的，這種冷兵器只有聰明的女人可以掌握在手中。

1

罌粟把阿豹保釋出來的時候，已經過了四十八個小時了。一路上阿豹不斷地悄悄瞟向罌粟，投去感激的眼神，但是他一句話也不敢說，因爲罌粟的臉色實在太難看了。

阿豹回去就在廚房忙裡忙外，直到把飯菜都端上桌來，罌粟才懨懨地說了一句話：「你知道保人是要錢的吧？」

——這一句話，一下子把阿豹徹底打敗了，他頹坐在椅子上，頭垂在了胸口，聲音比蚊子大不了多少：「我知道我欠你的，我會還。相信我罌粟，我一定會掙大錢的！——我一定會……讓你過上舒心的日子……」

罌粟夾了口菜放在嘴裡慢慢嚼著，臉上劃過一絲不易覺察的冷笑。「阿豹，」她輕輕開口了，「咱們誰跟誰？就別說這話了。我也觀察很久了，恕我直言阿豹，你掙不了大錢，你不是掙大錢的人，你在前邊掙的那點兒錢，還不夠我在後邊兒給你擦屁股用呢！大錢，不是人人都可以掙的！……咱們要想過舒心的日子嘛，倒是有個辦法……」「你說，你快說嘛！」阿豹急不可待。

罌粟幾次張嘴又咽了下去：「……時機還不成熟。等我再想想吧。……」說完，就再不理阿豹的百般央告，自顧自地吃起飯來了。

罌粟心裡在籌畫的，是一個驚天的陰謀。

罌粟是那種天生把運籌學學到家的女人，大便宜小便宜一個也不能落空，所以，在整個計畫沒有成熟之前，她是不會向任何人吐露一個字的。

在這四十八小時之內，她和那位鼎鼎大名的巨龍公司董事長銅牛先生已經談了三次，而現在，銅牛先生已經完全拜倒在她的石榴裙下。

銅牛先生本來是想借此名刊炫耀一下自己企業家的身分，稍帶著做個免費心理諮詢，可是由於內心的苦惱被眼明心亮的罌粟一眼看穿，他便如開閘的洪水一般一發而不可收了。

原來，銅牛先生第一個太太是大學同窗，因爲不能生孩子，而銅牛先生又是獨子，所以在母親的巨大壓力之下解除了婚約。而第二個太太倒是非常美麗，兩人結婚多年，並且生了三個漂亮的兒子。奇怪的是，自從太太更年期之後，不知何時產生了「暴力傾向」，譬如，不知哪句話就會得罪她，而她，就會突然地把一個杯子扔過來，銅牛先生捂著腮幫子說：「不怕你笑話，我這邊的牙床還是腫的哪！」

銅牛先生把他們見面的地點安排在了醉園飯店一個情趣盎然的包廂裡，假山石上有淙淙的小溪水滴答著，銅牛先生略顯平板的聲音在溪水的伴奏下有了幾分生氣。銅牛先生彷彿有著極其深沉無法言說的痛苦，他說了又說，就像是召開憶苦大會，只有在罕見的間歇階段罌粟才能插進去幾句話，而這幾句話又成了下一階段憶苦的導火線。由於罌粟善解人意充滿智慧的插話，銅牛先生感覺相見恨晚。譬如當他說：「這種苦惱眞是說不出來……」的時候，她就及時插一句：「我完全明白，這種形而上的痛苦才是眞正的痛苦——」

呵——就這一句話，讓銅牛先生的聲音立即升高了八度：「哎呀！你說得太對了！形而上的痛苦才是眞正的痛苦！是的！太對了!!你眞是太聰明了！……」

然後銅牛先生就開始控訴他的岳丈一家都有暴力傾向。他的岳父母曾經在他家住了長達半年之久，他親眼目睹了岳父對岳母施暴。

於是罌粟對銅牛說，如果再有婚姻，一定要看重對方的家庭。因爲一個人的行爲機制有百分之八十來自遺傳。

罌粟的話，句句打中銅牛的要害。且她總是站在銅牛的立場說話，因此讓他覺得如沐春風。銅牛細細看著罌粟在想：「這可眞是個人物啊！又年輕又絕頂聰明，可惜長相太過一般了點，……不過身材很好，不是不可以考慮……」銅牛的眼神，完完全全讓罌粟看了去，罌粟心裡冷笑：「還挑剔我呢？過些時讓你給我下跪信不信？」罌粟完全有這個自信，罌粟的確應當有這個自信。她很早就發現了一個眞理：把男人搞定的訣竅根本不在什麼美貌和才華，而在於女人的「腥味兒」，但是一旦得手，要把男人長期牢牢抓在手中，僅憑腥味就不好使了，還得有幾招狠的，這種冷兵器只有聰明的女人可以掌握在手中。所謂前倨而後恭也。

銅牛帶血帶淚地說，老婆經常當著兒子的面訓斥他，並且可以隨時隨地抓到什麼東西就向他扔過去。他想與老婆離婚，實在是逼不得已。

他一連講了三個小時之後，終於起身上洗手間，回來的時候他說，去洗手間的路可眞長啊，簡直可以搭計程車！然後他自己哈哈大笑起來，爲自己這個自以爲十分高明的笑話，又說了半個小時之久。

罌粟看著他想，就算是《大話西遊》裡的唐僧，比起眼前這位先生也該是甘拜下風啊！

她如今眞的很理解那些聽唐僧囉嗦的小妖怪們爲什麼一個個勒著脖子上吊了！但她是罌粟不是那些小妖怪，她有忍功。她是女版的忍者龜。無論她心裡多麼反感，卻總能條件反射式地顯出同情的樣子。我們的罌粟心裡暗暗在想，這位銅大老闆的出現，或許在自己的生命中，意義很大啊——

她心裡的那個陰謀，一路在慢慢生長……

2

天仙子總算是從那種極端絕望的心境中走了出來。她關閉了網路，夜以繼日地開始繼續寫她的長篇《煉獄之花》，每每寫到悲傷之處，就趴在桌上大哭一場。本是想借寫作療傷的，可不知爲什麼，簡直就是越寫越痛，越寫越想不明白！——她到底招誰惹誰了？爲什麼她深愛的丈夫就這麼棄她而去？爲什麼她深愛的女兒對她如此仇視？最要命的是，爲什麼她無意中說對了的一個箴言，竟然引起成千上萬的陌生人的惡意刷屏?!他們並不認識她，可他們爲什麼要使用如此惡毒、骯髒、下流的語言呢?!

他們的心裡一定有著積累很久的厚厚的毒素！一種淤積的毒素，苦於沒有發洩的管道，一旦找到了宣洩口就不肯放過！她不幸就偶然成了這樣的一個宣洩口，可是她在想，這個國度這樣巨大的惡積累起來，眞的是很可怕啊!!即使是上帝，即使是宗教，也很難清除這惡，何況，這個民族的無神論者，占了百分之九十九。

那麼剩下的只有寫作這一條路了。她下決心要好好寫，要把自己的命搭進去寫，她就不信，用命寫的作品戰勝不了現在那些無病呻吟隔靴搔癢小罵大幫忙的假現實主義！

她狂寫，她怒寫。她寫得廢寢忘食形銷骨立，她內心的血、淚和所有的汁水與液體都化作了文字鋪到紙上，自己變成了一個木乃伊。

有一天，當她實在寫不動了的時候，她沿著灑滿夕陽餘暉的小路走到了百合家，她想向百合表示感謝和歉意，畢竟在她最痛苦的時候，是百合支持了她——這個小姑娘，幾乎是現在支撐她內心尚存的善意的唯一人選了。

百合幾乎是歡快地迎接了她。但是她第一眼就看到了屋裡的另一個人——一個黑眼睛的異族男人，那人的一隻腳已經沒了，包著厚厚的紗布——想必拆開來會非常恐怖，但是那人的一雙眼睛非常善良，而且還有些濕潤，好像含著淚水似的。

「歡迎你天仙子，這是我哥哥腳心。」百合介紹得非常自然，百合的放鬆讓天仙子也放鬆下來，腳心善意地向她笑了笑，天仙子突然覺得，這個少了一隻腳的男人的笑非常奇特，那種笑由於過於眞摯而十分明亮，明亮得就像是一縷光線拂過，天仙子想起初見百合的時候，百合也是這種明亮的笑，而現在她的笑似乎已經染了一點點粉塵，不那麼明亮了。

但是腳心似乎很害羞，還有幾分懼怕，他搖著他的輪椅回了房間。看到天仙子的目光百合笑了：「覺得奇怪是嗎？爲什麼會突然跑出來這麼個哥哥，其實是我覺得他很可憐，就把他從壞人的手裡解救出來了，」在說到「壞人」兩個字的時候，曼陀羅的影子突然在眼前飄過，百合的神情恍惚了一下。是啊，有好久沒見到曼陀羅了。

天仙子癱坐在沙發上，這才覺得全身眞的放鬆了，而在之前，她其實是一直繃緊著的，緊到身上像捆過似的動彈不得。這個房間，因爲沒有什麼傢俱而顯得空曠，但是且慢，她突然聞到了一種香氣，一種似乎熟悉的香氣，她的憔悴與灰暗讓百合吃驚，百合不知怎麼辦才好，打開冰箱空空蕩蕩，只好拿出僅存的兩只橘子，切開請天仙子吃。天仙子看著她，意味深長地笑了一下：「能見到你就很好了，我不想吃。」

天仙子看到一旁早已捲了頁兒的羊皮書，拿過來，隨手翻著，心裡暗暗生了感動，微微地從睫毛下面觀察對面的女孩，覺得她的確有著非人間的氣息，她的心裡似乎是一片天籟，只有這樣的心地才可能有這樣毫無瑕疵的皮膚，這樣烏亮欲滴的頭髮，天仙子的心情非常複雜，她似乎看到了遙遠的自己，又深刻感受到現在的自己所受到的一切暗傷，可她絕不願意讓百合或者一切人看到這暗傷，她在想，她起碼還能寫，她起碼還是個作家，而眼前這個傻姑娘，一天到晚不知幹些什麼，連本來屬於自己的財產，也莫名其妙地失去了——可她爲什麼不著急呢？她那吹彈即破的皮膚爲什麼沒有一絲皺紋呢？究竟是什麼樣的力量在暗中支持她呢？

「百合，聽說你破產了？破財免災，你也別太難過了。」

女孩似乎怔了一會兒神才反應過來：「哦，對，不過也沒什麼，我有薪資，破產不影響我的生活。起碼夠吃了。」她依然笑嘻嘻的。她那種滿不在乎的表情實在讓天仙子驚異。

「那麼，你哥哥也靠你養活了？那很緊張啊。」

女孩似乎對這個話題並沒有太大興趣：「其實眞沒什麼，你們人類……哦，一個人就算盡情消費能花多少？所以現在那些你們說的貪官污吏們眞是笨蛋，他們要那麼多錢幹嘛？一個人就是盡其所能消費，一輩子也花不了多少錢啊，他們弄那麼多錢，最後給槍斃了，眞是不値！」

女孩說這話時那種又天眞又老道的樣子讓天仙子心動，天仙子始終覺得，這女孩是有來歷的，然而她無法判斷，女孩究竟是何方神聖。

天仙子掰開一瓣橘子放進嘴裡，橘子已經乾了，味同嚼蠟，她心裡一陣難過：「百合，我是來道歉的，那個時候，我最難的時候，你幫了我，可我不但沒謝你，還那樣對你，我眞的……眞的挺不像話的，百合，這是一點小小的……」她從手提袋裡拿出一個信封放在桌上，「小小的心意……」她預備著女孩推辭，她預備著你推我讓很久。可是女孩再次讓她驚訝了。

女孩百合帶著好奇的表情打開那個信封，看著裡面的八千塊錢，滿臉驚奇和快樂：「咦？這是你給我的？好啊好啊，我正缺這個呢。」還沒等天仙子反應過來，女孩已經打上了電話：「喂，是西畢林西餐廳嗎？對，是我，是啊，好久沒讓你們送餐了，今天中午送吧，三人份的，最高級的那一套。好吧，快點。」

百合的作派讓天仙子目瞪口呆。她知道西畢林西餐廳的最高一檔，一小份便是一千多，這樣一來，剛剛給她的八千塊便一下子少了一半以上，她急忙攔：「喂，我不在這兒吃飯，說好了要和曼陀羅一起吃午飯的，她……」「這麼說曼陀羅中午回家是嗎？好，你帶我去，我正要找她。」

天仙子百年不遇說了一次謊，還就被將住了。她無法圓謊，只好硬著頭皮答應了。她一路上都在想著怎麼爲自己圓謊，可是打開門的時候，她呆住了，曼陀羅眞的在家，穿了個空心T恤，光著兩條瘦腿在大吃霜淇淋。

天仙子一向反感女兒的這些不雅動作，可現在她突然覺得，女兒的這些動作，才是人類最初的動作，是自由的動作。儘管天仙子刻意避讓，但歲月已經使她清澈的血變得混濁，時間逼著她從一個善良的女子變成滿懷惡意、密謀復仇的人。時間逼一切人變成別樣的人。

她的筆本來長著枝葉，滿覆著花朵，可現在被一種擁擠可怕的氣味熏死了。

3

罌粟對銅牛說，她要給他做個專訪，還要在他A城的工作環境中拍些照片。話說到這個份兒上，銅牛不得不說到邀請的事。其實以銅牛的財力，邀請個把如罌粟者去A城，簡直就是小菜一碟。無奈銅牛生性節儉，連過去老婆用錢他都要錄入明細帳，何況他人?!但銅牛已經進入罌粟的系統，煞不住了。

罌粟到了A城，先狂購一氣，她知道此刻絕不能動銅牛的錢，分毫也不行。豈止是不動，當銅牛帶她到賭場去玩，並且親手塞給她賭資的時候，被她堅決地推辭了。這讓銅牛驟生敬意。

罌粟的手氣好得讓人吃驚。她先玩老虎機，贏了一千多塊錢。接下來玩押大押小，玩二十一點，最後竟玩上了豪斯。

發牌員是個漂亮的混血男子，說一口漂亮的英文，臉上總掛著溫柔又帶點圓滑的笑，好像對誰都很友善。玩了幾把之後，罌粟漸漸發現了規律：只要她和發牌員的目光一對視，她就能憑感覺來判斷這把是輸還是贏。豪斯的贏可不是那種小打小鬧的贏，所以她從那目光中得到的判斷也就格外重要。連贏了七把，這時她感覺到左邊的氣息不對，原來銅牛悄悄地坐在了她的左手邊，她心裡叫一聲不好，沒來得及stop，就一把輸掉了，還好沒有全輸光，還算是保了本，但即使如此，罌粟也情不自禁地心裡長牙，暗想將來一定要讓姓銅的加倍賠償，臉上卻露出燦爛笑容，笑咪咪地打招呼說：「您也過來了？這種低俗的遊戲，仔細髒了您的眼！」

罌粟一說這類的話，銅牛便覺得周身通泰。他建議一起去附近的咖啡廳坐坐，反正他今天已經請了假，索性奢侈一天吧！

這個咖啡廳非常特別，整個像個眞空玻璃罩，裡面的看得見外面，外面卻看不見裡面。地板也是玻璃的，不，嚴格來說是琉璃，通透得可以看見地下養的水草，不知爲什麼，罌粟害怕這種通體透明的地板，走在上面，她總是擔心自己會跌倒，或者一腳踩空。

銅牛倒是話鋒很健，他開始前三皇後五帝地回憶自己的先人，他的先人們在他的描述中似乎一個個都活轉了過來，個個才華橫溢文采昭彰，好像都是文曲星再世，當年，銅家是A城一霸啊！與之形成巨大落差的是他老婆珊黛的先人，全都是貧民窟出身，爲一塊奶油太妃糖就能打出人命來的。銅牛說這些的時候臉上飛揚著難以言傳的快意，而最後的落點卻很痛楚：這樣家庭出身的女人對付他這樣的大少爺，簡直就是用牛刀殺雞。

罌粟讓自己的臉上充滿同情的溫暖，嘴上仍然說著溫和的話，她知道這時候還不到火候。果然，越是解勸銅牛先生就越是義憤塡膺：「她以爲她是誰啊？她家就是貧民窟的窮光蛋嘛，充其量不過是個小家碧玉，像我這樣的家庭，能夠容她，她就該千恩萬謝了啊！——」罌粟忙說：「銅牛先生快別這麼說，現在誰還論出身啊？有道是英雄不論出處，您太太漂亮，人前帶得出去，還有三個那麼優秀的兒子，別人還不定怎麼羨慕您呢！」銅牛喝一口藍山咖啡，長歎一聲：「人前是那樣，人後的苦，只有我自己知道啊！……」「好在您的苦難不是已經結束了嗎？」「你哪知道，財產還沒有分割完畢，哎！要是女人都像你這麼善良就好了！」

罌粟心裡輕輕冷笑了一聲，她知道自己的時間沒有白費。

4

天仙子看見，女兒看到身後的百合臉色就變了，是一種在女兒臉上從來沒見過的惶恐。她看見百合微笑著走過去和女兒耳語了幾句，然後女兒站起來，用發抖的聲音說：「媽媽，我們出去一會兒。」

然後，還沒等她反應過來，她就看見百合摟著自己的女兒，出去了。

她突然想起：女兒這種害怕的表情自己好像見過一回，那是若干年前，哥哥請她看西班牙現代舞的那個晚上，也是這個百合，輕輕的撫了一下女兒的臉蛋，女兒就被嚇得嚎啕大哭。

難道百合的身上有什麼可怕的東西嗎？還是她們之間相剋?!

通向河灘的路上，曼陀羅一直在小聲地告饒。她越是看見百合的臉上毫無表情，她心裡越是發虛。她想抽空溜掉，但百合的力氣大得嚇人，百合胖乎乎的手現在變成了一把緊銬，捏得她的小雞骨頭咯吱吱響。

河灘的黃昏，天空被夕陽餘暉反射成了一塊巨大的琥珀，兩個女孩對峙著，像是琥珀裡的小蟲子。

曼陀羅看見，對面那個女孩的眼睛裡冒著一股股藍色的火苗，她想起那個女孩曾經洩露的一切，她判斷那個女孩屬於海底世界。而對於她來說，她不過是祖先們曾經奉獻給海洋的曼陀羅花，一聞到海洋的味道，她就有著無比嚮往和懼怕。

在黃昏消失、黑暗降臨的那一刻，曼陀羅終於開口了。曼陀羅覺得，她是在對著一片虛無說話，因此說得毫無忌憚。

「百合，我對你說的都是眞的，我費盡了千辛萬苦，走遍了世界，才慢慢接近了眞相。我拿準了，戒指的主人就在摩里島，這無可懷疑，但是眞相被牢牢地控制了，我猜想這是有關世界與摩里島的一個重大祕密，當我問到戒指的花朵和迷藥的時候，那個魔鬼酋長就惡狠狠地出手了，把我變成了木乃伊，是他，把很多迷藥灌進了我的嘴裡，當時我人還清醒，可是手腳已經不能動彈了……」

百合想起那個晚上與酋長的談話。她突然想起莫里亞酋長開場時問的那兩個古怪的問題。哦，或許正是她不經意的回答，才讓她逃過了一劫？

「……是的百合，自從那個西班牙現代舞的夜晚，我就被你的海底迷藥迷住了。我承認，我偷了迷藥，可我只偷了一點點，你的迷藥就是我的藥引子，我靠這一點點藥引子起家，花了多少辛苦才煉就了今天的成色，所以我的迷藥貴得驚人，在當今世界，只有王侯將相和少數特權階層才享受得起。……我的目標，是把海底迷藥和來自人類的迷藥結合在一起，配製成一種獨一無二絕無僅有的香料配方，我要讓那些騎在我們頭上的人向我們跪下！……」

「別作夢了，那根本不是什麼海底迷藥，那個戒指是來自人類的，所以，那個暗盒裡的迷藥也是來自人類的。」

「是啊，我也就是在發現了這個之後，才去尋找的，我斷定，那個暗盒裡的迷藥就是戒指上那種奇異的花朵製成的，可是線索中斷了……摩里島的那個晚上，我被毀了，至今還沒能恢復元氣。我全部的財產，只出不進，已經是坐吃山空了。……可是百合，我至今都不明白，你要尋找的是戒指的主人，可你現在爲什麼愛上了另一個男人，你難道忘了你的使命嗎?!……告訴你，我有個新發現，我發現海王其實並不信任你，他一直在監視你！……」

她的話被百合毫不留情地打斷了。「少跟我來這套！別扯七扯八的！我今天就想問你，你爲什麼把我哥哥的腳給砍斷了?!」百合說出這話的時候頭髮又開始冒青煙，眼睛裡吐火苗兒。

「什麼?!你哥哥?!」

「對！他是我的哥哥！是我的親哥哥！」

曼陀羅呆了。

5

自從那次不尋常的談話之後，罌粟按部就班地給董事長做了專訪，拍了照片。在採訪過程中，她發現銅牛這個大老闆竟然不怎麼知道外界的事，他把自己關起來掙錢，至於花錢，他卻不在行。她把他帶出了他的小世界，和他一起在A城的花花世界裡遊覽，然後又以補拍照片爲藉口，說服他一起返回B城。在B城罌粟更是如魚得水，一下子把銅牛帶到郊區去洗澡泡溫泉，銅牛別看掙了那麼大錢，其實這輩子並沒有眞正享受過什麼。這座城市的每一個夜間細節都讓他驚訝，他剛剛明白自己引以爲豪的一切，原來在罌粟來說早已司空見慣，而最讓他驚訝的，莫過於罌粟的處事態度——這個相貌平平的女孩竟像一個女王——當她輕聲輕氣地面對那些服務生的時候，她冷漠的眼睛和拿捏得恰到好處的派頭，足以讓那些服務生心生敬畏。是不是這個城市的人都有一種賤性？一種奴性？所以才有如今強者爲王弱肉強食恃強凌弱的局面。這個城市的人似乎都在瘋狂地搶奪話語權——因爲如果沒有這個的話，你就算是個超級優秀的人，也完全沒有出頭之日。

銅牛披著浴衣從溫泉裡走出來的時候，感覺到身心從未有過的放鬆。罌粟已經在溫泉邊的白色雕花樹脂桌旁等著他了，她叫好了點心和咖啡，他一眼看去暗叫慚愧，當她在他那裡

NK
JBLISHING

讀者服務卡

您買的書是：________________________________

生日：________年________月________日

學歷：□國中　□高中　□大專　□研究所（含以上）

職業：□軍　□公　□教育　□商　□農

□服務業　□自由業　□學生　□家管

□製造業　□銷售員　□資訊業　□大衆傳播

□醫藥業　□交通業　□貿易業　□其他________________

購買的日期：________年________月________日

購書地點：□書店　□書展　□書報攤　□郵購　□直銷　□贈閱　□其他

您從那裡得知本書：□書店　□報紙　□雜誌　□網路　□親友介紹

□DM傳單　□廣播　□電視　□其他

您對本書的評價：（請填代號 1.非常滿意 2.滿意 3.普通 4.不滿意 5.非常不滿意）

內容______　封面設計______　版面設計______

讀完本書後您覺得：

1.□非常喜歡　2.□喜歡　3.□普通　4.□不喜歡　5.□非常不喜歡

您對於本書建議：

感謝您的惠顧，為了提供更好的服務，請填妥各欄資料，將讀者服務卡直接寄回或傳真本社，我們將隨時提供最新的出版、活動等相關訊息。

讀者服務專線：（02）2228-1626　讀者傳真專線：（02）2228-1598

廣　告　回　信	
台灣北區郵政管理局登記證	
北台字第15949號	

235-62
台北縣中和市中正路800號13樓之3

印刻出版有限公司　收

讀者服務部

姓名：＿＿＿＿＿＿＿＿　性別：□男　□女

郵遞區號：＿＿＿＿＿

地址：＿＿＿＿＿＿＿＿＿＿＿＿＿＿＿＿

電話：（日）＿＿＿＿＿＿＿＿（夜）＿＿＿＿＿＿＿＿

傳真：＿＿＿＿＿＿＿＿

e-mail：＿＿＿＿＿＿＿＿＿＿＿＿＿＿＿＿

INK

作客的時候，他隆重推出的藍山咖啡，在這裡根本算不上什麼，特別是他看到她消費起來比自己瀟灑隨意得多，他心裡本來還存有的那一點點警惕和炫耀也消失殆盡了，一個念頭慢慢地在他的腦海裡清晰起來。

兩個月後，封面登著他的大照片的時尚雜誌如期發行——裡面的照片與版式做得相當考究，他看了又看，以至於那幾頁都有點捲了——幸好還是極好的進口紙，久違的笑容溢滿了他的嘴角，他拿起電話對罌粟說：「喂，你知道嗎？我老婆現在帶著兒子們旅行去了，我在趁這個機會清理資產。」

「清理資產？幹嘛？」她是一貫的裝糊塗。

「小姐啊，你眞是太單純了！難道我們在財產分割之前我不需要完全掌控我的財產嗎？這也是爲我們將來考慮啊！」

她聽見自己的心砰砰地跳起來了，但嘴上還是一如既往地平靜：「您說什麼？我們？」

「當然，我已經想好了——這樁事徹底了結之後，就正式向你求婚。」他一字一頓地說，似乎每一個字都含有深義。

6

小騾的邀請信到的時間恰恰好——正是老虎想出去躲清閒的日子。小騾在邀請信裡說：非常希望董事長、老虎與百合到摩里島上來考察指導，「考察指導」這樣的詞當然是小騾向

B城的人學的，百合想，有番石榴在那兒，小騾不愁不會用這樣的詞兒。

老虎之所以想出去躲躲，完全是因爲董事長到點兒任期滿了，每逢這樣的時刻，人們的劣根性就會暴露無遺，整個公司呈現出一種十分微妙的狀態：所有人都以爲那個即將空出來的位子是給自己留的，而最有希望接替這個位子的老虎自然而然成爲眾矢之的。老虎是從十幾歲便熟讀孫子兵法三十六計的，索性在這個敏感時期，躲開。何況，和百合這個少見的生瓜蛋子一起出去轉轉，是他一直以來的想法——對於這個小姑娘，他一直懷有一種強烈的好奇。

老虎自然坐在頭等艙。無聊的時候，他去找坐在擁擠的經濟艙裡的百合，百合紅頭漲臉的臉色很不好看。百合想，爲什麼人類要這樣分三六九等？他們不總是高叫著女士優先嗎？可爲什麼身強力壯的老虎可以坐頭等艙，而年輕稚嫩的女孩百合只能坐經濟艙呢?!而且吃的也不同，老虎就像是讀出了百合的心思似的，老虎說百合你去頭等艙坐一坐吧，我旁邊有個空位。

百合坐在老虎旁邊，接過老虎遞過來的只有頭等艙才有的乾果零食。百合吃得很香，吃完就睡著了。睡得正香的時候被人推醒，迷迷糊糊地她覺得有個柔軟的聲音在說：「小姐，請回到你的座位上去。……」百合最煩睡覺被人吵醒，她的第一個反應就是看老虎，這時候老虎應當說話啊——可他一句話也沒說，只是笑呵呵地看著她，那笑裡還帶著幸災樂禍。百合氣得把眼一閉，任她空服員怎麼說，就是不睜眼。最後老虎發話了：「我說百合，你差不多點好不好？人家這個位子的人回來了，趕緊給人讓座兒啊！」百合刷地一下站起來，這個動作一點過渡也沒有，足足把老虎和空服員都嚇了一大跳。百合說好啊，本來我在我的位子呆得好好的，是你請我過來的，既然我睡著了，你就應當把位子讓出來讓那個人先坐著，等我醒了再換位子啊，憑什麼就一定要我去坐經濟艙，難道你是人我不是人？難道你要休息我就不要休息?!何況你還是個大男人，我還是個小姑娘呢？你也好意思你！」說罷回身就走，把整個頭等艙的人目瞪口呆地扔在那裡。

老虎當然知道百合的生瓜蛋子脾氣，平常也嬌寵她。可作夢也沒想到她還有這一手，一向極自尊的他可不是一般的生氣，他覺得一股氣直竄向他的肝臟，這要是在公司，當時他就敢把她開除了！謝天謝地他還沒來得及對她做什麼，如果要眞是那樣的話這個生瓜還不定做出什麼驚天動地的氣人事呢！他氣得發麻的臉連一個憤怒的表情也做不出來了，只有狠狠地把手絹往臉上一搭，睡他娘的覺吧！

——他心裡直發虛，就憑她這二百五脾氣，誰知道這趟摩里島之遊會生出什麼妖娥子鬼點子來啊?!

Chapter 11

詹

前方是傾斜再傾斜的月光，月光中我的胸脯流蕩著盈亮的雪白，上面有他溫柔的指痕，這是一個沒有隱私的夜晚，他的毛髮，他的鼻息，他的眼神，都在對我訴說著愛。

小騾像我想像的那樣，一臉媚笑地直撲老虎的行李車，老虎這回還算乖，很自覺地過來幫我推車，自從我從頭等艙出來之後，我們就再沒講過一句話。番石榴也來了，親熱地拉著我的手，一邊還幫我拿著手提行李。

番石榴越長越漂亮了，她說她這次要親自爲我們開車，轉遍摩里島的每個角落。而小騾則要做導遊，爲我們講解摩里島許多不爲人知的歷史。而且，最讓我驚喜的是，這趟還有可能見到摩里島的王儲詹！早就聽說過摩里島如今還是君主立憲制，而且他們年輕的王儲非常智慧和英俊！——有很多人把他比作所羅門再世呢！連莫里亞酋長這樣的人也不得不承認，摩里島之所以成爲全世界快樂指數最高的國家，是因爲有詹。

我開心極了，所以中飯吃得格外香。我們是在著名的索羅瀑布附近吃的飯，隨便找了一家自助餐。我看見老虎的臉色顯得非常疲憊，我當然知道他還在生著我的氣，但是我覺得他生氣毫無道理。一個國家的皇帝和乞丐在我眼裡是一樣的，他們都是平等的人，難道他有什麼特殊之處該享受別人不能享受的待遇嗎？我看沒有。

當然我的看法照例會被人類感覺到「幼稚」，進入人類社會以來我聽到最多的就是這兩個字，也許我將來會入鄉隨俗慢慢適應，但我的內心永遠不會改變。

索羅瀑布眞的令人歎爲觀止！那眞是羊皮書裡說的「飛流直下三千尺」啊！不是三千

尺，是三千丈!!所有參觀的人都領到一件雨衣，沒有這件雨衣全身都要濕透，即使有這件雨衣身上也濕得差不多了，小騾拿著一個數位相機（人類越來越多地開始玩這個了），煞有介事地閃了又閃，鬼知道他能拍出什麼樣的照片?!面對如此壯觀的自然景色，我癡迷至極，張開大嘴去接那瀑布飛濺的水珠，水珠如同珍珠一般流進我的嘴裡，清涼甘甜如飴——呵，有多久我沒嘗到來自大自然的水的滋味了!想到這匹壯觀的瀑布最終會流入我的海洋王國裡，我的心就高興得化開了——直到番石榴喘吁吁地衝過來，大聲喊著說：「我們等你好久了。」的時候，我才如夢初醒。

下午的安排是王儲接見。老虎沉著臉命我準備好禮物。禮物有兩件：一件眞正的中國古董——是一隻上過鑒寶節目的被鑒定爲眞品的青花官窯瓷瓶，另一件不過是價値幾十塊錢但雕飾精美透著傳統文化的一雙筷子，他簡單扼要地交代說，假如王儲眞的對我們友好，並且在談判中對於雙方合拍提供實質性的支持，我們就送古董，反之，我們就只送筷子。但是事情的發展很有趣：在走進摩里王宮的時候，王儲親自到外面迎接，老虎照例氣宇軒昂地走在前面，卻被王儲客氣地攔住了，王儲說對不起，按照我們的禮節，應當請這位小姐先進，王儲的話剛一落音，頓時禮炮齊鳴鮮花盛開，穿著節日盛裝的皇家儀仗隊在樂聲中有節奏地高舉起鑲著彩色流蘇的旗子，我挺胸抬頭走進鑲滿珍珠寶石的大門，兩邊的僕人一起向我鞠躬，王儲手心的溫度恰到好處，我爽到全身如同鮮花一般開放，在那樣的時刻我沒有忘記偷偷地瞥了老虎一眼，他被排在番石榴之後，臉色鐵青。

雙方進行了合作談判。王儲很眞誠，看來他非常細緻地閱讀了我們事先傳過來的文案，他說凡是需要在摩里島拍攝部分的資金，全部由他支援，場地也由他來解決。並且安排了第二天的盛大晚宴。談判結束後，他親自帶領我們參觀摩里宮的景觀，那些美麗的熱帶植物中，有許多可以製作成爲一流迷香的花朵，我和番石榴交換了一下眼色，心照不宣。互贈禮品的時候，我假裝沒看見老虎心裡長牙私底下頻頻飛來的眼色，毫不猶豫地把兩件禮物統統奉獻出來。王儲高興地擁抱了我，並且按照他們國家的禮儀，在我的臉頰上輕輕吻了一下。

老虎的臉已經綠了。

2

當天晚上，老虎把自己扔進了「卡西諾」賭場。我則去逛商場，摩里島的衣裳可眞漂亮啊！可惜我現在是個窮人，要不眞的想把錢全都扔在這兒呢！現在呢，只能慢慢地挑，挑那些價廉物美的，或者按照人類的說法是「買著便宜看著貴」的。這個商場的格局很奇怪，像一個偌大的劇院，而且結構非常複雜，從一個試衣間出來就是一面鏡子，而這面鏡子又是另一個試衣間的門，這樣一間間的走過去，我來到一間漾著迷迭香氣味的房間，那裡掛滿了陳舊發潮的舊戲服，那些舞臺劇的戲服是如此令我迷戀，它們總是讓我想入非非，讓我想起海底世界的舞臺。我就那麼一間間地逛下去，直到番石榴走來，番石榴說百合你讓我找好久！難道你不想看看我們世界聞名的賭場嗎？

老虎簡直就是瘋了。他夜以繼日地泡在賭場裡，而小騾，儘管呵欠連天，也依然執著地堆著一臉媚笑，陪在身邊。番石榴拉著我走進這個賭場的時候，至少該是晚上一點了。那些坐在老虎機前的背影們戰鬥正酣，叮叮噹噹的錢幣聲讓我想起羊皮書裡一句美麗的詩：大珠小珠落玉盤。連番石榴也換了一罐籌碼，但是我絲毫沒有賭博的願望，我只是站在一個角落裡，悄悄觀察著老虎和小騾的臉。老虎的貪欲和小騾的諂媚都讓我覺得噁心。

突然，我發現老虎的手伸向那個裝公款的軍綠色袋子，隨隨便便就抓出了一大堆錢。我就那麼看著他，就像看電影大片似的。這個大片可是非同尋常，看得讓我難以置信。當時我還想，是不是他賭暈了，搞錯了，忘了那是公款了?!

不，不對。他身邊並沒有別的錢，也就是說，他身邊的錢只有這個裝公款的口袋——而小騾，大概是沒有什麼關於「公款」的概念的。他拿了那些錢就乖乖地換籌碼去了，當滿滿的一罐籌碼放到老虎眼前的時候，我費了好大力氣才克制住自己，沒有衝過去。

我沒有衝到老虎面前，卻衝出了賭場。我聽見自己的心在狂跳。

深夜還有微光。第一次看見人類的光，覺得是鮮豔奪目的——可現在微弱無比。有幾隻蟋蟀在叫。它們其實活在與人不同的時間裡。逃離開賭場那種古怪的聲音之後，我並沒有覺得輕鬆，而是第一次感到了人類所說的那種——孤獨。

可是，當我看到羊皮書裡寫著許多個「孤獨」的時候，我就覺得連「孤獨」也擁擠得孤獨不起來了。好比太陽，在羊皮書裡畫一千個太陽也沒用，它只能是一個。

那個夜晚突然變成了一個彩色的夜晚：樹木是綠的，花是彩色的，遠遠的，像是伊甸園的蘋果樹，從那棵蘋果樹的後面，向我走來了一個人，一個年輕的男人，他穿著一套簡樸的獵裝，有款有型，而且有一種內在的高貴——這種高貴讓平時氣勢軒昂的老虎變成了男僕。在夜的光線下，他應當算是眞正的孤獨者，他是唯一的那個太陽，他向我走來，我也是唯一的，我是孤獨的月亮。

讓人類在孤獨中擁擠吧，太陽和月亮永遠只有一個。

他是詹。

3

我那個春天的幻想終於在三年後的秋天實現了。

我們一起穿過樹林，走到海邊，他久久地凝視著我，輕輕地說，小百合，我在夢裡見過你。

他說，百合，有一件事我很奇怪：在夢裡見到你的時候你是海百合，是海底的生物，你是什麼時候完成基因轉換的？

他說，百合，我被女性傷害過，絕望過，我曾經懷疑自己是上帝的棄兒。但是自從見到你的那一刻，我覺得上帝從來沒有拋棄過我，甚至對我格外恩寵，我應當感恩。

月光下詹的臉很美，是男人那種很乾淨很簡約的美。我不知道說什麼才好，只是一高興就把戒指裡的迷藥拿出了一點——芳香四溢，我看見月神狄安娜悠然降臨在月圓之夜的海洋之上，海邊突然生長出成片的曼陀羅花。我把盛開的曼陀羅花供奉在海面上——那是我生長的地方。我們互相給對方脫掉了衣裳，宇宙間只剩了我們兩個人：我全身赤裸向月神祈禱，美妙的曼陀羅花象徵著女人花朵一般美麗的陰部，經過我的祈禱，整個海洋都變成了催情迷藥，詹牽著我的手，慢慢走進海洋，把自己融入迷幻的海水中，這時有熱氣蒸騰出來，就像所羅門的《雅歌》中告訴書拉密的那樣：「你園裡新結出的嫩芽似天堂樂園，結了石榴，有佳美的果實，鳳仙花番紅花發出沒藥一般的香氣，你不可抵擋。」在沸騰的海水中我們緊緊擁抱，我們的裸體像花朵一般綻放，毛孔發出熱氣騰騰的吼叫，在極樂的瞬間，我們都化成了海水，如同水一樣柔軟，可以隨意彎曲，並且在月神的撫摸下，變得通體透明，放射出可怕的光芒，照亮了黑夜。

呵……一切幾乎和我的夢中一模一樣，只是曼陀羅花凋謝得太快了，我還沉醉其中的時候，月神微笑地看著我們，好像說：夢已結束。game over。

這時，萬籟俱寂，我躺在他的臂彎裡，跟他講述自己在春天作的那個夢，他驚訝地看著我說，他也曾經作過一個類似的夢，夢見一支海百合從深海中升起，變成了一個純潔無瑕的女孩，在一個月圓之夜與他交合，他說那種交合與他過去的性經驗完全不同，他過去的性交是一種肉體交合，那種享樂轉瞬即逝，而那一次在夢中，他覺得自己和那個女子都變成了通體透明的精靈，那種交合是一種長久的美妙絕倫的享受，是完全一體的境界，以致他醒來之後依然能夠感覺到那種通透和神往。

只是在說到曼陀羅花的時候我們產生了嚴重的分歧，我認爲曼陀羅花是最美的花朵，是植物中稀有的富於神性的花朵，它可以對世間萬物施展愛情魔法。而他卻堅持認爲，曼陀羅花雖然美麗但是有毒，據說經化驗之後發現它含有高成分的生物鹼，足以致死人類，屬不宜栽培之植物。

我突然想起了曼陀羅，然後覺得他的分析也許是有道理的。

4

我懶洋洋地伸出手，一道明亮的光芒耀花了他的眼睛。

他大睜著眼睛，因爲離得近，我看見他的眼睛裡反射出那枚戒指，他的眼睛本來就美，這時顯得晶光閃爍，瞳仁好像鑲上了一圈金邊，我著迷地看著他，並沒有聽清他的話。

「什麼？」我問。

「……我在問你，這戒指你是怎麼得來的？……」

我半張了嘴望著他：「……哦，難道，你認得它……難道，你是它的主人?!……」

他把一雙美麗的眼睛朝向天空，這時彩色的夜晚變黑了，月亮就頂在我們頭上。我不斷地吻著他的像孩子一樣柔軟的唇髭，輕輕向他說起了有關戒指的一切。

他聽著，不發一語。

後來，在月亮的四周出現光暈的時候，他轉向我，緊緊地抱住我，把我按在他的胸口，他說聽啊，聽得見它在咚咚地跳嗎?!我說聽著像是戰鼓。他微微笑了一下說：「我找到你了，我的小百合。」

我們擁抱在一起，沒有再做愛。我們只是互相凝視著，深深地看著對方的眼睛，用最溫柔的手撫摸對方的臉。他說小百合你留下來吧，別走了。留下來，我們在一起，如果你不願意過宮廷生活，我可以宣布放棄繼承權。

我把頭深埋在他的胸口，的確，他是戒指的主人！——原來人類的男人並不都像金馬老虎小騾阿豹那樣噁心，男人也可以是這樣美好，這樣多情，這樣無私勇敢，這樣溫柔善良，這樣體諒女人的心……我把戒指摘下來遞給他，悄聲告訴他莫里亞酋長講的故事，他微微一笑說：「呵，他是我們這裡有名的男巫，這個故事，他已經對我講過無數遍了……從我小時候開始……」他把戒指放在手中轉了個圈，喃喃自語：「難道，我眞的是示巴女王的後裔？……」

「難道你還有什麼懷疑嗎？」

「不不，」他的胳膊從我頸子上彎下來，手指輕拂著我的髮梢，「告訴你一個祕密，」他舉起戒指，「知道這朵花的名字嗎？」

我的心都快停止跳動了——這朵花，這朵奇異的花的謎底，就要揭開了——

「它叫月亮花，別名煉獄之花。它非常古老，而且是全世界獨一無二的，它有記憶，不但有記憶，還有高級生物的一切智慧，所羅門王的智慧，正是來源於它。月亮花，它可以看到一切過去未來現在之事——」

「我想看看這朵花。」

他搖頭，「不行，小百合，現在不行。如果現在給你看了，整個摩里島都會受到神的懲罰。」

「那什麼時候行？」

他微笑了：「等你成爲摩里島王妃的時候。」

他溫柔的吻再次印在我的唇上，夜已深，我留戀這個溫暖的懷抱，但我明白自己必須離開：「我該走了。」

他問：「爲什麼非要走？是他們對你有約束嗎？」

「不……是……是我還有些沒有盡到的責任。」我在這一瞬間想的是哥哥，我有責任把哥哥送回海底。

他的眼眶裡泛起了亮晶晶的東西，我趕緊掉轉頭，生怕自己哭出來。他把戒指戴在我的手上，他說好吧我的小百合，那麼我等著你，一直等著你，等到你再來到我身邊的時候，我會在同樣美麗的晚上，跪下來向你求婚。

他已經坐起來，我們再次抱在一起，摩擦著對方臉上的淚水。他的眼神正在穿越遠方的青色密林。我被無形無聲的氣流吹向比想像更遠的荒漠，可我卻脫離不了他目光的射程，前方是傾斜再傾斜的月光，月光中我的胸脯流蕩著盈亮的雪白，上面有他溫柔的指痕，這是一個沒有隱私的夜晚，他的毛髮，他的鼻息，他的眼神，都在對我訴說著愛——我不得不想，同是人類，同是男人，爲什麼有如此大的差別呢?!

5

次日清早就被morning call喚醒，我們該離開摩里島了。小騾和番石榴都來送行。我注意到小騾的臉是灰的，老虎的臉是綠的，趁著老虎在貴賓室休息的時候小騾悄悄對我說：「昨天我們賭了一夜，一整夜。」我冷冷地看著他，他的臉上又出現那種習慣性的討好笑容：「老虎輸了，輸光了。」

哼，輸光了？我倒是想看看他怎麼辦？公款都在他手裡，他怎麼賠？

番石榴倒是一如既往地光鮮，拉著我的手和我說這說那，纏磨著我，這部戲一定要給她安排一個角色，我說你爲什麼不找老虎啊，他作主。她說老虎自從踏上摩里島就進了賭場，根本說不上話。在辦登機證的時候老虎才懶洋洋地出來，顯然他是睡了一會兒，臉色比剛才好了一點，他連看也不看我一眼就對小騾他們說：「詹怎麼樣，在協議上簽字了嗎？」小騾他們就都轉過頭來看著我，我轉過頭去看著遙遠的窗外。小騾爲了打圓場急忙轉移話題，但是老虎的臉色陰沉得難看，就像是紀念碑上那些死氣沉沉的浮雕。

一路上老虎在頭等艙睡死過去，這回連表面文章也沒做一做。可我偏偏不想讓他舒服——我在頭等艙找了個空座兒，大模大樣兒地坐在那兒，位置在他的側後方，可以觀察他的一舉一動，但他卻沒有發現我。看來他眞的是把公款都輸光了，連吃飯的胃口也沒有，每一次空服員送來飯菜，他都冷冷地擺擺手。我懶得再看他那單調的睡姿，開始回憶詹。詹的氣息似乎還留在我的身體裡，他的氣息在我的身體裡閃光，像是要衝出我的身體，飛翔。

我面對著眼前的一杯紅酒開始沉思——我現在終於會沉思了，不再像過去那樣傻乎乎。當我剛剛進入人類社會的時候，我覺得一切都有可能，好像生命就是一場美妙的魔術秀。可現在，我只看見舷窗外灰濛濛的天，還有老虎那樣讓人難受的背影。

我想像中的葡萄酒沉睡在詹王儲後宮的橡木桶裡。那樣的酒喝一口人就醉了。葡萄園中有一個教堂，教堂的鐘聲把我們喚醒。我們手牽手，美麗的顏色和聲音立即變成了真實的影像，我會收到他的禮物：一瞥眼光，一個微笑，一顆星，一襲帶皺摺的綢衣……我們走上白日柔光中的山丘，眺望水色、城市、道路和風俗。

然後我們乘上菩提樹幹刻成的獨木舟，舟中鋪著一些海狸毛皮。我們換上原始人的獸皮，麋鹿和山貓伴著我們，風追過深水，我們的頭髮在大風中飛揚，他把鑲滿鑽石的王冠扔進水裡，我們所有的財產只剩了那一枚戒指，可是我們對著大風快樂地笑著，對著水宣稱：所羅門和示巴女王回來了！

可這時水怪突然從水中鑽了出來。巨大的臉逼向我——啊，這是老虎的憤怒的臉——他驚醒了我的白日夢——

「——我再說一遍，你回去馬上做帳，做完之後給我看！」

我差一點衝口而出：「你是想讓我幫你做假帳來掩蓋你挪用公款的事實嗎?!」

——可我沒有說，我把這句話生生咽下去了。自從咽下這句話之後我就覺得自己成熟了。是的按照羊皮書的要求我是絕不能說這句話的，豈止是不能說，我還得裝作若無其事，揣著明白裝糊塗地給他把事情辦好。——但是我終於還是沒成熟到這種程度，我只是看著他，呆怔怔的，確切地說是裝傻充怔。我的這種表情更大程度地激怒了他，他的臉慢慢變歪了，變得很難看，他壓低聲音說百合我在跟你說話你聽見了嗎?!他越是這樣我就越想氣他，我一臉無辜地點了點頭，說：聽見了，但是我不明白什麼意思。

他的樣子好像滅口的心都有。

6

出我預料的是曼陀羅沒有食言。

曼陀羅眞的把一個好端端的哥哥給我還回來了。很久之後我才知道，其實並不是什麼法術，而是她的確花了一筆鉅款接好了哥哥的腳。但是當時我眞的相信了法術——我覺得曼陀羅這傢伙的確有點兒邪的。我拿起放大鏡，在哥哥的腳踝上看了又看，除了一道發紅凸起的傷疤之外，和正常人比較起來，竟然沒有任何的異樣。我又讓哥哥走給我看，腳步依然有點蹣跚，曼陀羅在一旁說，正常，那麼久沒有走路的人，能夠這樣已經很好了。這當然也很有說服力。

我決定把哥哥送回海裡。

——哥哥與人類社會格格不入，且沒有我的勇氣與樂觀精神，遇到惡勢力只能逃避，連回手之力都沒有。

當天夜裡，我和哥哥祕密入海，他一入海便還了陽，顯得自由快樂，遇到在礁石下面成群結隊游過的海鰻，如盤子那麼大的金黃色蝴蝶魚，羞人答答的海龜，神龍見首不見尾的白鰭鯊，還有像個大酒瓶的、嘴巴一圈螢光色的小丑魚，他都笑嘻嘻地去跟人家搭訕，也不管人家愛不愛搭理他。

我們想在回家之前多玩一會兒，就游到那隻大沉船附近去玩兒，三十米長的木船沉在海底深處，成爲不少魚群們的活動場所。這船沉了至少一百年，可船形依然清晰。我們倆穿過甲板和船艙，玩捉迷藏。海底五彩斑斕的珊瑚、海膽和海葵，美得讓那些不知天高地厚的人類只有下跪的份兒！我摘了一塊珊瑚石，成千上萬尾魚兒突然湧來，盤旋著，高速而緊湊，密密麻麻圍成一個風暴眼，在水底撒下一團強烈的光束，我敢保證它們是來歡迎我們的，可如果換了人類，肯定會遭到它們的襲擊。

可是，它們始終猶疑，哥哥說，它們一定是看見你那張人類面具了！你看，我一入海面具就自動脫落了，可你的那個還戴得結結實實的。我不服氣地說：這只能證明你和人類社會格格不入，可我，能達到出世和入世的自由轉換！——話音未落，我就哎喲叫了起來——原來，我的面具已經牢牢黏在了我的臉上！比上次還牢固，幾乎是無法揭開的了！

我咬牙忍痛摘掉面具，這一回，臉上滲出比上次更多的血，很疼，更令人懊喪——也許，在人類社會，我陷得太深了。

家裡人的態度尤其令我難受，他們像歡迎英雄一樣迎接哥哥，對我，卻是強作笑容。尤其是奶奶，她把家裡剩的珍貴的白珊瑚粉拿出來，調好了，全部塗在哥哥已經好了的左腳上，卻一點點也沒留給我。

海底世界召開了盛大的宴會，海王竟然也出席了。海王用他渾厚的男中音講了一番話，海王說熱烈歡迎我們海百合家族的傳人返回海底世界——於是哥哥站起來向大家頻頻點頭，整個海洋響起了熱烈的掌聲，我知道，這掌聲在人類聽起來就是海嘯。許多家族的海生物向哥哥蜂擁而來，手裡端著軟珊瑚做成的美麗酒杯——沒有任何人注意到我，連我兒時的好友小貝葉也沒理我，他們都在向哥哥歡呼跳躍——我覺得自己臉上的笑容慢慢變得僵硬了，我端起一個貝殼杯子，慢慢地離開了人群。

海底像一塊青綠相間的琉璃。琉璃的縫隙裡，流動著奇幻的色彩。在人類的羊皮書裡，有著關於龍宮和海盜船的故事，還有阿拉伯飛毯上的美人魚。這都是他們的幻想，可悲的是，他們的想像力如此匱乏，其實海底王朝是一個比他們想像中美麗一千倍的地方，人很容易老去，可海底世界的生物永遠不老，對，我們可以死去，但永遠不老。因爲美麗本身是脆弱的，很容易在一個混濁的大染缸裡失色，人類對美著迷，卻又懷著奇怪的妒意，他們看見美便要把它供起來，然後吃掉它。即使是月裡嫦娥他們也要想盡辦法褪去她的粉裙，讓她的美麗和嫵媚一起消失——哪怕他們從此見不到月光。

我回到自己的房間裡，我的房間已經長滿了青苔，窗外的海生物們開始起舞，就像是翩翩起舞的蝙蝠。在他們中間我看見了媽媽，她憂鬱的眼神因哥哥的回歸煥發出亮光。她換了新的鼻環，她依然是海底世界最美的，但那又怎麼樣呢？她竟然沒跟我說一句話，還有爸爸，他忙著接待賓客打理宴席，也顧不上跟我說話——我的父母不理睬我，我的奶奶不用珊瑚粉敷我受傷流血的臉，那麼這個世界，還有什麼是我的？

——難道只有離別是我的嗎？

Chapter 12

粟兒

也許貼近天空的結果一無所獲，可老鼠能在地溝裡扒出足夠牠子子孫孫享用的殘羹，儘管這樣，我仍然願意用濃墨重彩去掩埋讀者的雙眼和呼吸，讓向日葵對著天空說話，讓風會哭也會笑，讓雨會流淚也會流汗，而人類，對著這樣的畫面，必須啞口無言。

1

罌粟如願嫁入豪門。

銅牛萬萬沒想到，新婚之夜便是他新的地獄——面對妖冶如花的罌粟，他根本沒法兒對付，無從下手。他原來以爲，他是在前妻的重壓之下才軟趴趴的，殊不知，他早已徹頭徹尾地永垂不朽了！

「你可以吃藥嘛——」趴在他身上的那具銷魂肉體嬌滴滴地開口了。

吃藥？他心中一驚。誰不知道這類藥品的副作用?!這麼說，這個女人也和他前妻一樣，視他的健康與生命於不顧了?!這對於他這種極度自戀的人來說，簡直就是不能容忍！可他的臉色剛剛一變，罌粟就像讀懂了他的內心獨白似的，變得溫柔如水：「再說，這也沒什麼，小事一件，你不必太掛心。一切慢慢來，總會好的，沒有顛鸞倒鳳，也有琴棋書畫嘛。」說罷下得床去，倒了兩杯波爾多，兩人慢慢對酌，頓時把銅牛感動得一塌糊塗。

銅牛覺得欠了罌粟，便慢慢對她言聽計從。一日晚餐，罌粟親自下廚，做了一桌好菜，都是銅牛素日喜歡吃的。銅牛立即端出老太爺的派頭，抿一口酒，從不開玩笑的他竟然幽了一默：「難爲你了，我親愛的罌粟夫人。我發現你很有管家理財的才華，今天正式任命你兼任銅氏家族的管家！」

誰想，這句話卻成爲了罌粟生活的一個轉折點——她立即笑著反問：「說到理財，請問官人，一塊錢可以做什麼？」沒等銅牛回答，她便一口說了下去：

——一塊錢，可以找人買張五十塊的假鈔；然後拿這五十塊去小學門口的書報亭打電話，從老花眼老頭手裡得到四十九塊五毛眞錢；然後到地下市場買A片，還價五毛買到九張，剩五塊乘長途到附近的縣城，以每張十五塊的價格賣掉得一百三十五元；回程五元，到小商品批發市場買學生用的筆二百六十支，到學校門口擺攤，以每枝一．五元的價錢賣掉得三百九十元。

銅牛聽得哈哈大笑，被夫人的幽默感染，然而夫人迎著他那雙不會轉了的眼珠淡淡地說：「可惜這不是我的專利，這是一個熟人告訴我的生意經，還遠遠沒完呢！要聽下邊兒的嗎？」

銅牛爲了自己的好奇心付出了慘重的代價：

——這專利是阿豹的。

罌粟在進入銅氏家族後的第六十天把阿豹介紹給了夫君。夫君懷著巨大的興趣聽了阿豹關於一塊錢可以做什麼的全部陳述：

——賣筆得了三百九十元之後，可以找道上兄弟打麻將，故意輸一百，從其口中得知搖頭丸的進貨管道，二百九十元購得五十八顆，以十元價格賣到舞廳得五百八十元；交保護費八十，剩五百在舞廳收小弟（高中生，每人五十足矣），十個小弟替你收保護費，一天能收到二千，除去分紅，還得一千五；然後去娛樂城找小姐，開價三百但給一千，小姐保證對你死心塌地，尊你爲雞頭，並介紹姊妹給你，剩五百塊到快倒閉的印刷廠印廣告，貼得滿城都是，十個小姐每天每人接客五次，每次分給你一百，每天收入是十×五×一百得五千，一個月下來是十五萬；十萬租店鋪開娛樂中心，五萬招小姐三十名（高級），每人每天接客三次，一次分紅得三百，一個月是三十×三×三百×三十得八十一萬；工商稅務公安交十萬（保護費），剩七十一萬到雲南帶貨，只要到了內地翻十倍，此行程要半個月左右，得七百萬（十萬路上花費和必要的買槍）；幹了這一票金盆洗手，註冊房產公司，從農村招民工（可能會招到買你A片的，哈哈），月薪資六百招到一百個花六萬，請客送禮到市政花一百萬（千萬不要少），市政的所有工程都到手，做豆腐渣工程，路修了扒扒了修，二個月賺到二千萬；賠償民工命錢三萬（二個月接了二十多個工程，累死了一個，不怕，上面有人），以月薪五萬請會五門外語的博士生，出國找品牌做代理，代理義大利的皮鞋銷往中國，然後拿樣品到溫州，做假貨，一個月下來賺了五千萬；被義大利廠家發現，賠償一千萬，加上上個月剩餘一千多萬，找美國財團融資做網站（博士生不能讓他閒著），融到二個億，擠跨Sohu和Sina，成爲中國第一大門戶網站，上市，市値達到二億美金，收買證券公司，成爲黑馬，第一天升十倍，第二天一開市賣掉所有股票（五十一%）。得十．二億美金。不到半年你就成爲中國富豪，下半生無憂。

阿豹說一句銅牛笑一陣，說完了，銅牛笑得趴在了沙發上。阿豹急忙恭敬地去攙扶老闆，笑得抽筋的銅牛斷斷續續地喘著說：「哎——哎呀，我這一輩子從出娘胎還沒這麼笑過，你——你給我留下來，你必須給我留下來！——」

罌粟心中暗喜，臉上卻是相反的表情，急急把丈夫拉到一邊，小聲對著他耳朵情急似的說：「你留他做什麼？他什麼也不會，難道我們家要養個閒人？」「他怎麼會是閒人呢親愛的？過去皇帝還有弄臣嘛！現在我們什麼都有，缺少的就是歡笑和健康，有他在，我們就圓滿了耶！」

罌粟心裡冷笑一聲：「哼，圓滿？這個詞用得好！用得精到！」

銅牛讓阿豹做了管家，對於罌粟來說，的確是「圓滿」了。

2

有相當長的一段時間，罌粟的確覺得自己很圓滿，花著銅牛的錢，享受著阿豹的性愛，還有，控制他人高高在上的欲望，全部實現了！對一個女人來說，還需要什麼呢？

阿豹表現也無可挑剔——他努力擔當一個「弄臣」的角色，為了扮好這個角色，他幾乎使盡了渾身解數，不過其實他的來源也很有限，不過是相聲、二人轉和網路，蒙年輕人可能蒙不了，可蒙年過花甲的銅牛可是綽綽有餘。

譬如：水餃算男生還是女生？答案：男生。因為水餃有包皮。

又如：語文老師問：窮則獨善其身的下句是什麼？同學答：富則妻妾成群。老師又問：後宮佳麗三千人的下句呢？同學答：鐵杵磨成繡花針。老師暈倒。

再如：初從文，三年不中；後習武，校場發一矢，中鼓吏，逐之出；遂學醫，有所成。自撰一良方，須用牛乳服，服之，卒。

還有：當蓋茲新婚返回西雅圖時，立刻被一群記者包圍了。其中一個問他太太蜜月過得如何，太太答：Microsoft（微軟）。

還有：造句不容易——

A、其中——學生：我的其中一隻左腳受傷了。

批語：你是蜈蚣嗎？

B、陸陸續續——學生：下班，爸爸陸陸續續地回家了。

批語：你到底有幾個爸爸？

C、欣欣向榮——學生：弟弟長得欣欣向榮。

批語：你弟弟是植物人嗎？

D、難過——學生：我家門前有條水溝很難過。

批語：老師更難過。

E、又……又……——學生：我的媽媽又矮又高又胖又瘦。

批語：你媽媽是變形金剛嗎？

F、況且——學生：一列火車經過，況且況且況且……

批語：……

還有：人生四悲——

他鄉遇故知——情敵；

久旱逢甘霖——一滴；

金榜題名時——同名；

洞房花燭夜——隔壁！……

等等，等等，不一而足。

……就這麼天天逗著銅牛玩，日子過得快樂無比。終於有一天，好日子到了頭兒。銅牛興沖沖地從辦公室回來，手裡揮著一本書：「喂，看哪看哪，這本書眞是絕了！太絕了！」罌粟阿豹一起衝過來，看見桌子上的書——乳白色燙金特殊紙封面，鮮紅的書腰，書名是「海百合的傳說」，小字寫著著名作家天仙子代表作最新修訂版。

罌粟輕輕摸了一下那封面，有凹凸不平的感覺，但是後來阿豹堅持說，是她的手在發抖。

3

罌粟覺得，報應終於來了。

她強作鎮靜，打開塵封已久的電腦，關於《海百合的傳說》和作者天仙子的消息撲面而來，她記得這部書已經出了幾版了，但在A城還是初版。天仙子的近照有好幾幀——天仙子似乎笑得很燦爛，而那種燦爛根本就是她無法容忍的。

她更加無法容忍的是：銅牛竟然說，他崇拜這個女作家。

銅牛說：「這個作家實在太厲害了！她竟然可以洞悉人的最隱蔽的祕密！——哇！我覺

得她是整個B城最天才的女作家！別的那些，都是炒出來的……」

罌粟聽了這話就去了A城最好的整形醫院。她給丈夫留了一張字條——她知道，也可能將有較長夫妻分離的時間了——她很踏實，因爲她的卡裡已經盛滿了丈夫的錢。

——一個新的計畫在她頭腦裡慢慢清晰起來——臥榻之側，豈容他人酣睡?!她可不是等閒之輩，丈夫竟然當面狂誇另一個女人，雖然只是口頭表揚，但其狂熱程度，完全可以視爲意淫了——這豈是百戰百勝的罌粟所能容忍的，何況，丈夫狂誇的這女人還是她的手下敗將！

經過一系列例行檢查，罌粟爲自己設計了一張新的面孔。這面孔年輕俏麗，臉型像李嘉欣，眼睛像徐若瑄，鼻子像關之琳，嘴巴像鍾麗緹——她要讓自己成爲一個新人！豈止如此，她還要寫作，要寫出比這個女人好一萬倍的小說，讓AB兩城的人都只能抬頭仰視她，如同看夜晚的星星一樣！

多少年了，其實她一直生活得壓抑。壓抑的原因就是自己的這張臉——這張普通得不能再普通的臉。爲了讓自己不那麼普通，她一直用自己特殊的聰明才智善解人意來彌補這一不足。當然，就她這張臉的水準來說，她目前所能達到的綜合價值指數已經是最高的了。但是她不滿足。不滿足是一切 super mam 或 super woman 的共同特徵。當然，這種隱隱的不滿足是需要刺激的。丈夫對天仙子的讚美就是最大的刺激。罌粟在心裡冷笑著：「我要讓你們看看什麼叫美，什麼叫性感，什麼叫才華橫溢！」

罌粟整形的計畫定在了丈夫出國談專案的時期。她用鉅款請了A城最好的整形外科醫生大衛·李，大衛·李詳細分析了她的容貌之後，建議她暫時不要墊鼻子——因爲那種矽膠材料在全世界範圍內都沒有眞正過關，否則MJ麥可傑克森就不會有那麼爛的鼻子了。

但是罌粟眞的有股狠勁兒。她幾乎是毫不猶豫地拒絕了大衛・李的善意。她說：Let's to try。

罌粟就這樣躺在了大衛・李的刀下，從容不迫。在她被麻翻之前，她還來得及想：「沒事的，韓國那麼多美女，不都是這樣整出來的嗎?!」

好像過了很久很久，好像有一個世紀那麼久，罌粟聽見遙遠的地方有個聲音在呼喚她的名字。她想張嘴應答，可就是沒有力氣。於是她用盡力氣點了一下頭，就聽見一個驚喜的聲音：「好了，她醒過來了！——」是一個那麼那麼熟悉的聲音，可就是想不起，那是誰。

好在這樣的狀態並沒有持續多久，在術後二十分鐘，罌粟總算從全麻狀態下徹底蘇醒。她的臉還全部被包裹著，完全看不見眼前的人們。但是她已經從握著她手腕的那隻手掌確認，這是阿豹——長滿了厚繭的手，疙裡疙瘩，還有比一般人都要厚的指甲。有了這樣的厚度她很放心。她捏牢那隻手輕輕地問：「醫生，什麼時候我可以看見自己的臉?」

——這是罌粟在十二個小時的手術後說出的第一句話。

4

半年之後，B城的寂寞文壇終於恢復了一線生機——一個筆名叫做粟兒的青年女作家橫空出世，佔領了B城文壇的半壁江山。

一個寂寥的秋日清晨，天仙子接到一個陌生的電話，電話那邊的聲音是溫柔的、性感的，那聲音說：「請問是天仙子女士嗎？我是粟兒。很冒昧給您打電話，您下週四有時間嗎？是不是可以請您參加一個文學研究所的活動？如果您能參加，那眞是我們所有人的榮幸！」

用詞的纖巧、語調的眞誠及聲音的質地都恰到好處地滿足了天仙子的虛榮心，她幾乎是毫不猶豫地答應了。第二天，她收到一個快遞——一本叫做《改頭換面》的書，她看見作者署名是粟兒，還有粟兒的玉照——美麗得簡直不像眞人！

她這才想起，在那種聲音的壓迫下，她竟然忘了問一句：文研所到底是什麼活動？

現在一切都晚了，只有硬著頭皮讀下去——這本書寫的是一個女人做美容手術之後改變了生活，寫得非常直白，非常理論化，甚至很像醫科雜誌的那些文章，怎麼也看不出好兒來。但是她明白她必須得發言，還得言必稱好。

天仙子說到底還算是個眞性情的人，讓她違心地讚美什麼，她即便做了，心裡也會十分不爽。然而她萬沒有想到，她進入會場便像走進了一個「壇場」似的，好像是有著一種什麼巨大的魔力迫使所有到會的人都必須口吐蓮花。

那魔力說穿了就是錢。

是的，這是所有與會者開過的最爲豪華的作品研討會。每個人的紅包裡裝了五千美金，會議室的桌椅都是最爲考究的紫檀，每個人的面前有「大紅袍」泡製的琥珀色茶水，有最高檔的藍山咖啡，和裝有火龍果、山竹、荔枝和檸檬的水果盤。而且大家被告知，他們將在這個超豪華的酒店住上三天，享受總統套房的待遇，然後，還要輾轉A城，再住上三天，享受A城的全部超豪華待遇，這樣算下來，怎麼也得要二千萬才拿得下來，天仙子想。

二千萬買了所有的文壇大腕，眾口一詞地喊好。溢美之辭更是比著開花兒：什麼B城文豪曹公魯公之後第一人，什麼B城的多麗斯·萊辛，什麼當代文壇盛開的花朵，所有人攀比著用最美麗的詞藻歌頌這位來歷不明，疑似巨鍔背景的美麗女子，當然，也有眼尖的同性，發現她的鎖骨脖頸處有一道極淡的印跡，印跡以上是雪白的肌膚，以下則是淡淡的淺黃色。當然，天仙子也是發現祕密者之一，她想，莫不是她臉上做過那種中藥去斑？只做了臉蛋，所以脖子還保持著原來的膚色。

但是這個粟兒實在是討人喜歡，不但能滿足男人的欲望，還能滿足女人的虛榮，所以，這實在是一個對人性弱點了解很透徹的人，她掌控了人性的弱點，因此可以對症下藥，招招都使在刀尖上，一點也不浪費。

——天仙子當然也被哄得很好，心裡很舒坦——她怎麼會想到——這個粟兒，就是那個搶她丈夫、破壞她家庭、幾乎把她置於死地的女人呢!!

她更加想不到的是：在研討會的最後一天，老虎竟然出現了！

老虎是代表影視界來參加歌頌詠歎調的，老虎說我認爲這部書很好，完全可以改編成一個非常好看的電影，粟兒小姐何時有暇，我們可以談談有關版權購買的問題。粟兒的眉眼頓時飛動起來看上去喜出望外，粟兒立即表態：虎總那敢情好，虎總過去我們只能在電影院看到您的大名，沒想到今天看見眞人了順便問一句虎總您爲什麼不能客串一個角色呢？您是不是怕您串了之後一線大牌明星也沒飯吃了？

一語未了，大家爆笑。一向不苟言笑的老虎也笑瞇了眼，嘴裡連連說道：「粟兒小姐可眞會說話，眞會說話，眞不愧是《改頭換面》的作者啊！……」

天仙子張圓了的嘴半天才合攏，她眼神迷離地盯著老虎，一直懷疑這些話是不是從他嘴裡說出來的。不像啊！太不像他了！他是眞的糊塗了還是揣著明白裝糊塗啊？《改頭換面》怎麼可能改編成一部電影呢？他還沒老啊！人其實是很容易老去的，天仙子覺得自己就如泛黃的蘋果，每天都流失著它的水分。蘋果色彩鮮豔的時候可以作觀賞品，就如天上的月亮，地上嫵媚的月影，供著它比吃掉它更難受，可問題是明媚鮮豔的時候無人問津，她只能坐等自己變老，失去所有的水分。

可是她多想讓自己失去的水分蒸發到天空，變成雲朵，那樣，她就可以綻放一億年了！

然而，眼前的老虎是在癡人說夢嗎？

5

一個不速之客的來訪詮釋了天仙子的疑問——粟兒穿一身最簡樸的素服，拎著兩包天仙子最喜歡閱讀的彩色百科全書，走進了天仙子的家門。

這一套彩色百科，至少有三十本。小開本，全部用精美的特殊紙印刷，每一頁都有圖片，色彩漂亮之極。上至上古時代的海底生物，下至當代淫靡的男歡女愛，應有盡有。天仙子也曾經零零散散地買了幾本，終是因爲太貴不敢問津，現在一下子居然全部得到，當然喜出望外，整個心膨脹起來，就像是在塵世一下子被拉進了天堂的環抱——至於粟兒如何得知這一準確情報，她連想也沒想。

——最最尋常的灰裙子也掩埋不了粟兒驚人的美麗。然而只有在此時，面對面如此近距離的時候，天仙子才發現粟兒的鼻子上似乎略略有一點瑕疵。那像是一隻石膏打造的鼻子，鼻尖有一點點奇怪的地方，不能叫做殘破，因爲遠不如殘破那麼嚴重，就像是石膏像被不小心磕了一下，那種質感甚至讓她很想去摸摸那地方，以求獲得某種眞實。

不過還沒容她細想下去，粟兒就以天仙子最喜歡的方式開了口。粟兒說天仙子姊姊你知道你的問題在哪嗎？你的問題在於：人家都是拚命地想提升自己，通過各種可能的方法，而你，因爲起點太高了，你需要的不是提高，而是降低。你停下來十年，現在的這批寫作者才有可能追上你——

粟兒的話說得情眞意切，讓天仙子完全喪失了警惕——這話就像是靈魂被撫摸一樣舒坦，天仙子到底是沒修煉出來的，特別是：完全不知道世界上阿諛的方式有千百種，更不知道，天空上哪塊雲彩會突然下雨。

於是，天仙子就把說這話的人當作了知音——這時她正是身陷困境需要知音的時候，眼前的女人整容手術做得太成功了，以至於讓天仙子忘了有時面具可以用人皮的，筆墨可以借用他人的骨頭和血。在那個晚上，她相信了這位文壇新秀，她向這位知音坦白了一切寫作的祕密。她說她從童年時就喜歡眺望天空，她把自己亮閃閃的眼睛掛在天上，然後，用女神赫拉的神情，藐視無知與粗鄙，然後拐彎抹角地咒罵這個世界，最後用悲劇來自虐。

而這位坐在對面的美麗的知音，溫柔地充滿善意地看著她，說出一番讓她感激涕零的話：「天仙子姊姊，你的眼睛要從天空上落下來，你的姿態要放低，再放低，最好低於你的讀者，你得隱去你自己，那樣，你才能享有更多的讀者，你的天才作品才能更富於肉感，讓我們這些凡夫俗子能夠想辦法貼近你。」

「你也別把我的小說說得那麼高，」天仙子認眞地說，她每逢聽到誇獎總是自作多情地很認眞，「爲這個事我想了很久了，是像老鼠那樣貼近地溝，還是像梵谷的向日葵那樣貼近天空？也許貼近天空的結果一無所獲，可老鼠能在地溝裡扒出足夠牠子子孫孫享用的殘羹，儘管這樣，我仍然願意用濃墨重彩去掩埋讀者的雙眼和呼吸，讓向日葵對著天空說話，讓風會哭也會笑，讓雨會流淚也會流汗，而人類，對著這樣的畫面，必須啞口無言。」

粟兒看著眼前的天仙子，臉上笑了，但心裡呆了。她明白，眼前的女人是她眞正的勁敵。如果她想在文壇混，那麼第一要義就是除掉這個女人。對，除掉這個女人，不惜一切手段。

6

當天仙子秉燭夜讀，爲粟兒趕寫印象記的時候，粟兒已經睡在老虎的床上了。

一番顛鸞倒鳳之後，粟兒趴在老虎的臉上，把香氣噴灑在老虎的鼻孔裡，在老虎看來粟兒簡直就是唇齒生香，錦心繡口！是啊，百合太生，番石榴太傻，天仙子太迂，曼陀羅太冷，而眼前的粟兒，才是他眞正的停泊地，眞正的溫柔富貴鄉！他輕輕撥弄著她的乳房，聽著她和顏悅色地說出一番話：「……雖說你是出了名的一身正氣兩袖清風，可在這個商品時代，也不能不考慮一些實際的問題……」

「你指的什麼？」

「譬如你抓的電影，幾乎都是文藝片，誰都知道文藝片是賺不了錢的，即便是抓商業片吧，也跟你本人的收益沒什麼關係……其實，你完全可以……」

「說下去！」

「譬如，純屬建議啊，譬如你現在抓的那部海外題材，完全可以外聘導演啊，爲什麼非要用你們公司自己的導演呢？」

「你是說……將來分帳會方便一些？……可是，誰做這部劇的導演合適呢？！」

「我這兒倒有個合適的人選……」她說。然後，她用更柔媚的聲音，更溫香的唇息，悄聲推薦了阿豹——「他是你的崇拜者。」她說，「我敢保證，他會恰到好處地執行你的意圖……」

那一天他們談得很晚，幾乎把所有的細節都討論過了。夜半，他們餘興未了，起來喝紅酒，由粟兒建議，到那片離他們很近的海灘去坐坐。他們到了海邊便興致盎然地脫掉衣裳，如同兩條魚兒游入水中，在水中嬉戲玩耍，弄出一些液體污染了海面。

然而他們作夢也沒想到，有另外一個人目睹了他們的一切——那個人就站在海邊，形體如同透明的水晶杯一般美麗。她的頭髮像是燃燒的熊熊烈火，她的眼睛穿過最深邃的黑暗看到兩具正在水中交媾的裸體，她看得清海裡的一切事物，因爲她本身便來自海洋——她是百合。

Chapter 13 老

但我有一種奇怪的力量，它扯碎了世界，如同一波年輕的浪，沖向海岸，淹去那些衰人的痕跡。這力量不是我的心，不是我的血，不是我的生命，它是一種未知的聲音，如同浪的拍擊，風的合唱，樹的搖曳，崩潰者和離散者最後的囈語。

我分明認出那個男人是老虎。

老虎和一個女人在裸泳，在交媾，這本身就令人奇怪。

老虎其實是把權力看得至高無上的，對於女人，他是愼之又愼的。即便是神仙MM最美的美女，也休想讓他爲之冒險。是啊現在已經夜半三點，但這並不能說明什麼，只能說明這個女人非同凡響，竟然能讓一個正在向上爬的男人暫時停止前進的腳步，瀏覽一下周圍的風景——假如你了解這個城市中男人的眞實狀況，你就會知道這件事有多大的難度了！

那個女人轉過身來，這樣我就在月光下清晰地看見了她的臉，她的臉是美麗的，但美得極不眞實，像是蠟像館中的蠟像，然而她的姿態卻似曾相識——那是一種假裝優雅的姿態，不是血液裡的，而是經過後天努力學習的——當然，那也沒有什麼不好。但是且慢，我覺得她身上有一種不祥的信號。一種惡的信號，好像看見她就會讓我想起一件不愉快的往事——那是什麼呢？我想不起來。

當然他們不會想到在這萬籟俱寂的夜中還有一雙眼睛。

自摩里島回來之後，這已經是我第十二個不眠之夜了。我陷入了人類那該死的愛情。比起這種愛情，先前對於老虎的好感簡直就是小兒科完全不值一提。我不再輕巧，愛讓我變得沉重。愛像是焦乾的嘴唇呑下的砂子，滾燙難受，灼得我無法平靜。

我已經把哥哥送回海底，我的使命已經完成，再沒有任何力量阻止我和詹的結合了！我必須馬上走，馬上離開這個邪惡的城市，嫁給詹，去海底世界回覆我的使命。

我為自己驕傲——我沒有智慧，沒有技能，沒有信仰，但我有一種奇怪的力量，它扯碎了世界，如同一波年輕的浪，沖向海岸，淹去那些衰人的痕跡。這力量不是我的心，不是我的血，不是我的生命，它是一種未知的聲音，如同浪的拍擊，風的合唱，樹的搖曳，崩潰者和離散者最後的囈語。在他們的畏懼和顫慄中，我想我會完成使命——揭示這時代的羞恥——它被允許以侏儒和惡魔的舌頭喧譁，卻毫不留情地禁止眞純的話語，誰敢說出一個字，誰就將成為下一個失蹤的人。

可是我眞的完成使命了麼？

的確，海底世界只是讓我來尋找戒指的主人，可是，難道我只顧惜自己的幸福，而置那些眞純的聲音於不顧麼？

難道，我明明有能力制止，卻姑息養奸，允許那些侏儒與惡魔的舌頭繼續喧譁，讓這片邪惡的土地更加邪惡麼?!

那一對男女在氾濫的海水裡做著罪惡的交易——一定是的。我生於斯長於斯，無法忍受海水枯竭，億萬魚兒在痛苦中跳躍，海生物的沒落與滅絕。我無法忍受海王和我的家族被邪惡的力量追逐逃亡，而我，現在正洞穿這邪惡，我在深入惡的靈魂，而月光，正在向我揭開他們的臉。他們的臉很不眞實，彷彿一碰就會消失。

「最成功的騙子不必再說謊以求生。因為被騙的人，全成為他的擁護者。」——這好像是羊皮書中一個叫做莎士比亞的人說的。

不，現在還不是我走進玻璃暖房的時候，詹。等著我。

2

老虎以迅雷不及掩耳之勢定了導演——竟然是天仙子的前夫阿豹！呵——天哪，這裡面一定有著某種可怕的原因！

果然，不久我就開始接到小騾告狀的電話。小騾在那邊嗚嚕嗚嚕地說：「百合姊姊，你知道嗎？虎總派來的這個阿豹導演很不像話，他一天到晚吃喝玩樂下賭場，一點正經事也不幹！」「怎麼可能？他這次去的任務是選演員啊！」「哼，美其名曰選演員，其實不過就是拉關係罷了！他張貼了選演員的廣告，有很多人來報名，可是百合姊姊，你知道他問什麼？他問的第一句話就是：你們家是幹什麼的?!……結果，後來他選的演員，全都是富豪子弟，說白了就全是買下來的！……更糟的是……更糟的是……是他還想泡番石榴，你知道，番石榴可一直是我的偶像啊！……」

小騾絮絮叨叨地說了半晌，我心裡的怒火像波浪般起起落落。不過我已經能夠控制自己了——能夠控制，這是一大進步。面對他的控訴我冷靜地說：「行了，我知道了。你也不必這麼生氣，觀察觀察再說吧，不要這麼急於做結論。更不要到處說，聽見了嗎？」

——可惜的是，小騾並沒聽我的勸告。

幾天之後，老虎突然找到我，表情嚴肅地問我有關小騾的情況，我心裡明白事情要糟，果然，幾句話之後老虎說：「這個小騾討厭得很，到處告導演的狀，竟然一直告到董事長那去了！太不像話了！實在不行把他換掉！」——董事長銅牛雖然到點了，但是按照人類的規矩，大概還要在這個位子上纏綿一陣子。

自從摩里島回來，老虎好像還是第一次找我談話，他不再提做帳的事，可能已經找別人解決了吧？反正他知道，從我這兒什麼也得不到。

我一臉天眞地問他：「那麼這個阿豹導過什麼戲啊？」

他警覺地看了看我，敷衍地說：「……他導過什麼戲並不重要，重要的是，他是科班出身，藝術感覺好，現在起用新人很重要啊！這部戲我不但導演要用新人，演員也要用新人哩！……」

然而不識趣的小騾卻一遍遍地打來電話，終於把老虎逼急了。「喂，百合啊，」他在電話那頭說，「我給你發了一個郵件你儘快看看吧！是個去過摩里島的女孩子寫的，你判斷一下，看看是不是能夠代替小騾，畢竟人家已經寫出來了，是個現成的，要是不錯的話，很快就能開拍了……」

我連夜看完。看罷大驚——這部劇，竟然大量剽竊了《煉獄之花》！不但故事，人物，甚至細節都有完全相似之處！「去過摩里島的女孩子？」難道是曼陀羅？不，不至於。曼陀羅還不至於無恥到這個地步。那麼，會是誰呢?!

3

答案很快就有了。

現在，答案就坐在我的對面，慢慢地喝著一杯卡布其諾。

她抬起頭來，眼睫毛做作地在燈光下晃動。她的確是美麗的，但是美麗得很科幻——也許你不大懂我的意思，那是一種無創意的美，是《魔獸世界》裡的科幻美女，她盡可以迷倒這個城市裡那些品位低俗的男人，卻難逃我的法眼。

這是被這座城市的人認爲的BOBO式裝飾夜店——布爾喬亞和波西米亞，牆壁上畫滿了壁虎，還有活的——是夜店主人的寵物。我覺得這些壁虎的眼睛甚至美於這個女人——壁虎們的眼睛不是一眼就能看透的——它們的眼睛裡會射出一種堅硬的幽藍，那種顏色很高級。美女們不斷進進出出，穿得都很隨意，臥室裡竟然長滿了苔蘚，又潮濕又溫暖，和美女們一樣隨意，只有我眼前這個女人，刻意打扮成一個貴婦，她穿香奈兒的黑色紗衣，戴Anna Sui的金碧輝煌的首飾，有意裸出胸頸，即使這樣我也認得，這正是在海中與老虎共浴的那個女人，於是一切答案在我心中明晰。

「你什麼時候去的摩里島？」我放下杯子突然發問。

顯然是她早有準備，她說她是在春天去的摩里島，然後她開始向我描述春天的摩里島如何美麗，我毫不客氣地打斷她，我說你可真是天才，一個春天就可以讓你寫摩里島的故事嗎？她沉著（是的沉著，她好像永遠有一只多用話匣子，有時準備拋出各種不同的經過組裝的回答）地說：「我好像記得一句話，一個沒有見到大海的人寫大海，可以比長年在海邊生活的人寫得更好。」我冷冷地笑了，假如是在我踏入人類社會之初，也許會被這種似是而非的話震住，但現在我什麼都不怕了，幾乎沒有任何間隙我便回了話，我的話如一支箭，恰恰射準了她的咽喉——因爲我看見她的咽喉似乎動了一下，「沉著」終於被破壞了——我說的話是：「不過，假如這個沒見過海的人的描述，不巧跟那個生活在海邊的人完全一致，就要麻煩了。」

她的眼睛突然射出兩道金綠色的光：「你什麼意思？」

我的光立即與她對接——她可眞是找死，向我們海底生物發光，這不是找死嗎？我們的光在深海中都能熠熠生輝，何況是在這個假裝時髦的夜店?!

她被我的光壓得幾乎睜不開眼，但我承認這的確是個不一般的女人，她的慌亂只在一瞬間就被控制住了，她垂下眼瞼，輕聲問我：「要多少？」

我被重錘敲擊了一下，一瞬間我心裡有了無數個主意又同時被推翻。不過那只是一瞬間的事，我很快做了決定：絕不心軟，要讓這個女人付出代價，搞垮她！爲天仙子贏得時間！而且，我已經領教了沒錢的滋味，這是我的一個翻身機會——我把一隻手向她伸過去，她怔了一下：「不……不……不會是五千萬吧？」我的心在狂喜，我的臉依然冰冷——我是什麼時候學會這一套的？我突然有點怕了——我的心再不純淨了，我心裡的惡念——要整垮一個女人的惡念，一點不比人類更少！

「那麼，就先給你五百萬吧。」她的臉如此平靜，臉上的紋路沒有一絲被牽動。她說五百萬這個數字的時候，就像是說一個概念，一個完全與她無關的概念。

我看不見自己此時的表情，但是我能夠聽見自己心裡的聲音，那個聲音好像在說：「百合，你完了，你把她整垮的同時，你也就完了。」那個聲音如此清晰，可是我卻沒有去阻攔她開支票的手。一切的事以後再說——我對自己這麼說，現在當務之急，就是要整垮這個卑鄙的女人，而且，我需要錢，沒錢的窮酸日子我過夠了！而且我需要立即把老虎所有的錢還掉！連本帶利地還掉！我不想欠任何人的，特別是老虎——他已經徹底墮落，我不想陪他患上什麼精神隱疾，更不想爲他殉葬！

當然，還有曼陀羅，我曾經用過她的錢，如今也一道償還——已經久沒有她的消息了，現在在她母親的書稿遭人剽竊的時候，她一定不會保持沉默吧？

——哦，自稱愛我的曼陀羅，她應當是我最好的同謀。

4

曼陀羅的每一次出場都有戲劇性。

看到她那一身淫靡的裝飾我問：「幹嘛要造一種『千呼萬喚始出來，猶抱琵琶半遮面的效果？』」（瞧，我現在對人類的用語已經非常嫻熟了，甚至是對於一般詩詞格賦的掌握。）

她心情竟然出奇地好。她晃著滿頭青蛇一般的捲髮，笑嘻嘻地說：「我最近好開心啊百合，都顧不上想你了！」然後她按了一下鈴，一個男人應聲出現。

我吃了一驚——竟是董事長銅牛！銅牛笑咪咪地向我點頭，先發制人地說：「你好百合，你夠沉著啊，有這麼漂亮可愛的朋友，竟然一直把她雪藏著！」

我立即回了一句：「董事長先生，眞可惜我不了解你的口味。」

他哈哈一笑算是自我解嘲。他全身頂級名牌，卻永遠給人一種洗不乾淨的感覺。特別是，他和嬌小玲瓏的曼陀羅站在一起，讓人想起「買瘦肉搭肥肉」的時代，怎麼也不搭。不過曼陀羅好像根本不在乎這些，曼陀羅當著我的面捏他鼻子摸他腦袋，好像是對一種父愛缺失的補償。銅牛在微笑的同時面呈抑鬱，曼陀羅叫了外賣，是很高級的一種。一向高傲的她竟然像變了個人似的，對銅牛呵護有加。

趁著銅牛上廁所的工夫，我對她輕蔑地一瞥：「哼，沒想到一個口口聲聲說愛我，離了我就活不了的人，這麼快就移情別戀了。」我以爲她會因理虧而改善態度，沒想到，她竟一下子幾乎把臉貼到了我的臉上，我看見她臉上滿是眞實的憤怒，嘴唇在發著抖：「你還好意思說！我盡了自己最大的努力，你依然如故，我總得讓自己活下去啊！如果你不健忘的話應當記得我的話，或者你，或者迷藥，魚與熊掌，我總得有一樣，你這麼說，是成心不讓我活嗎?!」

「別那麼危言聳聽！難道剛才那個老傢伙能和迷藥劃等號嗎？」

「當然！你以爲迷藥是什麼？迷藥就是錢！懂嗎？錢!!這個老東西有的是錢！最近他被一個女人坑了——結婚才不到一年，那女人整了容，從A城回到B城，讓他重新做了鰥夫。他非常痛苦，慌不擇路，這對我正好是個時機！我可以隨心所欲地左右他，盡情地花他的錢！而且……而且……」

「而且什麼？」

「……你知道坑他的那個女人是誰嗎？……我看了照片，就是當年奪走我爸的那個爛女人！」

我驚駭得說不出話來。

「可惜她徹底整了容，不然我現在就要她死！」

「喂，迷藥的事你可悠著點兒，即使老傢伙不在乎錢，你也不能玩得太大了，迷藥再進一步可就是毒品了，那可是違法的！」

她笑起來：「你可真是個雛兒！迷藥怎麼會變成毒品呢？迷藥是致幻性植物，跟香菸的意思差不多，在很多西方國家都可以公開出售的，毒品是化學製劑，看來什麼時候我得給你做做啓蒙教育……」

話未落音，銅牛先生已經挺胸凸肚地回來了，一邊開著一句這時候慣常開的玩笑：「這洗手間太遠了，簡直可以搭計程車了。」

這句用爛了的笑話依然讓我們習慣性地笑起來。

是啊我也是有面具的。

有一種極深的恐懼突然向我襲來——我的面具——它會不會有朝一日再也摘不下來了？是啊，我曾經兩次返回我的世界，摘掉它一次比一次難，甚至會滲血——那種疼痛，眞是想起來就發抖……不，當然不，我的世界是有著各種法術的，奶奶掌握著海底世界的一切法術，在任何情況下她都會有辦法的。

這麼想著我漸漸平靜下來，開始靜靜欣賞曼陀羅還遠不算爐火純青的表演。

5

我的帳面上突然出現的錢金光閃閃——哈哈！我又變成有錢人了！失而復得才懂得錢的寶貴！my God，我又可以在人類世界叱吒風雲了！

可憐的小騾！他無疑變成了這場錢權交易的犧牲品——沒辦法，這個事實告訴他，世界就是如此，讓他早點清醒吧！

可是他眞的會甘心成爲犧牲品嗎？以我了解的小騾，可是個相當執著的人哪！

這件事有麻煩。

這件事肯定有麻煩！

帳面上金光閃閃的數字慢慢變得暗淡……怎麼辦呢？

我慢慢站起身，走著。鏡子裡出現了一個女孩的身影。很平凡，很普通，那張娃娃臉已經不再清純，甚至那雙因爲生動而美麗的眼睛也不那麼生動了——間或一輪，裡面會透出些陳舊的光來——

——我是什麼時候變得陳舊的？

瞧，我有點忌諱那個字：老。

老不是年齡。不是皺紋，不是中風，不是忙碌和嘮叨，它是一種表情，是一種精神的隱疾，患了這種隱疾，很難治癒。

——老是人類世界的庸俗和百無聊賴——我老了嗎？

確切地說，我正在變老。

太可怕了，我還沒有結婚，還沒有眞正地談過戀愛，就在變老了。

我眞想立即插翅飛向摩里島，立即投向詹的懷抱。在人類世界裡，只有詹的懷抱是溫暖的。

詹，你在想我嗎？就像我在想念你一樣？願你賜我愛與悲憫。

可是詹，爲什麼我們離開以後，你連一個電話也沒打來？摩里島雖然尚未建成網路，但電話是可以打的啊。

我抓起電話，迫不及待地撥了號，電話裡卻傳來一個空曠的聲音——對不起，你撥打的電話是空號。

恐懼再次升起——我瘋狂地撥號——依然是那個聲音，那個聲音好像在澄清著某種幻想，把世界染成一片雪洞似的白。

難道，關於詹的一切都不曾發生過，僅僅是我的夢嗎？

我換了一個號碼，是小驟的，聽見他絕望的聲音，我才回到了現實。

6

不出所料，小騾對更換編劇一事作出了強烈的反應。他再也不想壓抑自己，他在電話裡狂叫著老虎要爲他的行爲負責!!小騾咆哮著說姊姊告訴你，我有辦法聯繫到你們B城的最高，到時候讓老虎阿豹他們等著瞧吧!!他們肯定是個利益集團！你知道嗎？他們百分之百有背後的利益交換，這個他們是不會告訴你的！你放心姊姊，沒你的事，你是好人，我知道……

我在心裡暗暗冷笑：好人？哪有好人？我這個好人剛剛爲了這件事拿到了一筆數目可觀的錢財，當然，我拿這筆錢有我的理由，第一我要搞垮那個科幻美女，第二我也討厭小騾爲了達到目的作出的那副下賤樣兒，小騾這種人沒什麼好憐惜的。我唯一對不起的人是天仙子。

我冷冷地掛斷小騾的電話，及時終止了他令人生厭的咆哮，然後走出門去——幾步之遙便是一個小小的網咖，網咖雖然簡陋，甚至可以說是骯髒，卻並不妨礙我上網——那時化名東方不敗幫天仙子打筆仗，已經把我的網路技術練得十分嫻熟。

我給天仙子發了一封郵件——原封不動地把科幻美女的抄襲之作與聯繫方式發給了她。

我知道我這麼做完全違反了海底世界的規則。

而羊皮書上也寫著「受人錢財，爲人消災」。

我爲自己做的事感到恐懼——但我無法克制自己不這麼做。

Chapter 14

月亮花

他會躺在被露水浸濕的草地上仰望星空，星空像是有三千萬多字的大字典，每顆星都是一個字，他翻來覆去地看著星星的書，想索求關於海王星與海洋的奧祕。

對於詹王儲來說，摩里王宮不過是個監獄——特別是在百合離去之後。

王儲怎麼也想不明白，究竟是什麼樣的牽掛讓這個女孩能夠匆匆告別熱戀，返回一個自己並不喜歡的地方去。王儲得了相思病，他天天泡在後花園裡，假如遠遠地發現侍從，他就會毫不留情地喝斥他們，讓他們離他遠點兒！

——伴著他的只有一本聖經，袖珍型的。他往往在午夜翻閱聖經，然後從聖經的字裡行間，尋找通向伊甸園的路——他的花園其實就是伊甸園。花園裡的露水其實並不屬於清晨——它屬於夜晚，屬於黑色的路徑。露水升起的時候其實是一天最美的時刻。這時，神跡還沒有在天空中消退，這種半人半神的境界很適合摩里島王儲。他會躺在被露水浸濕的草地上仰望星空，星空像是有三千萬多字的大字典，每顆星都是一個字，他翻來覆去地看著星星的書，想索求關於海王星與海洋的奧祕——他想了解與百合有關的一切，他不明白，海百合爲什麼變成了百合？它們的名字雖然差不多，卻是兩種完全不同的物種啊！

接著他會在朦朧升起的霞光裡走向那個塵封已久的家族祕密，在他的後花園裡，有一支世界上獨一無二的花朵——它叫月亮花。

月亮花有七瓣兒，每一瓣兒的形狀都如同新月。它的雌蕊可以用來製作迷藥，因爲量少，所以格外珍貴。然而它最神奇的地方，卻是每一瓣花都可以成爲一個按鈕，掀動它，便可以看到過去未來現在之事，看到整個世界。它就像是最古老的一台攝影機，七瓣花有七個功能：焦距，播放，快進，快退，暫停，停止與音量。而那個鏡頭，正是花朵中間那一塊貌似水晶的鑲嵌，據說，遠古時代的示巴族，就曾經憑藉著月亮花的神奇，打敗過數次敵國的侵略。

王儲彎著腰尋找著，他把焦距對準了遠東，他搜尋著，卻找不見百合的身影。

王儲就那麼彎著腰，一直搜索，從曙光初起直到暮色降臨，直到海王星升起的時候，他好像突然之間，聽到了一聲怪笑——非常短促又非常清晰，但是瞬時便消失得無影無蹤。他下意識地抬起頭來，海王星恰恰懸在頭頂。

王儲在怪自己的笨拙——即使是神喻，他也完全不懂。難道，百合有什麼障眼法，要知道，家族的魔鏡的功效之一，便是可以搜尋到心上的人啊！

王儲直起身，緊握著聖經，心裡忐忑不安。他的忐忑是因了他心裡藏了一段不為人知的歷史：他不知道如果他說出了這段歷史，心愛的人是不是可以原諒他？他想他無論如何是要向她徹底坦白的，不過也許不是現在。

詹王儲眼看著天空再度黑暗下去，眼看著露水再度浸淫了那些無辜的花朵，以他純淨的心靈，無論如何也難以想像，那可愛的女孩子百合也是戴了面具的，當然是海底世界為了應付人類世界的面具——但那總是面具啊！只要是戴了面具，便無法在他的魔鏡裡面顯示。

而他更想不到的是，在他徉徊於後花園的時候，他想念的女孩給他來了電話——那部電話裡的回答把女孩打蒙了。

2

當精疲力盡的詹終於回到後宮的時候，他接到了另一個電話——是那個編劇小騾打來的。小騾只禮貌地說了兩句問候殿下的話便開始上氣不接下氣地控訴起來，糟糕的是小騾的語言組織能力很差而心裡又太氣憤，以至於他嘟囔了很久王儲也沒明白什麼意思。

王儲只好出於悲憫之心安慰了他一番。從王儲的話語中小騾一下子明白王儲什麼也沒聽懂，且心思似乎也不在這裡，小騾只好強壓憤怒禮貌地掛了電話，但是他的一腔怒火無法發洩，想想也沒什麼人可以傾訴衷腸，於是只好驅車去找番石榴。

番石榴不在家。

一向喜歡安安靜靜呆在家裡貼假睫毛試驗唇蜜色彩的番石榴不在家——小騾心裡一驚——一種很不好的預感猛然襲上心頭。

小騾如同夢遊者一般走向一個地方，那個地方正被一群B城人佔領著——那是被老虎欽點的導演阿豹，終止了那部《珍珠傳》的拍攝，已經組織了團隊，正在按照一個叫粟兒的文壇新銳的劇本，拍攝一部叫做《煉獄之花》的電影。

當然，沒有一個人比阿豹更了解《煉獄之花》的來龍去脈了。偶然地，他也會在打板的時刻，驀然被演員們的臺詞所震撼——那是記憶深處的結，前妻僂著背打電腦的身影這時會瞬間劃過，那背影有時會忽然轉身，眼睛裡是如夢如幻的表情，嘴裡似乎在自言自語：「你說，這種事有可能嗎？這種事有可能發生嗎?!」

事實證明，一切都是有可能發生的。

就在那之後不久，他與前妻天仙子婚變。前妻一夜夜的勞作，變成了如今這個劇本，但是這劇本上署的是另一個女人的名字——這一點，即便心硬如阿豹，也難免有些彆扭。自然，推薦他進入劇組並且將來有望與老虎合夥分紅對他這個多年來無戲可拍的導演是巨大的好事，從某些方面來說甚至可以說是救命之恩，可是，不知從何時開始，他已經在躲避罌粟了。

說眞的他有點兒怕她。在肉欲已經不再那麼瘋狂之後，特別是，在距離她很遠的摩里島上，他想起他與她相識的過程與全部的騙局，他有點害怕。但是他完全懂得，擺脫她不容易。不她絕不是那種纏人的女人，也許今天他對她說分手，或許根本不必說，只是一個眼神，她明天就會立即自行消失——但是——

但是的後面讓他很怕，據他對她的了解，她會以一種特殊的方式讓他領教她，這種領教並不比下地獄更好受。

不過阿豹到底是阿豹。阿豹是今朝有酒今朝醉的人，他現在不想那麼多。他用番石榴來麻痹自己，番石榴眞是個單純的女孩，除了想多拍點戲出名以外，腦子裡空空如也。

他不顧別人反對讓番石榴做了女主角，他完全不介意番石榴的生澀，不厭其煩地一次次NG，有一次，竟然整整NG了四十餘次，拍完那個場景，番石榴癱在地上，臉色蒼白幾乎斷氣。

那個晚上他請她吃了飯，在摩里島最好的餐館。他們喝了很多，是……之後，他把她送到旅館，一切該發生的就發生了，順理成章。

番石榴長著一副漂亮卻無特點的面孔，與她做愛也像她那張臉一樣，毫無特色可言，卻也說不出什麼太大毛病。但是比較罌粟而言，阿豹現在寧可選擇番石榴。番石榴雖然遠沒有罌粟那樣花樣百出，卻安靜，安全，甚至可以召之即來，呼之即去。

不過阿豹實在不曾想到——接近腦殘的番石榴也是有人惦著的！

在劇組，番石榴享受和他的同等待遇，中午的時候都是盒飯，而晚上，他卻可以把她領到海邊，去享受一次「准晚宴」。海邊的這個餐廳好像就是為他們設計的，這個叫做雷米的世界級餐館，小到一把餐椅都是請英國劍橋設計師設計的。所有菜品都不允許放味精，從整體環境到每個細微之處都充滿了美食藝術的融合，開放式廚房讓用餐者對食物製作一目了然，餐具選擇了一種美麗的高級骨瓷，菜品製作更是無比考究，連一道簡單的清炒豆苗，也只取每根豆苗頂端的四分之一精華——據說，連酋長甚至詹王儲本人都常來這裡用餐。因為這裡不僅是設計一流食材新鮮，最重要的是有一種特別的氛圍，有一種無法阻擋的魅惑——這多半來自這裡的頂級紅酒。

晚熟的 Sauvignon 會更細膩，濃郁而精緻，Le pin 波爾多入口絲滑，有黑色水果及熏烤的香味，這樣的酒也就罷了，但酒單上那一串讓人無法抵擋的名字，在番石榴眼裡一直閃閃發光：Petrus，Haut，brion，Moulin a-vent，pyrenees-estate……她一定要再點一瓶 Weltachs-Eiswein 德國藍冰王，阿豹看了看價錢，正在猶豫，突然覺得眼前刷的一閃，亮晶晶的葡萄酒汁就潑到了他臉上，他第一反應是番石榴幹的，他覺得這個遊戲不好玩，但是他很快看到暗淡燈光背後的臉——那是小騾，那個一直在找他麻煩的前任編劇，他驀地起身，本能地做出一副決鬥前扔白手套的姿勢。

——小騾的厚嘴唇在發抖，他的一雙圓眼睛瞪得像圓規畫得那麼圓，怒火把他的頭髮噴得老高，但是儘管如此，阿豹依然很快從他的怒火背後看到了他的脆弱和膽怯。阿豹一把提拎起他的領子，把他狠狠地甩了出去，小騾栽倒在嵌著琉璃的地板上，大鼻孔裡流著血。番石榴還沒來得及反應的時候，阿豹已經從容不迫地挽著小情人的臂膀走出去了，臨走時沒忘記在餐桌上扔下了足夠的錢——當然，是公款。

小騾雖然怯陣卻很執著。他一個鷂子翻身爬將起來，揣著那部永遠相伴的佳能G10，跌跌撞撞地跟著前頭那一對人兒走了。當晚，他徹夜未眠，一張張地複製光碟，他知道，他製作的播客Podcasting明天就會傳遍全世界。

3

銅牛大發雷霆。

銅牛及時召開董事會，當眾訓斥老虎——誰都知道老虎將是銅牛無可替代的接班人，不料陰溝翻船，一切都變成了零。

誰都知道老虎最愛面子，而銅牛也從來對老虎愛護有加，從來不曾對他說過一句重話。

可眼前，銅牛像他憤怒時的一向作派那樣，用雙拳狠狠敲擊著桌子，那一雙拳頭本來就特別粗大，這時像腫了的發麵饅頭似的好像隨時都會爆炸！老虎臉色蒼白低頭不語，心裡卻長滿了牙，想把那頭鬧事的小騾活活嚼了！接著聯想到這一切都是因爲百合不聽話——他並不是沒有預料到今天的結果，他早就想把那個傢伙換了，可百合總是陽奉陰違，一味拖延，所以才造成今天的一切！當然，也有可能，早換他也會有危險，總之這個叫做小騾的傢伙根本就是個危險人物！當初是怎麼決定讓他當編劇的?!這麼一想，又恨到番石榴身上——那個一輩子只配跑龍套的腦殘，她怎麼就推薦了這麼個東西！活活就是頭驢嘛！一定是有一腿，一定是了！當初自己怎麼就沒想到這層！這兩個SB，倒眞是天造地設的一對啊!!

現在可倒好，全世界的播客都在播放B城的潛規則：阿豹和女主角顚鸞倒鳳的鏡頭，他們的體徵與做愛習慣已經大白於天下——著名的巨龍公司的聲譽，都讓他們丟盡了！也難怪董事長大光其火啊！

唯一補救的辦法，是立即換掉他們，換掉導演和女主角，導演，自己是學過的，這時去救場，也算是亡羊補牢——那麼，女主角該換誰呢?!

會後，眾人懷著各自不同的心理，看到臉色蒼白的老虎走進董事長的辦公室。

老虎悄悄瞥著董事長的臉色，知道最初的風暴已經過去，壯起膽子說出了自己的人選：女主角，建議由紅透B城的新銳美女作家粟兒來扮演，導演，自己可以頂上去。

銅牛在原地轉了三個圈，慢慢地說出一句讓老虎無論如何也無法相信的話：「我倒是覺得女主角有個更好的人選。有個叫做曼陀羅的女孩子，你可以安排今天見一見。她似乎更合適這個角色。導演嘛，暫時還是阿豹。讓他將功贖罪吧。」

老虎猛地抬起頭，又迅速沉了下去。他什麼也不敢說，特別是在這個時候。本來數月前自己就可以安全接班的，可誰知這個銅牛，用盡一切辦法在這個位子上磨蹭，害得他現在除了裝孫子之外，別無選擇。

他按了按自己的心頭怒火，盡力用一向沉穩的態度支持了自己的上級，他說還是董事長考慮得對，他馬上會見曼陀羅，另外，他認爲這件事未必不是好事，這樣一來，全世界都會懷著巨大的好奇期待《煉獄之花》，這個播客，相當於一次大規模的免費廣告啊！

這麼一說，銅牛鐵青的臉才慢慢舒展開來，但是距離笑容還很遠。銅牛用手指點著老虎說：「你注意，這一次不能再失誤了，你給我好好觀察一下曼陀羅，看看她是不是女主角的最佳人選！實在不行，再拖一拖都可以。前期費用確實嚴重超支了，現在可以暫時解散劇組，我們不怕慢，我們要成功！今年我們只壓這一部戲，這是我們的年度鉅獻！」

眾人觀察到，老虎從董事長辦公室走出來的時候，臉上再次出現了死而復生的神氣。

4

天仙子這才懂得飛來橫禍的意思。

她本想逃避這個世界，可這個世界偏偏不放過她——自從她接到一位匿名者發來的《煉獄之花》的劇本之後，她病倒了。

——那明明是她的！

明明是她流著汗，淌著血，一個字一個字地搭建起來的一座宮殿，現在卻儼然署上了別人的名字，而且，在附錄的宣傳材料裡，也完全沒有提她一個字——說是作者粟兒十年勞作的結晶！她想起那個粟兒就是來看她的科幻美女，一時產生了和解的幻想，然而當她發現自己電腦裡的檔案突然不翼而飛的時候，她一下子懂得了自己面臨著什麼——她覺得好像突然失明了，周圍變得一片黑暗，然後嗡的一聲身體裡有個什麼引擎壞了，她驀然變成了一張白紙，飄飄地倒了下去。

對於天仙子這樣的人來說，其實死亡很早就是她的祕密情侶。自從被前夫遺棄之後，每個夜晚都讓她窒息，而與老虎的短暫戀情，更是加速了她的萎謝。她只能靠著自己的文字，把活下去的耐心慢慢地延長，可那種耐心依然如同燈芯一般在燃燒在縮短，她完全無能為力，不可操控。

她在昏迷中作了個奇怪的夢，她夢見自己像個衣架似的掛在街市旁邊，一個小孩走過來，很近地凝視著她，良久，轉頭問他的母親：「那是誰的遺像？」

——她在夢中一驚，突然覺得自己懸掛在那兒，就像是一塊風乾的臘肉。

醒來，好久她才反應過來，自己沒有死，也沒有變成風乾的臘肉。有一隻溫暖柔軟的小手輕握著她，還有溫暖的眼淚灑在她的臉上。

當然是百合，曼陀羅的手沒有這麼溫暖。她一下子抓住了那隻小手，然後她看見那張可愛的孩子氣的小臉上掛著的淚珠兒。

「謝謝你，百合，」她眞摯地說，「你永遠在我最失意的時候支持我，眞是抱歉，我還誤會過你，百合，你是我認識的最善良最單純的女孩，原諒我，我曾經以爲你對我好有什麼目的……」

但是那張可愛的孩子臉上的眼淚淌得更多了，簡直是噴湧而出，「你別這麼說天仙子，你千萬別這麼說，告訴你，我……我……我已經學壞了，我已經變得很壞很壞了……我已經不是過去的百合了，嗚嗚，」她索性大聲地哭起來，「將來我會把一切都告訴你，但是現在，我必須把你接走，我要把你安排在最好的醫院，接受最好的治療，走吧天仙子，外面的車在等著……」

「可是，哪來的錢？我已經沒什麼錢了，你不是也破產了嗎？……」

「這個你就別管了，我要是付不起的話也不會來接你。」百合扶起了她，「放心吧，我又有錢了，我又變成一個有錢人了！」

假如天仙子現在不在病痛中，她會聽出百合最後這句話中的嘲諷與自嘲，但是她現在，外界的一切對她來說都無法識別了，都不重要了，她需要一個人，需要一個依靠，需要一隻溫暖的手，這隻手適時地出現了，這是一隻溫潤如玉的孩子般的小手，她抓著這隻手，她可以隨著這隻手去到世界上的任何一個地方。

5

百合花了一大筆錢請來B城最好的電腦專家為天仙子的作品做修復工作。然而，專家們在進行了全部可能性的修復之後，都只能搖頭。有一位專家說，電腦中了無可挽回的劇毒——所有的文字資料都消失殆盡了，無法修復。

天仙子絕望了。

天仙子進入了一個昏睡的狀態，她不斷地作那個奇怪的夢：這回她掛在了一家衣服店裡，沒有重量，像一件長袖絲衫在風中徬徨。她的手腳在虛空裡徒勞地揮舞著，地上好像有淡淡的影子。沒有人注意到她，在人群中她無法發出聲音，她在心裡聲嘶力竭地喊著：「看著我，我在這兒！我在這兒！……」然而，沒人注意，沒有任何人理睬她。

好像只有一些小孩子隔著玻璃看她，好像要對她說什麼，那些小孩的嘴唇就貼在玻璃上，是綠的，可是她覺得自己非常非常累了，她什麼也不想說，她想睡了。後來，小孩子們不見了，玻璃上出現了一大片美麗的海水綠色。浮動著，浮動著……漸漸地把她淹沒了……

天仙子病重的消息很快傳遍了B城的文壇。開始有人來探病。漸漸地，探病的人絡繹不絕了。天仙子討厭見到這些人，她能從他們假裝關懷的面具背後看到竊喜。這些人平時是不理睬她的，但是這時，他們都能居高臨下地看到這個被他們生生雪藏起來的才女的窘境，他們心裡懼怕她的才華，所以才要盡一切力量來壓迫她，無視她的存在，而現在，他們終於看到她的末日將臨，在心中升騰起一絲快感的同時，卻又眞的有點良心發現——他們是不是太虧待她了?!如果她就這樣去了另一個世界，他們會被饒恕嗎?!

百合及時阻擋了這些人，她知道，天仙子現在最需要的是誰——當然是女兒，當然是曼陀羅。

曼陀羅正在度過她人生最幸福的階段。——是的。曼陀羅從不相信感情。從很小的時候，從她的父母那裡她就明白，所有的感情都不可靠。然而，這是理智上的明白，她依然不可救藥地愛上了百合，爲此她也不惜放下身段苦求百合，但在絕望之後，她終於得到了可以用於自我欺騙的精神的歡娛——她只需要一樣東西，那就是迷藥，當然，得到迷藥的前提是：錢。

——而邂逅的銅牛應運而生，首先，他已經不行了，他不需要性，他只需要看著漂亮女孩過過乾癮就行了。這點對曼陀羅極其重要——她根本無法忍受和一個滿身皺皮的老男人做愛。其次，他有的是錢，他花一點對他來講無足輕重的錢，就可以換取欣賞美色和智力衝撞的快感，他覺得値了。再有，他甘心情願地做曼陀羅的奴隸。

曼陀羅煉製迷藥的手段已經驚人地高級。她用罌粟、扶桑、番石榴、玫瑰、天仙子、洋金花和曼陀羅花的根莖，製成了相當高級的香料。她的地下工廠可以成批地生產迷藥，然後賺得大量的錢。她已經成爲江湖上的一個傳奇人物。

那個下午，曼陀羅穿一身時尚秋裝走進醫院的大門，引來人們的注目。

此刻的城市處處可見飄飄灑灑的黃葉，曼陀羅的服飾顯示出秋天蒼涼的痕跡。細瘦的頸子上掛一條彩色藍寶吊墜，吊墜也是葉形的，有藍寶鑲嵌其中。曼陀羅的服飾處處可見秋天的情愫，臉上卻是春天般的歡愉，好像母親的病痛與她毫無關係。即便這樣，曼陀羅的到來依然緩解了天仙子鬱悶的心情——天仙子掙扎著爬起身，眼巴巴地看著女兒，曼陀羅避開母親的目光——她最不喜歡的就是母親這一代人的煽情。曼陀羅坐下了，跟百合打過招呼之後的第一句話就是：「爲什麼不告她?!這個粟兒，是哪來的？雇私人偵探調查她！把她的底細摸清之後對付她就是了，」她終於轉向她的母親，「你怎麼永遠都是這樣，事情來了就變成一攤泥？眞讓人看不起！」

曼陀羅就像是母親的一劑腎上腺素，她吵也罷，罵也罷，都會給母親注入生命，天仙子靠著被子坐了起來，一手拉著百合，一手拉著女兒，淚如雨下：「我的孩子，你們兩個都是我的女兒，有你們在，我心裡總算不那麼慌了。打什麼官司，又沒有證據，雇私人偵探，還要花那麼多錢！算了吧，我的病也是沒希望的了，今天趁著百合也在，我把遺囑寫好，今天我就把我全部的遺產，全部的版稅……都交給你，這件心事了了，我走得也就踏實了……」

曼陀羅看著枯瘦如柴的母親，嘴上依然沒有絲毫憫念之情：「行了你啊！又是這一套！誰希罕你那點兒破遺產?!告訴你現在我有的是錢！雇私人偵探怎麼了？實在不行在網上展開人肉搜索，非把那婊子的底細查出來不可！我現在黑白兩道都有人，怕個鳥！我就不信那個逼玩藝兒沒有碴兒！弄出來就讓她知道灶王爺有三隻眼！姑奶奶我有九隻眼!!……」

曼陀羅還罵了一系列髒話，驚得天仙子與百合目瞪口呆。最後百合說：「喂，士別三日，當刮目相看啊！好，過去我們聯手做過事，今天爲了天仙子，我們再聯手一下怎麼樣？」

曼陀羅的眼睛轉向百合，目光立即變得溫柔，她依然喜歡百合，這是無可救藥的喜歡——她點點頭，悄悄拉了一下百合的手。

6

百合與曼陀羅的聯手並未能挽救危局。

她們請了AB兩城公認的最好的律師，然而一審依然敗訴了——原因只有一個：證據不足。

E時代是一個無情的時代，它可以在轉瞬之間，刪除一切。儘管百合與曼陀羅力證此事，但依然證據不足：老虎與阿豹堅絕不肯出庭作證，最重要的，是電子文本儼然存在粟兒的電腦上，而天仙子的電腦卻空無一物。

粟兒並沒有因爲這個官司而被搞臭，相反，她的知名度成幾何級數增長，這個城市的潛規則早已被悄悄改寫——那就是笑貧不笑娼——抄襲成爲一種美德而辛苦寫作則被認爲是SB。粟兒的粉絲粉條們一夜之間爆棚人氣大漲，粟兒的博客部落格上幾乎全是溢美之辭——而天仙子，卻被眾人當作失敗者而被拋棄。

天仙子氣得發抖，她手腳冰涼不能站立，甚至連坐起來也困難了。她的臉色一天天黑下去，百合寸步不離地照料著她，心裡痛悔著自己做過的事，時至今日，她依然想挽救天仙子的生命以實現自我救贖，可是她驚恐地發現，天仙子的生命在一點點地蒸發著，化成煙，化成雲霧……似乎什麼力量也無法阻止。

金馬——天仙子的親哥哥竟然也乘她之危——這天他來看她，把自己化身爲神，擺出一副居高臨下的樣子。他現在也的確應當居高臨下了，由於對於主流大眾傳播的特殊貢獻，金馬現在業已成爲B市的副市長！連銅牛老虎這些過去在他眼裡不可一世的人物都成了草芥，何況這個不懂得與世俱進的妹妹！

他先是脫下Gucci薄呢大衣，批評妹妹過於懦弱，然後拿出一盒過期的麥乳精口服液，非逼著她喝下去，說這是人體需要的最高營養，甚至有起死回生的作用。

金馬這些年飛黃騰達，平步青雲，用典出親妹妹的方式換得了第一部成功的電影之後，他覺得他不再需要別人了。幾經周折，他已經是B城最高階層的一員，如今他的司機爲他開著BMW轉悠，見著有兩分姿色的小姑娘就撲，在這個權錢能通神的世道，再沒有比金馬更加愜意的人了！他要風得風要水得水，當然他並不離婚，而是家裡紅旗不倒外面彩旗飄飄，他可以用上萬的佳餚來慰勞自己，而對於這個可憐的親妹妹，卻只捨得拿幾盒早已過了時的麥乳精。

那天如果不是百合與曼陀羅趕到，金馬對妹妹不啻於謀殺的迫害就會成功了——而兩個女孩當然不會放過她，百合風一般搶走已經拿在天仙子手中的吸管，把那管營養液扔得老遠，而曼陀羅簡直就是搶上前去，給了這個可怕的舅舅狠狠的一個大嘴巴！

天仙子當場昏了過去。

而金馬，這個貌似叱吒風雲所向無敵的B城上層，竟然臉色蒼白嘴唇發抖，最後一句話也沒說出來，捂著腮幫子，踉踉蹌蹌地走了。

兩個女孩同時目送著這個男人的背影，她們知道，他將從此在她們的生活中消失——也許，將來也會在公眾的視野中消失——如果是那樣，她們覺得自己成爲了爲民除害的英雄。

7

百合無數次地想像，她會在法庭上把那張五百萬的支票扔在粟兒的臉上，以作爲強有力的證據——可事實上她根本沒做到，也做不到。那張支票早被她兌了現，已經花掉了一大半——爲天仙子的病和官司——她接受支票的初衷是想整垮粟兒和讓自己重新成爲一個有錢人，可現在，這兩樣目的一個也沒達到。

而日夜思念的詹，卻在這樣一個最不恰當的時候到來了。

愛情會讓一個人變得超級敏感：詹看到百合的第一眼，就發覺這個女孩有心事，這個女孩的臉上並沒有出現預期的激動和歡樂，這讓他費解。

實際上，詹來到這個東方古國經歷了千難萬險。首先是，摩里島全體大臣都不同意他的出訪，大臣們說，摩里島現在有許多遠遠比出訪更重要的事務，由於老王生命垂危，所有的事都需要詹的簽名與紋章。

但是詹心意已決。

就在臨行前的夜晚，酋長求見。

酋長直接了當地說：「殿下，我認爲你這次突然拋棄摩里島臣民的做法是不明智的。」

一向好脾氣的詹卻罕見地發了火：「莫里亞先生，雖然我貴爲王儲，但是哪一部憲法也沒有規定王儲就沒有享有自由的權力，何況，我已經就重大事件與王室內閣成員交換了意見。這是我自己的事，希望閣下不必干涉。」

酋長並沒有因此停止勸諫。酋長說殿下難道你真的不明白嗎？老王的生命危在旦夕，老王一旦離去，摩里島會出現什麼局面你想過嗎？難道你爲了一個小女孩連國家都不要了麼?!

詹怔住了。他深深地盯了酋長一眼，搞不清這個老滑頭是怎麼知道這一切的。酋長繼續說尊敬的殿下，有一件事我始終不大明白，那就是：所羅門王的戒指究竟給了示巴還是埃及公主？如果給了示巴，那麼埃及公主棺墓裡的戒指又是從哪來的？如果給了埃及公主，那麼戒指怎麼會在海洋裡出現?!

詹冷冷地問：「莫里亞先生，你到底什麼意思？」

莫里亞狂笑起來，他把一根粗手指指向天空：「殿下，你看見那顆明亮的大星了嗎？——那就是海王星！你知道嗎？對於人類世界的侵害，海洋世界早已忍無可忍，他們絞盡腦汁才想起一個與人類和解的辦法——那就是和親！就是和親你懂嗎?!」又是一陣狂笑，「多年前，您曾經受過女性的傷害，把戒指扔進海裡，可按照海洋的習俗，那就是向大海求婚！海王爲此召開了三天聯席會議，決定讓他們最美麗的海百合公主來到人類社會和親。說來也是機緣巧合，那位小公主剛生下來，那枚戒指正好套在了她的頭上，而她舉行成人禮的那一天，戒指彈了出來，正巧戴在她的手上，可見她的確是您理想的未婚妻！……可是，海洋世界也太愚蠢了，他們以爲獻出一個公主就能救他們的世界，殊不知人類世界早就變了，人類變得比所有的物種都無恥，對付他們只能以惡制惡！看，海王星在閃爍，它可以作證我說的一切都是眞的！……」

詹垂下他那長長的睫毛，沉默良久，輕輕地說：「那麼，我能爲海洋世界做些什麼呢？」

莫里亞的大嘴也適時地閉了起來：「要制定規則，要制定我們與自然世界互不侵犯的規則。從我們摩里島開始做起，當然，殿下你在這方面一直是做得最好的，與花鳥魚蟲珍禽走獸一直處得很好，這一點很像所羅門王。所以我們摩里島也被稱爲當今世界唯一被神雪藏的地方！可是殿下，有一點你可是遠遠不如所羅門王，那就是——」

「什麼？」

「女人。」

詹皺了皺眉頭。

「據不完全統計，所羅門王一生有數百個女人，王都能讓她們各司其職，當然王也是分三六九等的，對示巴女王和埃及公主更特殊些，但她們也不過是他的女人。」酋長抬起眼睛，富有深意地盯著詹，「女人就是女人，如果把愛情這種東西看得太重，世界就要亂套。」

詹長時間地沉默，酋長心裡已經十分不耐，但出於對詹的尊重，口氣上依然和婉：「殿下，我猜你將來一定會是一位不怒而威的君主。你的沉默眞讓人害怕。殿下，儘管我知道我的話會令你不悅，但出於對您和摩里島的熱愛與忠誠，我還是要說一句：放棄吧，殿下！放棄對那個女孩子的愛吧！當然，那個女孩的確是可愛的，但以殿下的聰明智慧，不會不知道，越是可愛單純的人，就越是容易受污染的道理吧？她投生的那個遠東古國，到處都很髒，難道她能長時間地保持身心的潔淨嗎？如果是那樣，她恐怕連生存也會有問題吧？」

詹終於開了金口：「當然，正因如此，我想去見她，把她接來快點完婚，難道這有什麼問題嗎？」

「當然，當然沒有問題，殿下，」酋長默默地站起來，「我衷心祝願您找到理想的伴侶。不過作爲老臣我還是想提醒您一句，她在如此短的時間內就迷倒了您，這當然證明她本身就很迷人，可是除此之外，難道就沒有其他的原因嗎?!」

詹刷地站起，如同一把寶劍一般挺得筆直：「你到底是什麼意思?!」

在王儲如電目光的逼視下，酋長終於斷斷續續地講了摩里島那個夜晚的故事。當詹聽到小百合用自己全部的錢財來換取朋友的生命時，眼睛裡竟浮現出了淚水，心裡對她的愛，竟然又增長了幾分，完全沒有聽到酋長對於百合擁有迷藥的告誡。

「可是別忘了殿下，你過去受女人的傷害，正是起源於迷藥啊！」酋長終於忍不住喊起來了——他心裡痛恨所羅門與示巴女王的後裔，竟然如此不清醒，如此懷有婦人之仁！在他的心靈深處，懷有婦人之仁的人是絕不會有大出息的！

酋長強忍憤怒按照禮儀倒退著鞠躬，遠遠離去，剩下詹獨自一人怔在那裡。

酋長最後的話攪亂了他早已平靜如水的心靈，如同攪拌機一般把早已沉入水底的沉渣再度泛起，這些沉渣如此紛繁沉重，以致重得讓他無法站立。

他直挺挺地坐下了。

8

像是一個不眞實的夢，許多年前的場景再次浮現眼前。

——那是數年前他的一次微服出訪。他扮作一個男爵，走進一個鄉村小旅館。他注意到，在他辦理住宿的時候，不經意間看到那個老闆詭譎的目光。當晚，他坐在木桌邊用餐，那個老闆緩緩走來，也坐在了他的身旁，有一個相貌絕美的女傭端來了黑麵包和一種撒著植物碎屑的湯。他立即被那美女吸引了，拿起那個粗陶做的勺子喝了一口，突然聽見身旁的老闆問：「好喝嗎？」

他轉過頭，大吃一驚——那個老闆竟然是個女人，此刻她已經戴上了花頭巾。他這時才感覺到，一種異香慢慢浸入了他的骨頭裡，他覺得全身無力，頭暈目眩，卻又和病態的頭暈不同，那是一種飄飄欲仙的感覺，他覺得自己被扶進了一個帳幔，兩個赤身裸體的女人躺在那裡，慢慢地脫掉了他的衣裳，他覺得身軀已經不屬於自己，幽暗的燭光中有一個戴花頭巾的女人給他送來了一隻鑲嵌寶石的杯子，裡面有一點藍色的飲料，他喝了那飲料，冰涼甘甜，可是過了一會兒，心中的火就狂燒起來。他忘了今夕何夕，只覺得三個女人淫蕩的目光一直像燭光一般閃爍。翌日，他起不來床，覺得自己輕得變成了一片樹葉。但是那種醉人的迷香依然引領著他，把他引到小旅館後面的小花園裡，正當他欣賞那純淨的湖水時，水中突然冒出三個身穿黑袍的女子，只露出三雙眼睛——他認出那正是昨天深夜那三雙淫蕩的眼睛，掉頭想跑。但是他完全跑不動，他被拉進了湖水裡同她們一起沐浴，在香氣繚繞的湖水裡那三個女子脫去黑袍，他覺得她們美如天仙。他和這三個幽靈般的女子最後都變成了花瓣飄在了水上——那時，其實他已奄奄一息，他再也聞不到香氣的時候，才發現那三個女人醜得令人作嘔。

當時的確是莫里亞救了他。莫里亞把那三個女人的舌頭割掉，在摩里島最大的廣場實施了火刑。雖然此事成爲了摩里島的最高機密，除了他與酋長之外無一人知曉，但是本性純潔的詹無法忍受自己被玷污的事實，他曾經自殘，並且把最昂貴的祖傳戒指扔進大海，發誓此生再不沾女人——直到某一個春天他突然作了一個夢，夢見和一個美麗而純潔的女子交合，那絕非是單純的肉體快感，而是一種靈肉合一的境界，是世界上最美的精神之花，他醒來的時候，發現月亮花的光芒照亮了整個後花園。

夜晚，詹約百合來到海邊，默默地對坐著。

詹痛苦地發現，百合黑亮欲滴的眼睛裡，已經有了一絲混濁。百合說，她依然不能跟他走，因爲，還有些事情沒有了。說到這個，他發現她的永遠快樂的眼睛裡突然綻放出強烈的痛苦，他說你怎麼了?!

百合突然緊緊地抱住了他，百合的小身子滾熱滾熱像個孩子似的緊緊地黏著他，百合說詹，我犯錯了，詹，我犯下了十惡不赦的大錯！說完這個百合就突然痛哭起來，百合一邊哭著一邊想原來哭是這樣的！哭出來，心裡那塊重重的東西就減輕了，但是奇怪的是，爲什麼在這之前她哭不出來？只有見了詹，只有在他的懷抱裡，才能安心地哭？

詹嚇壞了。他還從沒見百合哭過，他看見那張粉紅的小臉，哭得如同梨花帶雨。他心裡溫熱的憐愛之情如同發酵一般向外湧動，他緊緊地抱著她，用皇室最名貴的手帕一點點揩去她的眼淚，他總算聽懂了她斷斷續續的講述……哦，原來是這樣！他心裡歎道。原來在這個古老的遠東國家，區區五百萬竟然影響到三個女人的命運！

詹飛快地簽了一張支票，那個數字大到讓百合害怕。

9

老虎對董事長的話陽奉陰違，他並沒有馬上找曼陀羅，他知道，在B城，有時時間可以改變一切——他銅牛的屁股再沉，也不可能永久地坐在一個地方，現在是他臥薪嘗膽的最後時刻，他的光明，指日可待了！

曼陀羅的生意越做越大。終於有一天，她在BOBO對面的使館區，開了一家名叫「曼陀羅花」的夜店。當然她是有意這麼做的，她有意要和這家有名的老夜店叫板對陣較量。開店那天，她有意請了這個城市最頂尖的明星——她在請他們的時候施展了一個小小的詭計，她說A城將會有一位世界頂級的電影投資人來到此地——她說的當然是銅牛。在這一點上銅牛力挺了她。銅牛穿了路易威登的全套品牌：路易威登長久地屹立於國際精品行業翹楚的地位，於是銅牛也就自然成了崇尚品牌的男女們眼中的翹楚。LV遮擋了銅牛全身的肥肉，讓他顯得儀表堂堂高大魁梧。

而曼陀羅，則身著Gucci最新款，那其中含有狂野搖滾的元素，把性感、冷豔和自信表露無遺。據說設計師受到一些頂級攝影作品的啓發，以物料、顏色和剪裁互相配合，設計出有如萬花筒般千變萬化的造型，遊走於高貴典雅與神祕性感之間。這一款時裝系列無論在顏色、細節和創意上，均以最精練的手法，演繹現代主義的風格。用奢華日裝布料，製成印滿放射式花卉圖案的短裙，飾以珍珠、瑪瑙和水晶，和式褶襉、刺繡、拼布和貼花等工藝超卓的細節，實在令人歎爲觀止。這種華麗成功地掩蓋了曼陀羅的所有失意，令她光彩照人，而她本人也確實興奮起來，細瘦的小骨架像柳枝一般性感地搖擺。

曼陀羅的興奮自然也包含了母親官司的二審勝訴。

恐怕連母親自己也沒想到會起死回生——曼陀羅想。起死回生的關鍵，眾人都說是一個錢字，只有曼陀羅心下明白，這只是因爲百合，因爲她內心深處最看重最愛的百合。她現在不願提這個愛字，甚至連想也不願想，但她知道，她依然愛百合，絕不因爲百合救過她並且救了她的母親，從她見到百合的那天起，她就愛上了她。她可以不在乎一切，但她在乎百合。雖然她已經對自己一廂情願的想法深感絕望，也對百合一向無視她的自尊極其惱火，可只要那可愛的孩子能向自己笑一笑，她就能保持整整一天愉快的心情。

她永遠牢記百合在法庭上的姿態——那個粉妝玉琢的娃娃出人意料地拿出此案的關鍵證據——五百萬的現金支票——那五百萬在百合的臉上只是一個輕蔑的微笑。那種輕蔑讓她想起摩里島那個恐怖的夜晚，正是百合對錢財的輕蔑救了她，她知道，百合過過一段一文一名的日子，但是什麼樣的日子都難不倒百合。

百合是她開幕儀式最該請的人——可是，她沒有來，她當然不會來。百合在贏了官司之後已經辭職，聽說是去了摩里島。

然而曼陀羅內心的最深處，仍然有一絲不安。她下意識地覺得，那個筆名粟兒的女人，是不會善罷甘休的，也許，事情還沒有結束。

開幕儀式成爲了地道的時裝秀——

第一位走進來的是一位天后級的歌星——雖然她已貴爲天后，但作夢都想的還是做電影明星。她穿的是普拉達 Prada 晚禮服，煙一般透明的紗衣，巴洛克式的華麗氛圍搭配羽毛夢幻配飾，並且有著若隱若現的龐克元素。曼陀羅走上去擁抱了她，聞見她身上的幽雅的香奈兒香水味道，兩人竭力互相稱讚了一番，曼陀羅的心幾乎興奮得要從胸口跳出來——天哪，這在一天前還是難以想像的事，她以爲她這一生只能在電視上看看這位天后呢——可是，依靠她的銅牛，她竟然在轉瞬間實現了自己的夢想。

一位曾經榮獲坎城最佳女主角的大明星帶著保鏢走進，穿女公爵緞 duchess satin 刺繡晚禮服，戴花朵形寶石戒指——明豔的紫色與金色刺繡花朵由領下散開，在紅色女公爵緞的映襯下更添奪目光彩。最頂級的奢華材質，數百小時的完美手工，據說由時裝界的凱薩大帝 Karl Lagerfeld 親自操刀創作，看上去竟不是時裝，而是如夢如幻的藝術品。

一姊級的大明星們絡繹不絕地走進——有的戴著 Stone Age 的新款飾品，靈感來自充滿神祕色彩的楓丹白露森林，嫵媚如寶石精靈億年的沉積；有的戴「八寶」手鐲，T形伸展臺上，超寬的手鐲成爲張揚時代的點綴和視線的焦點；有的中性打扮，感覺金屬質地般的硬朗；有的全身綴滿質感細膩的立體花朵、迷人暈色，透明泡芙袖、甜美小圓領和蝴蝶結如春天般純眞。

迷人的香氣的氤氳，夢幻的迷離色彩的薰染，讓全場的人們如醉如癡——他們聽見曼陀羅低沉溫柔的私語般的獻辭：「……我的夢想就是做一位裁縫，開家小工作坊，專門爲我崇拜的女性做美麗的衣服。我會有自己的回頭客老主顧、自己的沙發，我會請她們喝茶，享受安逸的氣氛。——這不是我說的，這是Domenico Dolce說的，我的夢想是每天從晚上十點工作到翌日上午十點，然後我要做阿拉伯鮮花浴，做按摩、休息，然後去購物、把掙來的錢花掉。……朋友們，請相信我，我要讓這裡成爲這座城市獨一無二的夜店，希望你們盡情享受這裡所有的奢靡，願『曼陀羅花』因你們而更加美麗！……」

曼陀羅的致辭被掌聲打斷，這時她看見，有一位戴面紗的女子走了進來，女子顯然是不想讓更多的人注意到她，她穿釉藍漆彩的Costume National高跟鞋，深藍色翻領夾克，戴全套在銀雕藝術精品界執牛耳的北歐銀飾品牌Georg Jensen——那牌子的創始人曾被紐約先鋒論壇讚譽爲「近三百年來最偉大的銀雕藝術家」。儘管如此，藍色與銀色的搭配在一片炫目的色彩中依然是樸素的，只有少數人認出那是頂極品牌，當然，包括曼陀羅。

曼陀羅的目光穿越了那一片炫目的色彩看到那一塊小小的銀藍色，她的目光迅速洞穿了面紗背後的美女，她覺得那女人美得奇怪，但繼而便認出那不過是披著一張美麗的皮，皮裡面裹著的是一些可怕的東西，她說不清爲什麼可怕，但是那種可怕分明喚醒了她的記憶——那時她的年齡還是一個女童向少女的過渡時期，她親眼目睹一個女人與自己的母親撕打，之後不久，她的家就破裂了。以她極其敏銳的觸角，她感覺到了這個身著藍色配戴銀飾的女人的氣息——她正是那個破壞她家庭的女人——她已經很久沒見到自己的父親了，她懷疑自己的父親正被這個女人掌控著。可是，她是見過那個女人的，難道一次整容能夠如此徹底地改變一個人的形象嗎?!她覺得自己很難斷定。

曼陀羅看見那個女人低眉垂目，把自己縮成很小的一團，好像要避開所有人的目光，但是從她垂下的眼瞼背後，依然射出兩股懾人的光，那光射向了銅牛——好像是在質詢著什麼。天哪，曼陀羅突然感覺到了一種潛在的危險，她飛也似地走到銅牛身邊，拉住了他的手。所有在場者都爲這一溫馨的舉動鼓起掌來，當然，除了那個女人。

銅牛卻很驚詫——曼陀羅的手冰涼冰涼的，像死人一樣。

10

筆名粟兒的罌粟與曼陀羅一樣，同樣感覺到一種危險的逼近。

這種危險是如此強大，以至於她在天仙子、百合與所有同性那裡，都不曾遇見過。

——她當然知道曼陀羅是誰。

她當然知道，當曼陀羅還是個十來歲的小女孩的時候，她就潛入她的家庭，奪走了她的父親。那個晚上罌粟依然記憶猶新——她驚異地發現，那個十來歲的女孩眼睛裡閃動的，是一種完全成熟的光芒。那種光芒射向罌粟和女孩的母親，都是一種不屑和譏諷。罌粟記得自己短暫地被刺痛了一下——由於當時與女孩母親的大打出手，她來不及回顧那目光的含意，可現在，那種目光穿過歲月，筆直地向她襲來，她幾乎抵擋不住。

她知道自己必須避其鋒芒，採取以靜制動以柔克剛的策略。她沉靜地伸出手和夜店的男女主人輕輕一握，禮貌地向他們表示了祝賀，之後就頭也不回地走了，留下一片簡單卻又奢華的藍色。

但是曼陀羅不知道的卻是：片刻間那女人把一葉紙條留在了銅牛手裡。對著那女子恍然若夢般美麗的臉，銅牛下意識地捏牢了紙條——直到去洗手間小解的時候，他才偷偷打開了那張條子，上面儼然寫著：「請問官人，一塊錢可以幹什麼？」

銅牛拿著條子發起抖來，抖得像秋風中的一樹朽葉。

Chapter

15 熱帶雨林

大鸚鵡落在我的肩膀上，悄悄用她那漂亮的鷹勾嘴對我耳語，長頸鹿彎下細長的脖子親吻著我，斑馬則遠遠地看著我裝酷，而蜂鳥索性就用大致相等於光線的速度搧動她那五顏六色的翅膀，在我眼前現出一片光怪陸離的迷霧……

這回我當然坐的是頭等艙——正大光明地享受頭等艙的待遇讓我得意非凡。更讓我得意的是：二審官司打贏了！生命垂危的天仙子，竟然起死回生！不過說真的，經歷過這一次的折騰，她的容顏完全老去，至少老了十年。

法庭上，天仙子坐在輪椅上，彷彿剛剛從地獄裡走過似的，面色灰暗得讓人害怕。她虛弱得幾乎話都說不出來，然而，當形勢突然逆轉，那個筆名粟兒的女人突然大熱倒灶之時，她竟然從輪椅上站了起來，她好像還高喊了一聲什麼，是的她高喊了一聲，高喊一聲之後就昏倒了。整個法庭亂成一團，那個粟兒似乎還想假充好人扶她起來，被曼陀羅閃電似的衝了上去，把她的母親與這個可怕的女人隔開了。一瞬間我感覺到了曼陀羅心裡最深處尚有一絲善念。也就是那一瞬間，我原諒了曼陀羅所有的過去。我在心裡默念著：「再見吧朋友們，再見吧曾經愛我和我曾經愛過的人，我要離開你們去過另一種生活了，祝你們好運！……」

機場那一串串雪花造型的燈，對我來說便是識別摩里島的標誌。然而當我出關之後卻大失所望——本來應當站著詹的地方竟站著那個討厭的莫里亞，那個酋長，假模假樣地披了件獸皮站在那兒，還遠遠地向我鞠躬。

我警惕男人們擺出紳士的態度，特別是莫里亞這樣的人。果然，他告訴我一個不幸的消息：老王去世了——詹在亂世中繼承王位——可以想像整個王室的混亂和詹巨大的悲痛與壓力，可即使是在這樣的時候，詹依然為我親自佈置了房間，用一百粒美鑽與一千朵白玫瑰表達了他的愛意——還有他喜愛的那些珍禽異獸，都紛紛走出來向我致敬——他們致敬的方式各有不同，雁鵝圍繞在我的身旁，大狗滑稽與小狗美妞不斷地舔我的手，大鸚鵡落在我的肩膀上，悄悄用她那漂亮的鷹勾嘴對我耳語，長頸鹿彎下細長的脖子親吻著我，斑馬則遠遠地看著我裝酷，而蜂鳥索性就用大致相等於光線的速度搧動她那五顏六色的翅膀，在我眼前現出一片光怪陸離的迷霧……

夜晚，戴著重孝的詹和我對坐在長長的橡木餐桌的兩端，按照王室的規矩用餐。我們吃得很簡單，只上了三道菜：湯、主菜與甜品，當然是一如既往地精緻。餐後，詹讓僕人們退下，拉著我的手走進他的後花園：

——這是一座美呆了的熱帶雨林花園！各種植物遮天蔽日，滿地是濕滑的苔蘚，高大的喬木群落錯綜複雜，林下藤類植物茂盛，有大量美麗的寄生植物，老莖生花形成了奇異的空中花園：棕櫚、梧桐、木棉、番木瓜、烏木、紫檀、咖啡、可可、油棕、椰子、橡膠樹、非洲楝、大緣柄桑、黃梨、桃花心木……天哪，隨便弄棵樹到B城，也會成為價值連城的珍奇樹木。還有那些極其豔麗的花朵——在星光下閃著光，像是一粒粒名貴的寶石。

終於我看到那傳說中的月亮花了——她距離其他的花很遠，她煢煢孑立，一支獨秀，花瓣兒的形狀如同新月，花的顏色，恰如我的戒指那樣，她會隨著光線改變成各種微妙的顏色，而平時，她就像月光一般白，像珠貝一樣亮。她的雄蕊是金色的，而雌蕊則是藍色天鵝絨一般的色彩……我看入了迷，摘下我的小戒指和她對照著，眞的是一般無二啊！

詹微笑著看著我：「你認出來了吧？月亮花，全世界只有我們的花園裡有，這是很值得驕傲的。」

我輕輕地碰了那花一下，花瓣立即合攏，就像是B城的含羞草。詹微笑著勾起我的手指，在花的上方輕輕搖了搖，呵……那花又慢慢地開放了，眞是如花解語啊，詹說，花也怕生，他打的這個手勢，就是告訴月亮花，這是朋友，不必害怕。

我看著詹那雙美而純淨的眼睛，心裡的愛如潮水湧動，他似乎也有同樣的感受，我們幾乎是同時緊緊地擁抱住了對方，我們抱得那麼緊，就像是生怕什麼人把對方搶走了似的。

一些古怪的聲音紛至遝來——難道這花園裡除了我們，還有旁人在偷窺?!還沒來得及叫出來，溫柔的大猩猩代姆就鑽到了我們之間。悯然四顧——哦，羚羊、河馬、長頸鹿、獅、豹、靈貓、鸚鵡、鳩鴿、孔雀、犀鳥、巨嘴鳥、太陽鳥、蕉鵑、八色鶇……都潛伏在黑暗中，它們把我們包圍了！詹看著我笑：「以後我們就要跟他們一起生活了，怕麼？」「怕？——才怪呢！」我也笑了，周圍那些高高矮矮的寶寶們似乎也在為我們高興，他們竟然圍著我們跳起舞來，跳的舞步很亂，我被它們逗得哈哈大笑，跟詹手拉手也跳起來，跳著跳著竟然忘了情，我唱起歌來——這下子惹了大禍：海百合公主的歌聲即使在深海中也是最迷人的，何況是在人類世界，我剛剛唱了一句：「啊索米亞啊……」所有的寶寶們就都醉倒了，他們的倒下引起了連鎖反應，高大的喬木與低矮的灌木紛紛被壓坍，空中花園轟然倒下，我和詹被籠罩在豔麗的花與藤中，動彈不得。我看見，皇宮似乎也顫抖起來，從顫抖的皇宮裡面走出一個人，一個披著獸皮的人，一個我此時最不想見到的人——他是莫里亞酋長。

詹立即收住了笑容，但他依然緊摟著我，沒有鬆手。莫里亞居高臨下地看著我們，面無表情地說：「殿下，現在是國喪期間，您不認爲您這樣做很不妥嗎？」

詹一點沒有讓我失望，他很從容，很鎮靜。他說謝謝你酋長，謝謝你的提醒，不過今後我不太需要你的提醒了，我做的事是否妥當，會有專門的王室內閣成員提醒我。然後詹從容地撥開荊棘，挽著我說：「我們走吧，百合。」

我看見莫里亞的臉一點點變綠了，就像當年老虎在賭場上輸光了的那種臉色，很可怕。

2

番石榴和小騾請我吃飯，當然買單的是小騾。看小騾那種興奮無比的樣子，恨不得讓他買十次單他都樂意。他一邊殷勤地給我夾菜一邊欣喜地嘮叨著：「《煉獄之花》劇組解散了，那個討厭的阿豹就要滾蛋了，百合姊，你可眞太牛了！太牛了！不過他們說，我製作的播客也很有效果！很有效果！……百合姊姊，你怎麼不動聲色就把它們給打垮了呢?!眞是兵不血刃啊!!……你眞是太了不起了！從此後你指哪我打哪！兄弟我絕不說二話！……」

我討厭小騾的絮絮叨叨，更討厭他這些不著邊際的話，但是我同時又覺得他好玩，批評他是一件讓我心生快感的事。只是可憐的番石榴求爺爺告奶奶還賣了兩次身，好不容易才賺到了這麼個角色，其沮喪之情可以想見。她一直撇著薄薄的嘴唇一言不發，好在還並沒有影響她的食量。半晌，她才從法式蝸牛湯裡抬起頭說：「百合姊，這個戲眞的不拍了嗎？」

「當然，《煉獄之花》版權在天仙子手裡，天仙子根本就沒有賣版權，巨龍有什麼資格拍？要拍還得拍過去的那個《珍珠傳》，可是老虎已經因爲此事被免職，《珍珠》拍不拍還得聽董事長的，要知道，《煉獄之花》已經花掉前期費用八百多萬了啊！阿豹回去要麼賠錢，要麼坐牢！」

小騾在一陣歡呼之後，突然悟出了什麼似的，一下子趴在了桌上：「百合姊——」他瞪著一雙圓眼睛眼巴巴地看著我：「這麼說，《珍珠》也有可能不拍了是嗎？」

我看了他一眼，沒說話。

他的情緒一下子降到了冰點：「爲什麼是這樣……」

「爲什麼是這樣？爲什麼就不能是這樣?!告訴你，當你決定爲一件事討公道的時候，你就得同時決定承擔一切負面的效果！因爲世界上根本就沒有公道！」我終於喊起來。我在罵他的時候心裡想著我自己的委屈——好好地生活在海裡，非逼著我到人類世界和親，受盡了艱難困苦，好不容易找到了自己心愛的人，萬里迢迢來到摩里島準備完婚，可又偏偏碰上老王駕崩！——爲什麼世界上有這麼多的挫折？爲什麼這些挫折都要我來承受，難道就因爲我比別人承受力強嗎?!

接下來是長時間的沉默。終於番石榴吃完了最後一勺甜品，半睜著她那雙剛接完假睫毛的眼睛看著我：「百合姊，我眞的沒有希望了嗎？」

我正視著她，慢慢地說：「這個世界很髒，好人都沒希望。」

然後，我慢慢地推開餐盤，站起來，把一疊簇新的鈔票放在桌上，轉身而去。

小騾並沒有放過阿豹。

對於阿豹對番石榴的侵犯，小騾耿耿於懷。在機場，小騾玩了一個被人用剩了的把戲：讓人乘阿豹不備，在他隨身帶的小包裡放上了毒品，被海關逮了個正著。按照毒品的份量，阿豹需要被關押三年！

我不想再看這個世界了，我覺得噁心。阿豹噁心小騾也噁心，粟兒噁心番石榴也噁心，老虎噁心金馬更噁心。我只有閉關呆在詹的後花園裡，與那些可愛的珍禽異獸爲伴，默默等待著一年國喪期滿。那時，我將與詹完婚，詹將會把一份新的提案轉交給人類的最高法庭，屆時，人類世界與海洋世界乃至整個自然界，將會有一個新的約定。那時，我就會圓滿完成使命——我將可以自由地穿行於人類世界與海洋世界，而完全不必戴什麼面具——那是多麼引人入勝啊！過去我每每想到這個，心裡就充滿了無限的力量，可現在……不知爲什麼，我打不起精神，我覺得那一切都太遙遠、太遙遠了……

3

詹很快發現了我情緒上的變化。這天，當我們和羚羊一起用餐的時候，看到我把麵包卷兒一塊塊地餵給羚羊，詹走過來摟著我，用他那彈鋼琴的細長手指慢慢插進我濃密的頭髮裡，輕輕撫摸，詹說百合你怎麼不愛說話了？是在這裡生活不習慣？是想你的父母了？還是……還是……沒有耐心等我了？……

我搖著頭，眼淚撲朔朔地落下來——不知爲什麼我變得愛哭了。我說不出來我內心的眞實感受。只有用眼淚來表達。

詹被我的眼淚嚇壞了，他急忙拿出紙巾給我擦淚，連連道歉，說是爲了國事而怠慢了我，他拉著我的手走進後花園的深處，親手摘了一朵花給我戴在頭上，然後讓我在月光下的泉水水面上照自己的影子，我看見那朵花已經把我的容顏照亮了。我的整個肌膚變得十分美麗，我如醉如癡，似乎所有的思想都淹沒在霧裡，那是不斷聚合的大霧，飄逸著凡間的浮塵，從腳底蓬湧而升。

詹，你能始終待我如初嗎？我現在戴著你後花園裡的花，黏在我的髮間，做你的花朵的標本，你覺得好嗎？

在水面上我看見詹迷濛的眸子，月光四散破裂，折射出雨林深處的黑暗。

那一支月亮花，在黑暗中遺世孤立，給人光明與溫暖——什麼時候，我的髮際間能別上這朵月亮花啊！

「爲什麼她也叫煉獄之花？」

「我對你說過，她有著最高等生物的一切智慧，她記錄了全世界每個人的一生，所有的罪惡，所有的善行，所有的美德，所有的高尙與卑劣，所有的美麗與醜惡……」

我舉起我的戒指：「詹，你看，我戒指上的這朵花仿得多像啊，跟這朵眞的月亮花一模一樣！我和我的家人朋友，一直在尋找，在猜測，這究竟是什麼花朵，終於找到答案了！那麼，戒指暗盒裡的迷香，會不會就是她的精髓呢?!」

詹拿起戒指聞了一下，肯定地說：「戒指裡的香氣，還不完全是它的香，還包含了一種來自海洋世界的迷香——這是來自兩個世界的混合香料，是頂級的香，有了這個，我們再不怕其他的魅惑了！」

「你受過迷香的魅惑嗎？」

詹怔了一下，沒有正面回答：「我對你說過的，月亮花就像一個奇怪的儀器。它可以像萬花筒一般轉來轉去，它可以看到任何一個人的過去未來與現在——當然，那個人必須是裸臉。」詹說完這話，就目光詭異地看著我：「百合，你是不是還有什麼……沒有告訴我的事……」

我想了又想，覺得從來沒有對他隱瞞過任何事，可他依然看著我，最後他說，好了，我不問了，每個人都會有自己的隱私。我說詹，我所有的事情都對你說過，他微笑著搖頭：「不不，我們換個話題吧。我尊重你的隱私，也希望你同樣尊重我的隱私。……這裡就是你的家，在這兒，在整個宮裡和花園，你可以隨意出入，可以動用任何東西——除了這支花。是的，只有我們結婚之後，你才可以運用她。這是新晉摩里島國王對你的唯一要求——在其他所有的方面，你都是自由的。」

我眨眨眼，看見他那一慣掛著溫和微笑的臉上，一臉嚴肅。

我把戒指放在他的手裡：「詹，戒指在這兒，還給你。我等著那一天——你親手把戒指戴在我的手上。」

詹小心翼翼地接過去，捧在手心上：「那麼就讓我們在月亮花面前發誓吧。我再說一遍，等國喪一結束，我們就舉行婚禮。我會跪下來，向你求婚——親愛的，親愛的海百合公主。」

月亮花似乎解語，她閃了一閃，花瓣兒慢慢捲起來，再度伸展開的時候，亮麗的光已經照耀了整個後花園。

4

曼陀羅發來很長的伊妹兒。

曼陀羅說她開了一家叫做「曼陀羅花」的夜店，現在在經營與人氣等各方面已經全方位地壓倒了「BOBO」。有很多超級明星慕名而來，當然，也有些不受歡迎的人不請自來——譬如那位打輸了官司的科幻美女。

應當說曼陀羅此時還是很有底氣的。她很自信，她說下一步她將說服銅牛投資《珍珠傳》，而她自己將嘗試過一把明星癮！接著她寫道，這樣，就又可以和我在一起了，她說這個想法絕不是不可能，她說銅牛在老虎被停職之後，正在準備用《珍珠傳》來代替《煉獄之花》，依然與摩里島合作，用那個SB小騾的劇本，當然，那個劇本還不成熟，還要改。

她提到她的母親天仙子，雖然官司贏了，脫離生命危險了，可是這次事件讓母親受到了嚴重的刺激，她說母親一下子衰老了很多，一直閉門謝客，不願見人。而且母親添了一個奇怪的癖好——收集燈泡，她不明白母親天仙子——一個曾經那麼聰慧卓越的人怎麼染上了這麼一個並不高級的嗜好，她每天的生活就是在搜集各種各樣的燈泡，然後小心翼翼地把燈泡們藏起來。

然後她問我，聽傳聞說我做了摩里島的王妃，是不是眞的？如果是這樣，祝賀我，她說詹實在是她遇見的人類最好的男人，好到她一見到他就感到自慚形穢。末了兒她肉麻地說百合姊姊，只有你才配得上他，眞的，百合姊姊，你的婚禮一定要邀請我呀，我一定要送給你一件特別的禮物！

——特別的禮物？現在的禮物還能有什麼特別的？什麼都不會出人意料，因爲人類的想像力太匱乏了。現在是個複製與黏貼的時代，說穿了是個原創可以被公然剽竊的年代，水牌越多越是紅姑娘！甭管香車寶馬是怎麼掙來的，也比門前冷落車馬稀強百倍！在這個意義上，天仙子是註定要被時代拋棄的，而那個叫做粟兒的科幻美女，才是天然不可替代的當代英雄，確切地說是當代巾幗英雄！

而曼陀羅，似乎介於我與粟兒之間，她其實想像粟兒那樣，什麼便宜都占，什麼都不耽誤，賊不走空，在輾轉騰那之間，名利雙收——有疼自己的男人，有豪宅香車，有很高的業界知名度，有美麗的容顏與衣飾，還要有show給別人看的DIY，最好這DIY的手藝一流是誰也學不走的。然而她的靈魂深處，似乎還有一絲痛感。這一絲痛感無疑來自眞情，是的在曼陀羅的內心深處還是有一絲眞情的，這大概是她與粟兒之間唯一的不同吧？

其實這只能證明她的道路很危險——在這個時代，成功人士代表了一種極致，而任何不徹底的轉變或者根基都代表了一種危險性，小則非驢非馬不倫不類，大則會影響自己的選擇

——對自己最最有利的而絕不考慮任何他者的選擇。而「選擇」這個詞，是這個時代最爲致命的詞。

我在中午的太陽光下不知不覺迷糊起來，曼陀羅打在電腦上的字像羊皮書上的字那樣跳躍著，小狗美妞趴在我的懷裡，我在睡著前迷迷糊糊地想——我是什麼時候學會了思考？像人類那樣思考——甚至更甚，我單純的心底什麼時候塞上了這許多亂七八糟的東西？

我睡著了，夢見自己像是人類的嬰兒那樣被人剪斷了臍帶，我躺在那兒，好像隨時都會被人類勒死，我發出一聲連自己都不相信的嚎哭，我的嚎哭好像把他們嚇著了，接著我聽見卡嗒一聲鎖門的聲音，然後看見門鏡裡一隻窺視的眼睛。

我在睡夢裡想大聲喊叫：爲什麼我不能成爲我想做的那種人?!爲什麼?!爲什麼我會變？我告訴你們，我成了現在的我，都要怪你們！怪你們所有的人!!

詹依然如故，可我覺得我們的故事已經變了味兒。我們的故事陷落進堅硬的水泥路面裡，一天天的日子擠不出一滴水分，愛的靈感被無情地剝奪，物是人非，陽光寂寥，花朵萎謝——我遠遠地觀賞那支獨一無二的月亮花，幻想著將來有一天，我會把她摘下，戴在髮際。

陽光似乎在草叢中嗡嗡作響。我就睡在伊甸園的蘋果樹下，但是卻見不到我的亞當。

睡夢中，我突然對自己有點害怕了……

5

對於新一輪團隊的到來，小騾和番石榴當然比我更著急。當我把這個消息告訴他們的時候，他們兩人完全如同瘋了一般——小騾的表現活像羊皮書裡講的那個「范進中舉」——單腿跳了起來——就差口吐白沫了。而番石榴則就地來了個前滾翻後滾翻連接跪跳起——這樣的高難度動作懶散的番石榴平時是絕對不做的。

我卻完全打不起精神來。是的我們的官司暫時打贏了，天仙子的版權也爭回來了。可是又怎麼樣呢？在我一直生活著的那個遠東國家，已經沒有什麼是非對錯的概念。天仙子在一夜之間衰老了，可粟兒還在蠢蠢欲動，她似乎準備上訴高等法院。——沒有什麼對她不利的輿論，所有的人就像看戲似的看著這一切，在法庭上粟兒雖然輸了，可眞正輸的是天仙子——她由於承受不住靈魂的痛苦而哀嚎而衰老，可是眞正的罪魁卻活得好好的，還因此聲名大震。

——這是什麼世道人心啊！

詹說，B城眞的該好好反省了。可我在內心覺得，反省也沒用。這個城市曾經發生過各種驚天動地的大事件，其中之一就是他們違反了摩西的戒律，曾經釋放過所羅門王羈押在膽瓶裡的魔鬼。魔鬼在他們那片土地上到處遊蕩，再也回不去了——它走進了他們每個人的心中，那片土地上的人群早已被毒化了，什麼也救不了他們。

可是詹說，我太悲觀了。在這方面，他是個樂觀主義者，可我覺得他之所以樂觀是因爲他沒有眞正在B城生活過。而詹堅持說，他之所以樂觀，是由於他看到的是沒有喝掉的那半杯水，而我看到的，永遠是被喝掉水的那半截空杯子。

每天詹在忙完政務之後都會陪我。我們兩人手拉著手，在熱帶雨林的後花園裡徜徉。所有美麗的動植物們也和我們一起享受美好的時光。

我對詹說了海底世界的一切，以便他將來去的時候不那麼陌生。他聽起來饒有興趣，特別是當他聽到媽媽是海底最美的美女，奶奶有祕製的白珊瑚粉，哥哥腳心上的曼陀羅花，還有爺爺和爸爸他們常常祭拜的海神杜……詹的眼睛裡出現十分嚮往的神情，但他同時似乎又有些緊張，他會緊扣我的手指，喃喃地說：「你說，他們會接受我嗎？」

「當然，他們會很喜歡你的！……只是，你要稍微委屈一下，你初次見他們的時候，得戴一張面具——一張海底世界的面具，那相當於我們的通行證——就像我來到人類世界必須戴上你們的面具一樣！」

詹突然高興地跳起來，他說小百合，你終於對我說了！我迷惑地看著他好一會兒，才突然省悟到前幾天他說的關於隱私的話題——我說這不是什麼祕密，更不是我的隱私——我只是把這事忘了，因爲我現在戴著這張面具已經很習慣了。

詹像個孩子似的拉著我奔跑起來，一口氣跑到花園的最深處——那支月亮花就在那兒，似乎隨時準備開口說話。它的旁邊，是一口藍色的小湖，小得像個洗臉盆似的，在岩石與檜木之間，發散出一種奇特的氣味。夜的丹青筆墨把一切都美化了。

「我知道你有巨大的好奇心，耐心一點啊，日子不是一天天地過去嗎？很快，我就會親自教你如何操縱這支月亮花了，她是眞正的煉獄之花，每個人，每樁事，都記錄在案，在示巴女王的時代，上帝是專門根據月亮花的記錄來進行末日審判的，當然，也有些人是看不清的，譬如你，我就會看不清，因爲你戴著面具，而且，是海底而不是人類的面具。」

「可是人類有幾個不戴面具裸臉示人的啊？」

「問題就在這兒。人類的面具，因爲戴長了，已經長在了他們的臉上，已經變成了他們的裸臉，所以，我是可以看清的。而你，戴的是一副海底的面具，這種面具完全可以抵禦這朵神奇的花。」

「這麼說你悄悄看過我？」

「是的，在想你想到無法忍受的時候。」

我們又抱在了一起，緊緊的，只有在這種時候，我才覺得我是我自己。

他說，他想立刻滿足我的好奇心，讓我親眼看到我熟悉的人的過去與未來，但他不能違反祖先的規定。我說，眞想立刻把我臉上的面具摘掉，但我也不能違反海底世界的戒律——於是我們兩人像兩個小孩一般跳進那口湖水裡。依然手牽著手，我們的手漸漸冰涼，天空射出最純粹的光，月色滑過我們光滑的肩膀。在銀色的世界裡，我們都各自遵守著自己的金科玉律。

我拉著他冰涼的手突然想起一個可怕的問題：

我們盼著的那一天，眞的會來嗎？

6

曼陀羅的伊妹兒不斷地來。

儘管我從來不回，但我看得是很細的。我從字裡行間了解天仙子的消息。

終於有一天，曼陀羅發來了她一生中最後的一封電子信：那裡面透露出來的全是絕望的氣息。

在斷斷續續的描述中，我終於弄明白了：原來，在這短短的時間裡，B城的信息竟然發生了翻天覆地的改變──《珍珠傳》還要拍不假，但是女主角已經不再是曼陀羅了！

我太了解曼陀羅了。對於心高氣傲的她來說，還遠遠不僅是這件事本身，她當然更在乎此事眞正的背景──這意味著，她的那位對手不但搶走了她在戲中的角色，更搶走了她人生的角色。

曼陀羅一向不把別人放在眼裡，看來她絕對犯了輕敵的毛病。一番惡鬥之後，她敗了。她的敗絕對是情理之中的──因爲她壞得還不夠徹底。

她得了躁狂抑鬱症，每天只能靠加強藥物來控制自己──她早已從迷戀迷藥走到了迷戀毒品。

她在信裡寫道：百合姊姊，我知道你始終喜歡我的媽媽，卻討厭我，這是因爲你的善良和同情心──你永遠只同情弱者，可是你知道嗎？其實我很羨慕我媽媽呢！因爲不管怎麼樣她眞心愛過也被愛過，可是作爲一個女人，我一生都沒有得到這些，所以我是個徹底的失敗者。我再說一遍，我愛的是你，我只愛你，你爲什麼不能理解我？爲什麼只有異性愛是正常的，同性愛就不正常？我覺得男人很髒也很笨，我沒法愛他們……

下面她說了好多令我臉紅的話，我不願卒讀，把電腦關上了。

那個搶佔曼陀羅位置的女人，正是那位輸了官司的科幻美女，那個在B城紅極一時的女作家，那個來歷不明的粟兒——原來，她就是曼陀羅提起過的，曾經深深傷害過銅牛的那個捲錢而走的銅牛第三任太太，可是她又是怎樣成功地殺了一個回馬槍，再度奪走銅牛，並且成功地搶戲變成了女主角呢?!——這是何等的手腕啊!!

——這個女人，引起了我巨大的好奇。

如果說我身上有什麼軟肋的話，那就是我的無法抗拒的好奇心。我的好奇心從小就幾乎把族群毀滅——由於我無法抑制對海神柱的好奇，我曾經在很小的時候，在月黑風高之夜悄悄爬到海神柱上，我發現那個高不可攀的柱子上什麼也沒有，只有一眼深不見底的孔洞，於是我在那孔洞裡放了一把貝殼，聽見貝殼遙遠的回聲，我幼小的心裡頗感欣慰。萬萬沒想到，那其實是堵塞了海神的祕密通道——海神大怒，掀起海嘯，幾乎把我們的海百合家族滅族，最後還是爺爺奶奶親自出面，並且把我家祕製的珊瑚粉拿出來奉獻，才算勉強平息。

但那次可怕的事件並沒有扼殺我的好奇心，後來我一直注意觀察海神的行止，直到我弄清所謂的海神柱不過是海神的生殖器而已——我這才明白他大發雷霆的眞正原因其實是惱羞成怒。

而現在，我對這個來歷不明的女人充滿了好奇，這好奇心燒灼著我，讓我鬼使神差般地來到了詹的後花園。

也是命運使然，那一晚，詹爲了國事，一直忙到天亮。

其實我一直在盼著詹，盼著他來制止我，可是沒有，任何人也沒有來制止我——包括那些可愛的動物們，今晚也變得格外乖巧，早早便入睡了。我乘著星光走進花園的深處，那支獨一無二的月亮花就在那兒，像是如約而至的情人。

我碰了它一下，冰涼的。又碰了它一下。死氣沉沉。我輕輕轉動花莖，那塊擋在我眼前的水晶片慢慢移開了，花朵突然變得很大，大得有點恐怖，像是一隻巨大的萬花筒，呈現在我眼前的，是轉動著的世界，是物換星移的宇宙。然後我無師自通地按了一隻花瓣，那個花瓣讓我對準了夜色中的人群，我看見了詹！看見了詹在主持一個重要的會議，他臉色疲倦但是講話條理清晰語氣堅定，用的不是官方語言的英語而是摩里島的語言所以我聽不懂他在講什麼，但是看到那些大臣們的表情，我明白他是具有絕對權威並且深得人心的。然後我又試探著按了第二個花瓣，那個花瓣好像是專門負責轉動方向的，我看見夜色中摩里島的人們大多已經入睡，但是夜總會和賭場的燈光依然明亮，出人意料地，我看見莫里亞酋長竟然正在和番石榴做愛！瘦弱的番石榴被強壯的酋長弄得像一片秋風中的落葉，不斷發出絕望的呻吟，而那個自作多情的小騾，卻一個人孤獨地半躺在被子裡，拿著個筆記電腦在奮筆疾書——或許他依然爲改寫《珍珠傳》而絞盡腦汁吧，看著他皺著眉頭翻來覆去的痛苦勁兒，眞是令人慘不忍睹。終於他再也忍受不了了，他掏出手機，用摩里島的土著語言叫著番石榴的名字，可是電話裡顯然一片杳然。

我繼續轉動按鈕，哇——天突然亮了，半晌我才反應過來，我這是轉到了東半球，我很快找到了B城，然後在B城一座公寓裡找到了曼陀羅——不她的模樣並沒有怎麼大變，但她深黑的眼圈和癲狂的眼神讓我有點害怕。她的穿著依然十分講究，甚至可以說是奢華——水綠色絲質裙裝上點綴著黑色花朵織網。貼身剪裁的短款女式緊身胸衣。低領口周圍縱向分布著帶褶水綠色絲綢和紫色細絲帶。左胸口點綴著深紅色、紫色、綠色絲質和天鵝絨花飾。衣服的前中部繫著一排小小的玻璃扣。裙子後面非常寬大，在輕盈長裙襬的邊緣處繫著褶皺絲綢帶子。黑絲網罩裙上繫著絲質和天鵝絨質地的花朵——但是這些花朵、刺珠和鑽飾在她絕望的神色中都變得暗淡無光。

但是且慢，並非所有的花朵都暗淡無光——明明有一朵花隱隱地開在了牆壁上：那花就像是一領廢舊了的綢緞，打成了一個起了皺的包裹，巨大，顏色像陳舊的血跡——是屍香魔芋！——「它的花語是死亡。」曼陀羅曾經這樣無關痛癢地說——可是，現在輪到她了。

那朵花在壁影上越來越巨大，終於淹沒了她。

她一個人在那個我曾經住過的房子裡，輾轉騰那，像一隻黏在蛛網上跑不掉的小蟲子，掙扎得越厲害，陷落得也就越深。忽然，她好像驚呆了似的看著牆角上的那台傳真機——那個傳真機好像發出一種聲音（這朵花對聲音的傳導很不好，也許是我沒有找對調節音量的花瓣），因為我看見她的眼睛隨著傳真機上慢慢升起的傳真而變得驚恐萬狀。

我急忙尋找放大縮小的花瓣兒，沒有，我亂按一氣，不留神按在雄蕊上，畫面立即放得很大，我可以清晰地看到那傳眞的內容：上面的黑體字驚心動魄地寫著：明年今天是你的忌日！

7

我看到曼陀羅驚恐的眼睛，她拿起筆飛快地寫下幾行字，我無論如何看不清上面的字跡。

然後她拿起一面鏡子，翻來覆去地照著自己，接著又突然把那鏡子摔了，緊接著一陣爆響，她把她能搆得著的物件兒全摔了，玻璃碎末如同雪花一般漫天飛舞，攪得周天寒徹。我覺得自己的腦門兒也突然變得冰涼——原來是我過於專注碰上了那塊水晶片，就那麼一瞬間，鏡頭又轉了，我看到了一幕最最讓人噁心的畫面：那位科幻美女正在與董事長親熱，這座豪宅完全是王室的裝飾，路易十五時期的，那麼複雜和華麗的巴洛克式花紋。董事長的臉上完全是一派迷戀——而那個科幻美女的笑容背後，滿滿地都是厭惡、蔑視，和如意算盤得逞之後的得意。

我試著按了幾個花瓣，聚焦在那個女人的身上，然後慢慢放大，當大到不能再大的時候，突然之間，花瓣急速地旋轉起來，畫面上下搖擺，幅度越來越大，終於，眼前變成一片刷白的，好像一股磁力把我牢牢抓住，天哪，我完全控制不了這朵花了！我完全不知道下一步會發生什麼，正當我想逃離她的時候，不可思議的景象發生了！

——那個科幻美女，正在天仙子的家中，在對天仙子甜言蜜語地說著什麼，我使勁擦擦眼睛，沒錯兒，這確實是天仙子的家，我熟悉的沙發和桌椅，還有天仙子那台已經用舊了的東芝筆記型電腦，天仙子被她說得笑逐顏開。我的手下意識地碰到一片花瓣——畫面又變了，變成了那個女人在某醫院整容——我明白了！原來這就是詹說的所謂能看到人的過去未來現在之事！如果按住那個花瓣不撒手，那麼這個女人的一生，這個女人眞實的來歷便會全部展現在我的眼前——就如DVD的快退鍵一般！

原來是這樣！

在那個時候，上天作證：我竟然完全忘了對詹的承諾，完全忘了詹的告誡，與其說我被月亮花所吸引，不如說我被自己巨大的好奇心所征服，我的手牢牢地吸在了那枚花瓣上，看到了這個女人的過去——這個女人在手術床躺下來的時候，完全是另一副面孔——普通平凡似曾相識。倒過去，她和董事長及天仙子的前夫阿豹在一起說著什麼，董事長揮舞著一本書，哦我看清楚了：那正是天仙子的書，是那本《海百合的傳說》！

我右手一直按著那枚花瓣，於是畫面不斷地往回倒：那個女人和阿豹在一起纏綿、並且密謀著什麼；那個女人和董事長舉行盛大的婚禮；那個女人在採訪董事長；那個女人竟然出現在地鐵的地下通道裡，從擁擠的人群裡往外鑽，一群警察走了進來，再倒回去，她手裡拿著四五件高級的連衣裙，她在打電話，顯然是她給這些警察打的電話，再倒回去——那正是那些可憐的Burberry時裝，販賣這些時裝的正是當年曾經一文不名的我！

再也沒有比這些畫面更令人驚奇的了！

所有的記憶如潮水般湧來：是啊，當年，倒楣的我最慘的時候曾經到地鐵通道下去賣過時裝，不但沒賺一文錢，還被請到警局去作了客。而當時，我並沒有想那麼多：爲什麼恰恰警察就在那一刻出現？而現在，終於眞相大白，元兇就是那個在人群中閃了一下的小狐狸臉，她至少拿走了我五件高級時裝，價值B城幣種至少二十餘萬元！

我說怎麼會覺得她似曾相識，原來如此！

我瘋了似的按住花瓣不撒手，時光不斷倒流，我終於讀懂了一個完整版的故事：原來這個女人就是那個著名時尚雜誌的副主編，她勾引了有婦之夫阿豹，就在那個我與天仙子曼陀羅相識的西班牙現代舞之夜，她和阿豹一起羞辱了天仙子，造成天仙子的離異，曼陀羅從小就受到家庭變故的侵擾。然後，她逼阿豹賺錢，害得阿豹坐了監獄，然後她又與阿豹合謀做局，嫁董事長銅牛爲妻，花著銅牛的錢，享受著阿豹的愛撫，然而天仙子的一本書又讓她妒火中燒，她給銅牛留了字條，然後去整容，把自己整成了一個科幻美女，然後去了B城，通過欺騙手段獲取天仙子的信任，借機剽竊了天仙子的新作，同時又用錢把評論界買通，最後竟成了B城最美最有才華的女作家，並且在老虎床上完成了她的心願：讓阿豹去導「她的新作」《煉獄之花》，她當然知道阿豹會盡心盡力，另外她也利用老虎的弱點，讓情夫去爲自己賺更多的錢——如果不是我和曼陀羅的聯合行動，她簡直就可以上天入地了！

在二審敗訴之後她並沒閑著，她居然又殺了個回馬槍，在曼陀羅夜店開張的時候回到了銅牛身旁，而現在比她年輕至少十五歲的曼陀羅獨守空房，以吸毒來排解自己的空虛，而她，卻竟然又讓銅牛回心轉意，這個女人，她到底手裡有多少法寶?!

我想起羊皮書裡的一句話：女人對待男人的法寶，絕非美麗或者才華，而是一種獨特的腥騷味兒。

是了，以天仙子的美麗和才氣，以曼陀羅的荳蔻年華和絕世聰慧，都鬥不過一個全身腥騷味兒、伶牙俐齒、能屈能伸、善於察言觀色的賤女人！

何況阿豹，何況銅牛，甚至老虎！

答案就在這兒，就在這朵神奇的花裡——這太好了，這是上天的錄影——它可以作爲我們徹底打敗這個女人的鐵證！

天空已經出現了曙光，我轉過頭，看到詹悲傷中不乏嚴厲的目光在盯著我，他的嘴巴蠕動著，輕輕說了一句話：「百合，你違約了。」

天亮了，僕人把各種報紙送來，我看到B城的報紙上有一整版，報導了曼陀羅跳樓自殺的消息。

Chapter

16 海百合王子

直到這時他才朦朦朧朧地感覺到，他與這個女孩的前世淵源，也許就來自於那些人類祭拜月神時供奉的曼陀羅花——有一瓣沉入了海底，鑲嵌在了他的腳下，而另有一瓣兒，鑲嵌在了一個女孩的臉上。

儘管B城這些年很熱鬧，然而曼陀羅的跳樓自殺依然撼動了這座城市。

首先是B城的那些大牌明星們，他們已經習慣了曼陀羅美麗的夜店，習慣了帶著情人或者紅粉知己到那裡去消磨無聊的夜晚，他們眞心地喜歡這個永遠只留一種髮型、永遠蓋著半邊臉的漂亮年輕的店主，他們中有很多人介紹她去客串電影，卻都被她婉拒。她尋找了各種各樣拒絕的理由，但是只有一位曾經作過國際名模的大牌知道她眞實的想法，當時她們一起喝著馬爹利，帶著幾分微醺，曼陀羅說她本來想演跨國題材的《珍珠傳》，但是因爲編劇太平庸，她現在寧可等一等，第一部電影一定要演她母親小說裡的女主角，那個叫做《煉獄之花》的故事太淒美了，那個女主角也很合適她，最重要的是，她預測這部電影無論誰來拍都能拿國際獎，最後她帶著微笑問：「您知道煉獄之花是什麼嗎？……它是遠古人類對迷藥的別稱。」——至今，那位國際名模都記著她當時那種奇怪的笑容：那是想像中的當夏娃犯罪被逐出樂園之前的微笑，是一種因徹底絕望而生成的美麗。

由B城所有大牌明星發起，要爲曼陀羅開一個史無前例的隆重的追悼會，但是最後卻沒有開成——這原因讓人匪夷所思——竟是因了她的母親，那個過氣了的女作家天仙子。天仙子自從染上了收藏燈泡的癖好之後，已經以自己的方式與外界徹底隔絕。她常常會陷入一種奇怪的幻覺，她覺得，有時候身體會飛起來，就像一張撕下來的黃曆，越飛越薄，變成一抹淡去的月光，被風颳來颳去，她認定風就是她前世的仇人，總是使勁地擰她的衣領，她覺得自己隨時有被勒死的危險。

她終於懂得，一個人在最無助的時候才是眞實的自己。她懸在空中，被風虐待，連自己也不知道會停在哪裡，或許她很快就會變成她以前夢中那片風乾的臘肉？想到這個，她並不傷感。她已經不像以前那麼容易感傷了。她最終發現了對付周圍世界的祕密——把內心掏空，只留下自己的影子，把目光彎曲起來，像隻小貓那樣蜷縮蠕動，找個避難的巢穴，藏起不會說謊不會彎曲的舌頭，然後厚著臉皮去面對一盤甜食。美麗的女人肉體，早已從幸福和美滿中剔除，只剩下一兩塊殘缺的骨頭。這個城市殘存的人們，從來排除暗淡的意象，大家都在努力塑造光明和美好，可惜越塑造，光明美好越離人們遠去。所以，過氣女作家決定，要眞正用雙手塑造一個屬於自己的光明和美好。於是她跪在女兒的屍體旁，把收集來的各種燈泡一個個地壘起來，建成一座造型奇異的陵墓。奇怪的是，沒有什麼人來阻攔她，人們只是站在遠處看著，漸漸地圍成了一個大大的圈子。連巡警也被她臉上的莊嚴鎮住了，幾次想干涉卻又不敢輕易開口。

誰也沒想到，天仙子的願望竟是由銅牛來最後完成的。當她用顫抖的提前進入老年的手搭起了最後一顆燈泡時，銅牛來了。她看了銅牛一眼，面對這個殺害女兒的劊子手，她面無表情，倒是銅牛哭得鼻涕一把淚一把的，銅牛從小就會玩無線電修半導體，這時他跪在那裡接上了電源，於是所有的燈泡亮了起來——有如一座燦爛的宮殿，照亮了這個城市。

銅牛好像是個男巫，拿起魔杖說聲變，一切就都變了，燈泡們變成了透明的花朵，散發出閃電般的氣息。冰冷的寒夜裡有了溫暖的光，散落在周圍的人群慢慢聚攏了，因爲大家都怕冷，怕黑暗。有一個人在光影中說：「從來沒有見過這麼美麗的陵墓啊，比古代帝王寵妃的墓園還要華麗！」於是大家在朦朧的光線裡喝起酒來，他們喝一點，再向陵墓灑一點，這座奇異的陵墓立即充滿了酒香。銅牛親自爲天仙子斟了一杯酒，天仙子連想也沒想便一飲而盡。於是大家輪番向她敬酒，她把所有的酒都喝了，她覺得世界變成了一片紅色，她得意自己終於完成了光明與美好的塑造，然而在那一片紅色中她突然認出了一張熟悉的臉——她本來覺得她再不會看到那張臉了，那個女孩已經離她遠去，可是明明，她又回來了，那個此時此刻天仙子最需要的女孩。

2

當曼陀羅如同一片樹葉般從樓頂慢慢飄下來的時候，睡在深海海底的海百合王子突然驚醒。他眼前一片強光，原來竟是海王星強烈的光芒，幾乎晃花了他的眼睛。接著，他感覺到自己腳心上的曼陀羅花一陣劇痛，同時，他聽到海王低沉的聲音：「王子殿下，你的曼陀羅花大概要離開這個世界了，我想你應當去看看她。」

腿已經被奶奶徹底治好的王子，自從回到海底王國之後，沒有一天不在想念那個曾經百般虐待他的無情無義的女孩，以致今天還不曾婚戀。這種感覺眞的太奇怪了。無論是可愛的貝葉還是漂亮的海星，她們的示好都無法打動他，父母的催促在他就是耳邊風，他今天才追問自己的內心：他的心靈深處到底發生了什麼?!

是的，無論他多麼不願承認：曼陀羅——那個奇美又怪異、狠毒又冷酷的女孩佔據了他的心。

趁著夜色，他匆匆戴上了他的面具，就那麼浮出海面，來到了人類世界。

幸好夜色正濃，街道上並無一個行人。他飛似地跑向那個他曾經熟悉的宅邸，看見那個他曾經恨之入骨的美麗妖精正在血泊裡掙扎著——曼陀羅從樓頂跳下來的時候並沒有立即斷氣，她還活著。讓他驚訝的是：她臉上的那個曼陀羅花的印跡，正在一秒鐘一秒鐘地消退！他突然感到——那也許就是她生命的體徵！他突然覺得，他能救她，就在那一瞬間，他想出了一個匪夷所思的法子——

曼陀羅作夢也沒想到，她生命中最後的景象，竟然是一個似曾相識的年輕男人，那個男人好像非常悲戚，那個男人的黑眼睛裡汪著淚，那個男人說：「曼陀羅，我得到海王的召喚，趕來救你。」

頭上流著血的曼陀羅輕輕張了張嘴，曼陀羅說我認出你來了，你是百合的哥哥，你想怎麼救我呢？

那個男人的淚水溢出來了，那個男人說你知道嗎？你臉上的那朵曼陀羅花正在消失，那個印記也許是我們生命的共同的體徵，現在，我把它給你，我也許可以替你去死。

眼睛已經被鮮血糊住了的曼陀羅呆了一呆，竟然發出一陣弱弱的笑聲：「你眞可愛，傻孩子！你把我感動了。你讓我知道，原來這個世上還有人愛我。可惜我愛的不是你。……我記得，曾經答應你妹妹，要在她的婚禮上送給她一件特別的禮物，你知道是什麼嗎？如果方便請你告訴她，在我死去的九九八十一天，打開我的陵墓，她就會得到那份獨一無二的禮物……別傻了，趁著天還沒亮，趕快回到你的世界吧。要不然，那些討厭的人類又會找你的麻煩……」

這是女孩曼陀羅留在世上的最後的話。

海百合王子緊緊地抱住這個正在慢慢變得僵冷的身體，淚如泉湧，他親眼看著那朵曼陀羅的標記一點點地離開她的臉頰，他用自己的眼淚揩乾淨她的臉，那張臉因爲沒有了那青色的標記而顯得異常乾淨和美麗。她是個美麗的女孩子，太美麗了，他捨不得放開她——直到東方現出第一絲曙光，海王親自用一陣強烈的風把他捲走。

直到這時他才朦朦朧朧地感覺到，他與這個女孩的前世淵源，也許就來自於那些人類祭拜月神時供奉的曼陀羅花——有一瓣沉入了海底，鑲嵌在了他的腳下，而另有一瓣兒，鑲嵌在了一個女孩的臉上。

3

她們仍然約在老地方——那個法國餐廳——儘管法式餐點已經由於價位太高而變成了大眾化的「王品牛排」。

暗淡的燈光下，天仙子的皺紋依然清晰可見——她眞的老了，百合在心裡哀歎：從初次見到她到現在，她的變化實在是太大了！她再不是那個美貌性感絕頂聰慧的女作家，而是個半老的婦人了——一個心地單純的人，眞是禁不得精神摧殘啊！

天仙子的自我感覺倒還不錯，見到百合，她覺得自己混亂的思維一下子清晰了，她有了安全感，一直憋在胸中無法直言的話突然以詩意的形式湧了出來，令百合目瞪口呆。

天仙子說，我們從小被教導要追求眞理，可是我現在倒是覺得，從現實出發，還不如學習如何製造比眞理更合邏輯的謊言呢！那樣的話大家都會輕鬆得多。

天仙子說，我一直都忽略了一個問題，那就是：在我們這個城市中，權力就是一切，我們這些沒有權力的人，還是老老實實恭恭敬敬地向權力鞠躬吧。

天仙子還說了些令人費解的話，她說別愛這個星球，這個星球早晚會滅亡。別愛城市，這個城市不久就會破碎。別愛人民，人民不過是一些恐怖的大多數。別去看你小時候經過的小溪，不然那水裡出現的臉肯定會讓你自己嚇一大跳！當然，也別愛男人，別愛女人，甚至……甚至別愛自己的兒女，她說到這裡明顯地哽咽了一下，然後接著說，總之除了自己誰也別愛，不然，不然的話會受重傷！內部所有的臟器都會毀壞，就……就像我現在這樣！……

天仙子終於無法忍受，痛哭起來。照百合看來，她哭的樣子至少比剛才說話的樣子好看得多。

不知過了多久，天仙子的哭聲才漸漸平息。百合一直沉默著，她知道自己現在所能說出的所有話都是廢話。

然而，她的內心並沒有沉默，她的內心在翻江倒海——她想起那個不尋常的夜晚，當詹發現了她的違約時的痛心疾首。當時她不但沒有認錯，反而得寸進尺地請求，請求詹允許她把那個奇妙花朵中的關鍵段落錄下來，以作爲終審中的關鍵證據。詹當然不會同意，詹驚異地看著她，詹說：你瘋了。

天仙子的哭聲攪擾了她。

天仙子的淚水是湧在心頭的血，是壓在地殼下的岩漿；天仙子是人類僅存的碩果，因爲她具有敏慧、優雅、懷疑的心靈，一直在探索著善與惡，到現在才剛剛明白，人類惡毒的智慧在這地球上無以倫比。她剛剛明白，應當使用模稜兩可的詞句，而把明晰的詞句丟給辭彙收容所。她剛剛明白，只有享有話語權的人才享有判斷力。她剛剛明白，這個時代的幽默也已經變成了諂媚者的幽默。她剛剛明白，人們如此熱愛死人，只有當人死後才能獲得一絲眞情——她心愛的女兒曼陀羅就是最好的例子。

但是她明白得太晚了。

在天仙子的淚水中，百合下了一個天大的決心。

在痛哭之後，天仙子終於出示了一張有價值的紙條，上面寫著：

爸爸，請你離開那個女人，過去，她搶走了媽媽的愛人，現在又搶走了我的靠山。她是個惡魔。女兒絕筆。

百合想，這就是了，這一定就是那天晚上看到她驚恐萬狀的時候寫下的那幾行字。

已經被停職的老虎陷入可怕的境地之中。

整夜整夜地，他無法入眠，他想不通，爲什麼那麼多貪婪的人得不到懲治，而他，一向清廉、只不過偶爾犯了一點小錯，而這小錯尚未實現，他便永遠失去了董事長的信任，便徹底喪失了進取的機會！

一開始他恨百合。都是因爲這個生瓜蛋子！聯合那兩個傻B小騾和番石榴把事情搞砸；然而當他得知，那個誘他入甕的科幻美女又回到了董事長的床上，他內心的火焰才眞正燃燒起來。他花錢請了私家偵探調查那個女人——那個錢是很貴的，但他不吝一擲千金——因爲此事還不僅僅關係到他本人的名譽，更多的是他無法忍受被一個女人玩弄了自尊！老虎的自尊在圈內是有名的，爲此，他多年來寧可禁欲也不願染指任何緋聞，連他認爲極其安全的天仙子，他也是適可而止，及時鳴金收軍。

他自認爲很會「聞香識女人」，沒想到卻栽在了這樣一個女人手裡，而這個女人竟是董事長的情婦！

他曾經懷疑其實是董事長玩的試探把戲，後來兩三個回合下來，他又覺得事情遠不像他想像的那樣。事情比他想像得複雜得多。「比人還精」的老虎第一次在「人」的面前一籌莫展了。他吃不下睡不著不願見人形同軟禁，成天圍著他的那些人也似乎在一夜之間消失殆盡，讓他明白了人情冷暖世態炎涼虎落平陽被犬欺的滋味。這對於一個一向慣於發號施令前呼後擁運籌帷幄決勝千里的男人來說，簡直比死還要痛苦！

一切都歸罪於那個女人！他惡狠狠地想。眞是智者千慮必有一失啊！早知如此，寧可跟百合那個生瓜玩點柏拉圖，也別沾這個腥啊，早就知道世上沒有免費午餐，怎麼還會犯這種低級錯誤！這麼想著，倒是覺得這世上還是那個稀有的生瓜小百合可愛，雖然有時候也能把人氣得要死，可她心裡乾淨，從不藏汙納垢，用不著想起前輩領袖「以革命的兩手對付反革命的兩手」的教導，用不著那麼累。

老虎起來喝了口酒，然後竟然咕嘟嘟地大口喝起來，這些時他頻頻買醉，偶爾清醒的時候，他會自言自語喋喋不休，他會下意識地打開冰箱，用手指撕著放了好幾天的熟肉，酒就在好久沒刮的鬍子上滴淌，他會面對鏡子扯下脖子上的金鍊子，突然想起那個科幻美女，就在這面鏡子前解開她的頭髮，拿一枚玳瑁梳子，慢慢地梳那頭黑油油的長髮，然後往裸體上噴灑CD香水。她的乳房很像他現在用的酒杯形狀。在那段時間，老虎竟然第一次拿起了菜籃子，因爲那個女人不喜歡到餐館吃飯。

菜籃子仍然在那兒，那上面還放著幾隻洋蔥。椅臂上還有一支長襪，一件壓皺的衣裳，那是她留下來的，有時她會撒嬌地把腳丫放在他的臉上，他的臉會感覺到她腳趾的柔嫩和溫暖，他會因她的腳而心安。

午夜的敲門聲迫使老虎放下酒杯，他踉踉蹌蹌老大不情願地去開門，他眞的沒想到，來的是個年輕女子，不是那個科幻美女而是百合，確切地說是長大了的百合。長大了的百合竟然如此美麗，他驚訝地發現其實她比那個科幻美女要美得多！因爲她的美透露出一種生動與眞實，老虎透過醉醺醺的眼睛，看到百合堅定凜然的神態。百合說老虎你願意在高院爲天仙子作證嗎？

這時黎明初起，老虎看到在微光中，那只菜籃子正在慢慢被晨光撕毀，鏡子前面慢慢出現閃著玫瑰色的紫金，他分不出是陽光還是珠寶照花了他的眼睛，但他明白：長夜將盡。

5

百合再度返回摩里島的計畫沒有告訴B城的任何人。她在得到老虎的書面證詞之後就買了機票，直奔摩里島。當她來到雷米餐館的時候，小騾和番石榴已經坐在那兒等她了。

她記起和番石榴第一次見面的情景，那時她把番石榴想像成一個深不可測的女人，可隨著接觸她漸漸了解，番石榴實際上是個再簡單不過的女孩，不過是虛榮心比較強、生活上比較隨意罷了。番石榴無論和酋長或者阿豹睡覺的目的只有一個，那就是想上戲，想當女主角，除此之外，番石榴每天的事情也就是接接長髮、做做手臘、裝裝假睫毛，外加偶爾做做SPA，電波除皺、光子嫩膚什麼的，再就是大mall on sale的時候去買點打折的時裝，如今又學會了上淘寶網，網上有一項叫做「全球掃貨」，番石榴掃起貨來可不含糊，遇上A單，做的以假亂眞，什麼香奈兒、凡賽斯、亞曼尼、普拉達……所有一線大牌子番石榴都買了，花的錢還不到正品的萬分之一，番石榴樂此不疲。

想想也怪可憐的，從曼陀羅那時候起，番石榴就爲了上戲和酋長睡覺，接著，又爲了上戲陪侍阿豹，可萬沒想到鐵定了的女主角又中途砸鍋了，現在的戲小騾是編劇，多少年都沒追上番石榴的小騾如今立即成了香餑餑，在她眼裡，連小騾的翻鼻孔都成了成功者的特徵——小騾對此受寵若驚。

百合覺得自己變壞了——她正在利用番石榴的弱點達到自己的目的，儘管這目的是爲了救一個朋友，但她心裡依然覺得不那麼光彩。

百合直截了當地說：番石榴，明白告訴你吧，雖然現在老虎被撤了，阿豹還關在監獄裡，可我依然是專案負責人。董事長對我的信任依然如故。所以如果你要爭做女主角的話，首先就要幫我做件事。

如她所料，番石榴立即忙不迭地眨著那雙安著假睫毛和美瞳的大眼睛，忽搧搧地說：「百合好姊姊，你說吧，我聽你的。」

陽光直射下來。百合和番石榴、小騾之間有一張桌子，桌子上有三隻玻璃杯。百合看見小騾的肘上皸裂的皮膚碰著閃亮的桌面，她不知道那桌面是什麼質地的，只能看見那上面甚至能映照出番石榴精心脫過毛的腋窩，以及她下頦陰影的輪廓。她從倒影中看到一滴汗珠在番石榴那微微翹起的唇上慢慢變大，大得好像要滴下來……百合突發奇想：如果我要突然掀翻了桌子，這兩個人會怎麼樣？這麼想著她忍不住微微地笑了，笑得對面坐著的兩個人莫名其妙。

看著那兩個人惶恐的神情，百合覺得時機已到時，她神態堅定地盯著番石榴，一字一字地說：「去吧，找到阿豹，想辦法讓他爲天仙子出庭作證。」

「……可是……」番石榴的聲音裡已經帶了哭腔。

「沒有什麼『可是』，你只能完成任務，不能講任何條件。」百合把錢扔在那閃亮的桌面上，起身走了。番石榴看見那錢裡還裹著一張紙條，上面寫著：「爸爸，請你離開那個女人，過去，她搶走了媽媽的愛人，現在又搶走了我的靠山。她是個惡魔。女兒絕筆。」錢和紙條裹在一起，倒影像是一團休眠的海百合花，無法伸展。

百合走進餐館的盥洗室，面對鏡子細細地端詳自己的面容，然後拿出一點簡單的化妝品修飾——她是從不化妝的，可是今天，她知道自己面臨著一次重大的人生轉折——詹究竟是否能夠原諒她，她心裡眞的沒底。假如詹不能原諒她，她眞的不知道自己是不是能夠承受那種突如其來的痛苦——她只記得臨別匆匆，詹又痛苦又生氣，她來不及解釋也來不及撫慰他。

她慢悠悠地、一點點地勾勒著自己美妙的唇線，回憶著那令人銷魂的初吻。可是鏡子裡出現了另一個人的臉——那是一張不合時宜的臉。她沒有轉身，如今她沉靜多了。她只是看著鏡子裡的那個壯碩的男人，那個男人的嘴巴開始動了，男人說對不起，尊敬的海百合公主，從一開始我就知道你的身分。我沒有阻攔你和詹，是因爲我知道你們將會有一段因緣。但是現在這段因緣結束了。這起因正是由於你——你違反了摩里島的古老規則，這規則是示巴女王親自制定的。詹不會原諒你了，請你走吧。

百合這才優雅地轉過身，雙目直視著這個健碩的中年男人：「請問酋長先生，這番話是你自己的，還是代表詹的？」

那個男人怔了一下，馬上抖動著厚嘴唇，清晰地說：「當然代表我自己，但同時也代表我們古老的摩里島，我是有權力說這些話的，我是摩里島最古老家族的酋長。」

「我知道你的口才很好，還有偷換命題的才幹，譬如，你剛才迴避了我的另一個問題：是不是代表詹。你說你可以代表摩里島，但我想你絕不可能代表詹。」

「是的，我不代表他。」酋長的臉上突然浮出一絲古怪的笑容，「詹自從繼承王位之後，很少有時間接見我們了。不過公主殿下可能不大明白摩里島的制度。摩里島有著世界上最爲人性化的制度，那就是，人民有權力擁戴一位君主也有權力廢黜他——假如他以權謀私、置摩里島神聖的祖訓於不顧的話。」

「你在威脅我。」

「我從來沒有也從來不想威脅你，親愛的海百合公主。不過我想提醒你，你現在其實已經同時違反了兩個世界的規矩。你違反了海底世界的規矩：把迷藥傳播到了人類世界；同時你又違反了人類世界的規矩，違反了我們摩里島的規矩。我勸你懸崖勒馬我的殿下，否則，你會在劫難逃！我說的是眞話，到了那時候，就誰也救不了你了……」

百合微微地笑了：「尊敬的酋長先生，由衷地謝謝您的勸告。但遺憾的是，我已經走向了一條不歸路。這點，我自己心裡比什麼都清楚。可是沒辦法。我不能停止。我不能眼睜睜地看著我自己眞心喜歡和敬佩的人垮掉，她應當是我進入人類世界的第一位老師，我不能袖手旁觀，何況，這遠不是她一個人的問題，這是阻止人類世界迅速墮落的一個重大步驟，我要幫她打贏這場官司，無論她的對手背後站著什麼人。我要向世人證明，權力和金錢並不是唯一的！這個世界上，還有正義！還有靈魂和律法的精神！這是上天向我們饋贈的純潔無瑕的禮物，這是神恩。」

那個健碩的男人顯然是被震撼了，他嘴角邊的肌肉痙攣了一下，一直帶著譏諷目光的眼睛慢慢垂了下來，然後輕輕搖了搖頭：「公主殿下，你這番話讓我非常感動。不過，這番話除了文字方面的意義，什麼也沒有——你中那本羊皮書的毒，實在是太深了！」他深深地鞠躬，默送百合離去。

6

眼見著只剩最後一節，天仙子卻一個字也寫不出來了。

她在扉頁上寫道：「僅以此書獻給我的愛女曼陀羅。」可是一想起曼陀羅，她的手就會發抖。書中的文字就會變成白色，晃動著一點點褪去，她很希望女兒托個夢，告訴她所有發生過的事，但是沒有。

每天，她似乎只能聞見一股腐朽的氣味，她想那是她自己的。不然，怎麼會所有人都在躲著她？她那麼深愛的前夫，怎麼會遠離她，跑到另一個女人的懷抱中去?!她的女兒是驕傲的，看起來冷漠自私，可只有她知道，女兒一直以來都在故意折磨自己，在自虐——女兒一定是受夠這個世界了，她不再想看到人類的臉。

天仙子自以為徹悟了一切，可她的問題是依然無法擺脫思念，對女兒的，甚至對前夫的。那麼深深傷害了她的丈夫，她卻依然在擔心著，他究竟怎麼樣了？聽說他是坐監了，而且是由於攜帶毒品，她知道前夫是不會這麼做的，一定是有人陷害。

天仙子站在陽臺上面對黑暗的天空，覺得死神就站在身邊，恐懼不再是精神的，而是完全物質化地控制了她，她覺得恐懼就藏在脊椎骨下面的什麼地方，從那個陰冷的地方慢慢升上來，在頸椎處打著旋兒，好像有個耳語在說：不要睜眼，不要睜眼——像是聽見了相反的命令，她猛一睜眼——什麼也沒有。就在這時候，窗簾慢慢地掀動著，是風，她想。曼陀羅也許根本沒想死，就是被風捲走的，完全是個偶然事件。

可是那個耳語般的聲音突然放大了：「趕快燒掉你那倒楣的羊皮書吧！立即撤訴！否則後果不堪設想！」

是女兒的聲音！天仙子的恐懼已經升到了頭頂，她面對黑暗尖聲叫著：「曼陀羅，是你嗎？你沒死對嗎？你出來啊，媽媽想死你了！……曼陀羅，你在哪兒?!」

「我不是什麼曼陀羅。不過我可以告訴你，百合來自另一個世界，為了你，她現在面臨危險。希望你以大局為重，如果再次開庭，希望你主動撤訴！」

聲音不大，但是鏗鏘有力，不容置疑。

天仙子猛地關上陽臺的門，把自己鎖在黑暗裡。但是那聲音不斷地迴響，一直鑽進她的腦子裡，引起劇痛。

她看見自己的家轉瞬之間呈現出地獄般的景象，她倒在地上，想抓住什麼東西，只有窗簾是她抓得住的，那絲絨般的手感如今變成了滿手芒刺，天仙子痛得嚎叫起來。這是個疲憊不堪的夜晚。陽臺外面的B城照樣燈紅酒綠。天仙子突然明白，那種腐臭的味道其實是時間的味道，時間就藏在這座城市的軀殼裡，變成了見證歷史的乾屍。

是了，她在疼痛中想，早就覺得那孩子不屬於人類世界，果然是的。可我怎麼燒羊皮書啊？唯一的一本就在那孩子手裡……不不，我不能認輸，這是我活著的唯一理由了！

她猛地打開窗，直面窗外的黑暗。

她用盡全身的力氣向黑暗叫喊：不，我不撤訴！我不撤訴!!

7

百合久久注視著天空，盼望海王星的降臨。

讓她傷心的是，御花園裡那些可愛的動物們，再也不和她親熱了。牠們看見了她就遠遠地離去，在很遠的地方，用警惕的眼睛來觀察她。

百合盼著海王星的降臨，是希望他能給自己一點新的能量。她的能量，已經快要用盡了！

最重要的，是希望海王星暗中的保佑。她有生以來第一次感到了害怕——怕失去她的詹，她全心愛著的人。

原來愛是這樣的！過去她多麼看不起那種人類之愛啊！比起愛情來她更熱愛自由，可是現在……她等的時間越長她也就越絕望——她明白自己違背了摩里島的祖訓，不但害了自己更害了詹，詹一定在元老院接受著最殘酷的批評和懲罰，她的心一點點地揪了起來——爲什麼世界總是把人逼向兩難?!爲什麼宿命永遠要把一個人的初衷改造，讓他在困境中變成一個他完全不願意做的另一個人，假如他不能用一種很漂亮的自欺方式找到解釋的時候，那麼他的死期也就到了！動物的態度已經給了她警示——詹不會原諒她的，不會的，還有最可怕的是——他不再愛她了！

她靠在那株凋謝了的月亮花旁拚命睜大著眼睛，她知道，她稍一閉眼就會睡著，也許再也無法醒來。她看見月亮小小的像一塊蛋白石。她恨它，也許正是因爲它的存在，海王星才不敢貿然出現。可是……慢著……她看見那塊小小的蛋白石長大了，長大了，變成了一座巨大的冠冕，然後她看見月亮花慢慢地綻放了，花影背後，是那張親愛的臉。

她撲上去，自己同時也被緊緊地裹住，她覺得肉體完全不是自己的了，嘴唇和眼睛裡的光影迅疾地閃現和變幻，分不清是她的，還是他的，她覺得自己就像是一隻受傷的小狗在鑽向一個避難所。她鑽啊鑽啊，總覺得還不夠安全，還不夠熱。他們狂熱的吻就像是神界的金鏃箭，箭箭都射向了靶心，月亮花盛開了，一朵朵地雪花般地落下來，淹沒他們，他們在花朵中尋找著對方的一切，也許愛情本身便是犯罪的基督，但是他們同時中了魔咒，無法自拔。罪嗎？是你的還是我的？祕密嗎？是你的還是我的?!

詹把戒指套在百合胖乎乎的手指上，戒指閃亮的奇光沖天而起——海王星終於升起來了。

可愛的動物們終於怯生生地圍了上來，爲他們祝福。

詹親自打開了月亮花的水晶片，向百合坦白了自己所有的祕密。

當然，那祕密的核心便是他被那三個女妖迷惑的陳年舊事。

然而，詹犯了一個巨大的錯誤——他忘了，熱戀中的情人是不能坦白的。

百合呆了。

百合在一片祝福聲中，把戒指扔還給了詹，奪路而逃。

Chapter 17

黑雨

我看見天空越來越黑暗了，就像一個巨大的罩子慢慢往下壓著，天空雲層翻滾，好像黑色的海嘯前的海浪，一浪浪向上狂撲。狂浪突然變得腥味撲鼻，呵……那裡面雜了腔腸動物的體腔，所有搏動的經絡和軟組織，所有墜落的軀體，慢慢在烏雲中粉碎……

最高法庭上，法官們如同紙糊的偶人一般顯得可笑而機械。光線從天窗上灑下，照著原告、被告、律師和證人。我突然覺得這一切都很滑稽。

勝訴是必然的，老虎親自趕來作證和阿豹的親筆證詞，最關鍵的，是來自那台奇異花朵中的神祕錄影——當時我試了很多次都失敗了，最後還是詹出了個主意，反時間順序，倒著錄——這樣匪夷所思的方法竟然成功了！我心裡明白詹會爲此付出巨大的代價，但是當時我並沒有感謝他，因爲他向我坦承的一切讓我感覺到一種突如其來的痛，假如不是因爲官司的事分心，我當時就會崩潰。

好了，我們還是把場景轉向法庭吧。當時我出示的這一段錄影震驚了所有的人，包括泰山壓頂不眨眼的法官，每臨大事有靜氣的銅牛，甚至那位科幻美女本人。

她抬起眸子，深深地看了我一眼，就是那一眼，我竟然感覺到了迷炫，一股散發著毒氣的香霧撲面而來，我幾乎站立不穩。不過我仍然站住了——我知道我已經爲人間的這些爛事消耗殆盡，我覺得自己是在用最後的能量與邪惡較量。

也許我當時的臉色十分慘白，以至於老虎悄聲問我：「你還好嗎小百合？」我沒回答。假如是以前，我的易感的心又會感到一陣小小的溫暖，但現在沒有，我覺得自己的心正在變得冷硬。

法官的判決已經是順利成章的了——這是終審判決。令我想不到的是，那連LV也遮擋不住肥肉的銅牛，竟然走上前去，狠狠地搧了那個科幻美女一個耳光！

這一個耳光打得山搖地動，那女人晃了一晃，竟然一瞬間打回原形——又變回了那張凡俗的臉，那個時尚雜誌副主編的臉，那個藏在人叢中悄悄發簡訊陷害別人的小狐狸臉——銅牛嘴裡痛罵著：「……你這個臭婊子！臭婊子!!你騙了老子！你竟敢騙老子說，你是爲了博得老子的愛才去忍痛整容的，才去學習寫作的！感動得我眼淚嘩嘩的！他娘的你學個球！原來你一直都在騙我，一直都在騙我!!你和你的那個姦夫串通一氣在騙老子的錢，我問你，你到底騙了我多少錢?!到底多少?!到底多少?!……」

假如不是法警們下死勁地拉住，罌粟當場就會斃命。我看見罌粟的血從她的鼻孔裡流出來，是黑的。那黑血沾上什麼，什麼就會突然像被強力硫酸燒了似的，銅牛LV的褲角被燒了一大塊，假如他不是當場把那條價值連城的褲子脫下來，那麼就極有可能發生危險。法官大驚，匆匆宣布閉庭。人群顧不上看銅牛滑稽裸露出來的肥白的大腿，蜂擁而出。黑血不斷蔓延出來，凡不小心踩到的，鞋底就會燒成窟窿。

我被人群擁擠著，裹脅著，出得法庭的時候，外面的天色竟然已經暗了，我努力尋找著海王星。不，不對啊，有什麼地方不對！如果我沒記錯的話，現在應當是下午五點，以現在的仲秋季節，暮色不會在這時降臨，可是我看見天空越來越黑暗了，就像一個巨大的罩子慢慢往下壓著，天空雲層翻滾，好像黑色的海嘯前的海浪，一浪浪向上狂撲。

狂浪突然變得腥味撲鼻，呵……那裡面雜了腔腸動物的體腔，所有搏動的經絡和軟組織，所有墜落的軀體，慢慢在烏雲中粉碎，我的呼吸變得困難，所有的貯水槽都汪著黑色的血──我奮力仰頭，卻看不見海王星，但是在我重新低下頭來的時候，最恐怖的事情發生了──人群不見了，四周一個人影也沒有。只有一條黑色的血，用快於時間的速度，緊緊追蹤我。

我知道──那是罌粟，我毀了她的一切，她是不肯放過我的。

我拚命地跑向大海。

我要馬上回到我的世界！天哪，是世界末日來臨了嗎？爲什麼空曠的街上空無一人？空氣中那種罪惡的遺香繚繞不絕，難道人們都被熏死了嗎?!

黑血像一條鋒利的線筆直地追向我，海王星始終沒有出現，天空有的只是暴怒的烏雲，我向他們揮手求救，得到的卻是海嘯一般的低吼。

暴雨突然傾盆而落的時候，我看見了海岸線。

海岸線邊的岩石變成了鏽色，躍出海面的巨大藍鯨竟被巨浪拍成了粉末。我向著大海高喊：「快讓我進去！快讓我進去!!我是海百合公主！我回來了!!──」

可是沒有人回答我。

我驀然想到是面具！人類的面具還沒有摘，我竟然糊塗到了這個份上，不摘人類的面具就想進入海底，那怎麼可能──可是，老天啊，我的面具怎麼也摘不下來，人類的面具，我再也摘不下來了!!

媽媽的話就在耳邊：「記住，你在人類世界，依然要保持自己純潔的心靈，要用善良和悲憫對待一切，甚至惡行。不然，你就再也回不來了。」

「爲什麼?媽媽?」

「因爲在那時候，你的面具就再也摘不下來了。」

天哪媽媽，你的話不幸應驗了。我的面具的確是摘不下來了，它長在了我臉上，它長上去了，成爲我身體血肉的一部分，是因爲我沒有用善良和悲憫對待惡行，而是以惡制惡嗎?!天哪天哪!可是媽媽，難道你能看到惡人施惡而坐視不管嗎?!

我違反了神界的規矩，同樣也違反了人間的遊戲規則。我現在就站在海天之間——海天茫茫，卻沒有門向我敞開——那一條利刃般的黑血，離我越來越近，越來越近了!

2

死亡不可避免。

悠忽間，我的心反而沉靜下來。我不再狂奔。我站住了。儘管那浸滿毒素的黑血已經離我不到一公尺遠，我不再怕什麼了。沒有什麼可恐懼的，沒有什麼可遺憾的。表面上我只是幫了一個女人，一個我熱愛和崇拜、表面風光實際讓人心疼的女作家，但最主要最實質的，是我伸張了正義，我沒有錯。

對我沒有錯，對著海天相接的黑色，那些滾在一起的烏雲和黑浪，我竟然開始唱一支歌，這支歌不是我們族類常常唱的「啊索米亞啊你多麼美麗……」而是我們在月圓之夜唱的

「啊，本．堂卡爾……」

當我唱到第七句的時候，奇蹟發生了——突然間，風息浪止。海平靜蔚藍，美如湛玉。天空的雲迅速退去，露出近於紫蘿蘭色的奇幻之美。淡黃色的月亮剪紙一般貼在了空中，簡直不像眞的——這種突然的安靜讓人生疑——好在一隻海鳥飛到了我的肩膀上，悄聲告訴我：「它們是在聽你的歌聲呢，誰不知道海百合公主的歌聲會醉倒整個世界，可是你不要停下來，你看，那黑血正繞著你轉呢！」

是啊，自上古時代，每到月圓之夜，我們就會浮出海面歌唱——當然我們很少會唱本．堂卡爾這樣的歌，因爲前面已經說過，本．堂卡爾便是濕婆神的別稱。雖然濕婆神生於海上，與海王交往甚篤，並且是他把神聖的迷藥配方告訴了海王。但是現在我一無所有——面具摘不下來，而戒指又不在身邊，儘管我相信，他們全體都認出了我，但他們誰也不敢接受我——因爲，正如人類法庭常常發生的那些事一樣，明明知道那個人就是兇手，他卻可以在全世界眼皮底下安然逃脫——因爲證據不足。

然而我知道我的歌聲把他們打動了。豈止打動了他們，我的歌聲還召喚來了一位遠方的客人。

詹的到來比世界末日的景象更讓我驚奇。直到他走近，直到我聞見他身上那種清潔而獨特的體味之前，我都一直認爲，他不過是個幻象。

月光下詹的臉依然很美，依然是男人那種很乾淨很簡約的美。我不知道說什麼才好。他走近我，誠懇地說：「小百合，我現在是平民了，上次給你看的，都是過去的荒唐事，早已了結的，正是因爲那件事，我才感到絕望，才把戒指扔進了海裡——你原諒我了嗎？」

呵……且慢！他爲我放棄了王位！可是……「詹，」我聽見自己的聲音很平靜：「你想過沒有，如果我不原諒你呢？那麼你放棄了王位豈不是很可惜?!」

詹的一雙透明的眼睛直視著我：「我想過了，沒有什麼可惜的。你不會不原諒我，因爲我讀得懂你的心。」

他溫柔地抬起我的手，把戒指套上我的食指，他的眼睛一直沒有離開我，他說：「讓天空和大海爲我們作證吧，就在這裡。」

戒指的奇光一下子直沖天庭，把天幕上暗淡的星星都照出來了，我看見海王星躲在眾星之後，依然猶猶豫豫地不肯出來。

但是那股黑血包圍了我們。

詹不再猶豫，他動作神速地打開那個戒指的暗盒，把所有的迷藥都倒了出來，倒在了那股向我們蔓延的黑血上——

黑血突然直立起來，化成了人形——正是那個科幻美女，她全身都是暗器和血，面目猙獰，她撲過來的時候姿勢優美如同一隻黑色的大蝴蝶，美麗而恐怖——且慢，這種樣子我是見過的！曼珠沙華！是彼岸花——曼陀羅沒有見過卻畫過的那幅畫！——那是黃泉路上的花啊，難道我和詹的生命就要完結了嗎?!

詹緊緊地護住了我，迷藥的芳香與黑血的毒氣同時散發開來，海和天再度動盪起來。我知道，詹已經準備與我同歸於盡——如果海底的迷香無法戰勝這片土地的毒素！

也許那種氣味過於強烈，儘管我消耗掉了所有的能量，依然沒能挺住。

原來死亡是這樣的：蒼穹裡，一顆星滅了。然後又是一顆星。星星們一顆顆地暗淡下來，變黑了，就像手術室的燈一盞盞地變黑了，沒有醫生，看不見醫生的病人是多麼絕望！只能看見整個的天都慢慢變黑了。雪白血紅的曼珠沙華變成了一個巨大的遮天蔽日的罩子，慢慢地向我壓下來。

曼珠沙華的血滴在了我的臉上，是陳舊的血，有奇怪的酸味。

全黑了，如同一個巨大的環形螢幕，全黑了，我還有意識，我知道自己正在死去，正在進入另一個令無數人害怕的世界。

奇怪的是，我不怎麼害怕。

沒有什麼詹，只有我自己。

是的，當死亡降臨的時候，只有我自己。

3

其實我從來沒想到還能回到這個世界。

這不是因爲上帝的仁慈，而是由於：另一個世界也不接納我，那個世界的統治者又把我給甩回來了——瞧，我可眞是個姥姥不疼舅舅不愛、招人嫌的主兒。

可是我終於知道，死過一回的人，就什麼也不怕了。

我不是亡魂，我不過是死而復生而已。

我在海邊。頭上是炙熱的陽光，岩石的尖坡被曬得滾燙，海灣的斜坡和閃閃發光的海螺貝殼，還有峭壁邊人類的船隻。黑色的血沒有了，有的只是清潔的海灘。我跪拜、親吻大地，遠遠的一個孩子穿過物種的迷宮，從遙遠的岩洞入口處向我們走來，那裡是一片含磷的茂密森林。濕草把我從污泥中洗淨，我怔了很久，好像不記得自己此刻是誰，過去又是誰?!我把臉貼在沙灘上，聽見海底世界是一片狂喜的鼓聲。

我很快恢復了真實而不是虛幻的記憶：

勝訴是必然的，老虎親自趕來作證和阿豹的親筆證詞，致使這位化裝成科幻美女的罌粟小姐徹底敗北。

並沒有錄影的證明，自從詹向我坦白了他的過去，我就扔還了他的戒指，走出了他的後花園，再沒回去。

法官的判決已經是順利成章的了——這是終審判決。可當時出乎所有人意料之外的是，穿一身LV以遮擋肥肉的銅牛，突然挑釁式地在法庭宣布：「我要告訴大家的是，我準備斥鉅資投資拍攝《珍珠傳》，作爲我們這個國家的年度鉅獻。我正式宣布，我們這部戲的女主角，經過激烈競爭，確定爲我們美麗性感的粟兒小姐，今天的裁決，完全無損於我們粟兒小姐的形象，相反，還能爲我們這部劃時代的電影加分!」

銅牛的話不幸言中。

當天，AB兩城所有的傳媒便爭先恐後地報導了關於粟兒競演女主角成功的消息，那個官司不過成爲了一碟微不足道的佐料，甚至，有幾家頗有影響的傳媒說，這個官司不過是銅牛老闆爲了炒作自己的電影的一場預謀而已，還有一家大媒體說，這是銅牛與那個倒楣的女作家天仙子的共謀。

官司之後不久，粟兒一行開赴摩里島，其氣派與當年的戴安娜王妃、摩納哥皇后完全可以打個平手。銅牛親自率隊表示對粟兒的力挺，浩浩蕩蕩的隊伍剛一出關，小騾和番石榴便敲鑼打鼓地前來迎接，小騾照例堆著一臉媚笑，帶著千年媳婦終於熬成婆的僥倖與狂喜，推著行李車，兩條小短腿兒搗騰得飛快，勉強能夠追得上番石榴那蹽著模特兒步的長腿。粟兒走在最後，梳S頭，穿繡金狸香雲紗旗袍，瞪著一對科幻片中美麗而無靈魂的眼睛，似乎還有受盡委屈之後深藏的無辜。幾個專業型男做了碎催打雜的，跑前跑後地圍著她轉，張羅。她卻沒有看見一樣，直線式地追隨銅牛那肥胖的後背，出了海關。自然，在走路的時候，她沒有忘記在目不邪視的同時，有意扭出髖骨和胴體的弧線。

番石榴悄悄撇著嘴，對自己女配角的角色表示不滿，這是一個始終吃女主角醋吃了五十年的無魅力女人，周圍的男人無一不圍著女主角轉，連自己的丈夫也不過是身在曹營心在漢而已。可是爲了爭這一個角色，我們的番石榴倒貼著賣了多少次身？會長、阿豹、小騾……但是番石榴忘了，在這個時代，光捨得一切還是遠遠不夠的，要學會討價還價與人交換，要學會策劃於密室，點火於基層，要學會陰謀陽謀一起玩，用陽謀掩蓋陰謀，陰陽結合剛柔相濟以靜制動以柔克剛，必要時還要韜光養晦臥薪嘗膽明修棧道暗渡陳倉，來到B城這幾年，我可是眞的長學問了，瞧我連用的這十來個成語，原先是最被我瞧不上的陳詞濫調，可現在我恨不能把這本羊皮書中描述的孫子兵法三十六計供在神龕上，給它燒香磕頭——且慢，那也沒用，那些東西好則好矣，但還是有一定規則，B城壞就壞在沒有規則可循，如果你講規則，那你就完了，不但會被同行恥笑還會很快被軟封殺，你的話筒莫名其妙地發不出聲音的時候你才知道自己的話語權已然喪失了，你只好重新適應被雪藏的生活，等你好不容易適應了之後，這個時代已經將你遺忘，英明的大眾再也不會接受你的名字。你的過去被熱捧的一切主張都在人民大眾那裡找不到任何歷史的痕跡。你最好得失憶症。如果你不幸有很好的記憶力那你就必須準備速效救心硝酸甘油什麼的，以免你的心臟承受不住突然的打擊。當然，即使你學會了承受，然後自我寬慰地學習古人的急流勇退裝出本來就很淡泊很蔑視名利的樣子，每逢到書店便買上一堆如何保持健康長命百歲的書，然後每天敲百會敲合谷敲膽經做瑜伽跳街舞做八段錦打太極拳，但是這一切都無法阻擋你心中那隱隱的痛——爲什麼那個什麼都不是的人被譽爲托爾斯泰二世而你，卻活生生地被冷藏到老到死?!——這一段話其實很適合天仙子的心思——她心裡一定在想，爲什麼在開研討會的時候B城所有頂級的評論家都在揣著明白裝糊塗，把那個科幻美人捧到天上——他們是明明知道她在剽竊！因爲他們比B城所有的人都更了解天仙子的創作，天仙子的每一個句式每一個用詞他們都是熟知的，難道他們僅僅就爲那幾千塊美金就出賣良心嗎？恐怕還不盡然——這裡還有兩相比較的結論：天仙子美雖美矣但顯得正氣浩然，首先浩然正氣便被B城的文人騷客所鄙視，何況天仙子還有一種與生俱來的高貴與驕傲，這便更不能容忍了！大家都是螻蟻你憑什麼長出翅膀?!螻蟻們當然要群起而攻之，要咬掉那翅膀置之死地而後快，高貴與驕傲是B城人最不能容忍的，就是神仙

MM也得揚她一臉土才舒服，何況只是個女作家而已！在B城的男人眼裡，這樣的女人怎麼能比得過栗兒那一身腥臊味呢?!那種腥臊多麼親切觸手可及，都變成親戚老鄉鄉里鄉親的還有什麼不好說的話呢？你驕傲嗎？你不是骨子裡看不起我們嗎？我們就偏不買你的帳！我們就要捧紅又美麗又腥臊又和我們鄉里鄉親的親戚栗兒姑娘！我們就是要孤立你天仙子，雪藏你，直至你什麼也寫不出來變成一個白髮蒼蒼的老嫗，最好早點得帕金森氏症，讓我們這些當年被你蔑視的人也看看你顫顫巍巍的醜態！

——瞧，B城男人的心理我看得多麼清楚，何況天仙子！我懷疑她其實早就看透了一切。自曼陀羅去世之後她一直延續著她搜集燈泡的癖好，再也不寫一個字。我臨來摩里島之前去看了她，意外的是她很鎮定。她家裡被各種各樣的燈泡所佔據，小到如同蚊蠅，大至必須拆開才能佔據整整一間房……不能不承認，有些燈炮美得匪夷所思，但那又有什麼用呢？是的曼陀羅給她留了一筆錢，勉強夠她度日，可是我悄悄諮詢精神病專家的結果，是這種奇怪的癖好是典型的強迫症，精神病中的一種，我暗暗爲她擔心，但又不知道說什麼才好。她依然用搜集來的各式燈泡來搭建她的建築——那座建築——曼陀羅的靈柩居然成了B城最美的建築——以至於那些本來堅決要阻止她的行爲的警方竟與要死要活非得拆掉她的建築的老年秧歌隊起了一點衝突，警方竟然在無意間保護了這座建築，以至於後來由於一個偶然事件的發生，警方獲得了最高當局的表彰。

4

你現在一定明白了，我也來到了摩里島，與粟兒女士和銅牛先生同乘一架客機，只不過我略略做了一點化妝——化妝成了一位伊斯蘭中年婦女，一路上我嚴謹地蒙著黑色的長袍和面紗，只露出兩隻警惕的眼睛。

看來他們事先已經與詹溝通過了，因爲他們來到此地，就住在了索羅瀑布附近的一家超五星級 hotel。開拍那天人山人海，好像整個摩里島的人都來了似的。導演竟然變成了小騾！——小騾終於在屢屢受挫之後出頭了！眞是可喜可賀！小騾煞有介事地大張著那一對圓圓的大鼻孔，對著螢幕叫了一聲：開拍！

只見兩台攝影機的機位牢牢對準了飾演珍珠的粟兒。不得不承認粟兒是個天才演員——這第一場戲便是珍珠與第一個戀人阿哲相遇，當時珍珠要被賣到馬尼拉做妓女而被當廚子的阿哲相救。阿哲從抽屜裡發現了一絲不掛五花大綁的珍珠，親手爲珍珠解下了綁繩，珍珠生平第一次獲得人的待遇，忍不住熱淚盈眶。

本段戲在銅牛先生的堅持下，珍珠由一絲不掛變成了可以享受比基尼，其實此舉令我們的導演與女主角內心深處都有一絲隱隱的不悅：在導演就不必說了，小騾做導演是在此前銅牛來摩里島考察後決定的。在卡西諾，小騾以當年陪伴老虎的十倍精神，通宵達旦地陪伴銅牛先生，並且砸鍋賣鐵地掏腰包以補賭資，以此終於換取了導演的頭銜，正想享受一下意淫美女的樂趣，但是好好的一段裸戲就這麼被遮蔽了。在粟兒，自然更是如此，她正想向全世界的觀眾展示一下自己那性感不讓瑪麗蓮·夢露的胴體，誰知被這個老傢伙活活封殺。

我太了解這個女人了，她一定在心裡發誓：她一定要有自己的錢，自己的公司，一定要做控制者而不是被控制者——一句話，她要做女王而非王后！而在她通往女王的階梯上，她其實還需要阿豹——儘管阿豹爲了他那該死的女兒做了大不利於她的證據！

當時男主角阿哲的手剛剛碰上珍珠的胳膊，珍珠的科幻型大眼睛裡就浮現出了一層淚水，阿哲是小騾在摩里島土著裡面挑的，長相實在不敢恭維。小騾在摩里島挑演員繼承了阿豹的傳統：對那些成百上千前來報名的少男少女群眾只問一句話：「你們家是幹什麼的?!」

小騾智者千慮，萬沒想到這個毫不起眼甚至有點對眼的阿哲竟是莫里亞酋長的獨生子！爲了掃平在摩里島拍攝的一切障礙，小騾立即敲定：男主角就是阿哲！阿哲是男主角的不二人選，有如粟兒是當仁不讓的女主角一樣!!

小騾還眞是有點大智若愚的意思，自從敲定阿哲演男主角之後，一切都順風順水，莫里亞可以當摩里島半個家，這是每個摩里島人都心知肚明的。

小騾給了珍珠科幻眼一個夠長的特寫鏡頭，然後喊了一聲停——夾板一打，一條就過了，圍觀的人們都鼓起掌來——眞是一個美好的開頭啊！銅牛在一旁笑著，抖動著臉上的肥肉——美好的開頭應當有一個美好的結尾才對。

我當時就站在現場，站在人群裡，嚴密地蒙著面紗和長袍。沒有一個人注意到我。

5

我很快便意識到自己錯了。

有一個人，其實一直在注意著我，確切地說，他在監視著我。

這時，他粗壯的手指輕輕拍了一下我的肩，從那手指的力度我已經判斷出來——他是誰。

莫里亞酋長對我的態度大變，他十分嚴厲地警告我，我必須離開。並且限定在三日之內。假如我不走，將被宣布爲不受歡迎的人，被永遠驅逐出境。

我直視著他，不語。也許被我的目光看毛了，他接著說：「公主殿下，您一定在想，我們的詹國王的態度。對不起，我要直率地告訴您，由於您上次的魯莽與無知，已經觸犯了我們摩里島的法律，誰也救不了您。包括詹。由於您的過失，詹的王位幾乎不保，是我在元老院作了大量工作，力排眾議，才挽狂瀾於既倒。現在我代表摩里島王室向您宣布一個在您看來是殘酷的決定：詹，不會見你了。他的婚戒，將會戴在另一個好女孩的手上。」

我淡淡地笑了一下——我也不知道自己是如何飛速成長的，我現在變得似乎比人類還要狡猾和無情：「親愛的酋長先生，這倒激起我的好奇心了，請原諒我的好奇——那麼誰將是這位幸運的新娘呢？」

莫里亞似乎怔了一下，然後很快地說：「親愛的海百合公主，這似乎並不是您該關心的事，您似乎更應當關心自己的處境。」

「如果我不走呢？」

「我說過了，我們會採取強硬的措施。」

「您貴健忘。您似乎很清楚我負著怎樣的使命。」

他突然狂笑起來：「我就知道您在黔驢技窮的時候會說這個話，但是很遺憾，您在違反人類規則的同時也背叛了海洋世界，現在您的世界似乎並不歡迎您，不信，您可以看一看海王星的態度。」

我們同時仰起臉，海王星正當空。我手上沒有戒指，我的戒指已經在上次與詹相遇的時候交給了他。當時我們談定，再一次相遇，便是我們訂婚的日子。那時他會親手把那枚神奇的戒指戴在我的手上。然而，後來一切都變味了，詹向我坦白了他的過去。而且，就在他坦白的時候，那朵可怕的花瓣就指向了他所說的那個時段，一切都在我的面前重演了——那麼純潔美好的詹，竟變成了鏡頭中一個貪欲的、昏聵的男人，就像是A片中那些種馬似的男人，不停地做著同一個讓人噁心的動作。

是的可以說是那三個妖女誘惑了他，他被那些惡毒的迷藥所惑，昏昏然不知今夕何夕，可是我想起來仍然要吐，但是同時又似乎能聽到詹那幾近絕望的聲音：「小百合，請你原諒我……要知道，正是因爲這個，我才對人類的女性絕望，轉而向大海求婚的啊！……小百合！小百合!!……」

詹的呼叫就在耳邊，但是我無法把現實版的他與鏡頭中類似A片男優的他合而爲一。他爲什麼要告訴我這些?!他爲什麼要向我坦白?!一切本來都是很美好的啊!

英明的所羅門王的後代，爲什麼愚蠢若此?!

一切紛繁矛盾無法解決的難題攪亂了我原本單純的心。我的心在痛，羊皮書裡動不動說人若失戀，心便會流血，我就是這樣，我知道我的心在流血。爲詹。也爲天仙子，爲曼陀羅。爲番石榴……甚至爲老虎阿豹小騾，大家都在掙扎，連那個似乎無往而不勝的罌粟，不也是以忍受整容手術巨大的痛苦、犧牲個人名譽、把靈魂出賣給撒旦爲代價，才僥倖贏得一個角色嗎?

這一切，太可悲了。

逃掉吧，遠遠地離開這一切，回到深海世界，繼續過我那平靜而安逸的生活，但是，我深知，我的人類面具已經深深地長在了皮肉上，成爲了我肌體的一部分，再也摘不下來了。

海王星默默與我對視，無言以對。看到莫里亞幸災樂禍的眼神，我突然開了口:「啊索米亞啊，你是多麼美麗，每到曼陀羅花開的時候你就會來到這裡……」

我聽見我的歌聲穿透了雲朵，穿過了所有華麗和殘破的牆，砸在那些茂盛和枯萎的樹上，那些樹紛紛倒下，一片狼籍，孔雀石的山巒在向我深深鞠躬致敬，在懸崖的碎石下，群鳥投入海灣半透明的水中，海獺在摩里島海岬的浪中打滾，不時露出鰭狀的手，像是在向我歡呼，水氣瀰漫的谷底托起珊瑚的豔紅，而高大壯碩的莫里亞酋長，竟然在我面前慢慢地熔化!!

不我不埋怨。我愛我的命運。假如我能挽回時間，我一樣會選擇爲正義而戰。哪怕像羊皮書裡提到的那個什麼普羅米修斯，爲人類取火，不惜接受宙斯的懲罰，被吊在山崖上被鷹啄傷肝臟。

我繼續唱，天空慢慢暗淡，當最後一縷光線從天幕上消失，我才發現自己變成了唯一的發光體，哦，不，是那朵月亮花正在映照著我，我變成了她的反光。

我努力含著就要噴湧而出的淚水，向那神奇的花朵走去。然後，我在一片張揚的枝椏背後看到了那一束深情到了辛辣的目光。

詹在這兒。我們的再度相逢十分平靜。許久許久，我們一直沉默。但是不聽話的淚水一直在流。我聽見詹加入了我的歌聲。合唱中又不斷加入了許多新的聲音——那是隨他而來的眾鳥、眾獸、眾魚、眾花，後來星星和月亮也加入了我們的合唱，這一片天籟之音中，詹單膝跪下，鄭重地爲我戴上了戒指，戒指發出奇異的光芒，與海王星的光對接，成爲耀眼的光的集束。

很久之後，我在他耳邊悄悄地說：「我作了個夢，夢見你爲我放棄了摩里島的王位。」他深深地看著我：「這不是夢，這是眞的。我已經是平民了。上天，入地，隨你回到海洋世界，或者就留在人類世界，一切聽你調遣。只要你原諒我，只要……我們能在一起。」

我不知說什麼好，只覺得那本羊皮書中所有的人類語言都過於蒼白，無法表達我此時此地的眞實感受——我和詹在所有方面都是一致的，除了一點，那就是：對待惡，究竟應當以惡制惡，還是大悲憫式的觀照。這一點上，我們誰也說服不了誰。詹只是溫和地說：「百合，你還太年輕，假以時日，你會同意我的說法的。」瞧，他和我媽媽當年的口氣一模一樣。

我們的淚水，從我們以為本來已經枯萎了的心底深處淌出來的淚水，使剛才破碎的一切復活。我親眼看見樹的殘枝、牆的斷垣、崖的碎石重新拼接，比原來更鮮活，更生動。

儘管如此，海洋和天空的大門始終沒有向我們打開，過去與未來都消失了，我們的一切變成了無始無終的現在。

尾聲

罌粟急於想擺脫銅牛的控制，悄悄趁拍攝間歇的時候去摩里島的監獄看阿豹。沒想到被邁著貓步的番石榴追蹤而去，錄下了他們之間的全部對話。

銅牛暴跳如雷，幾巴掌把罌粟打回原形，如同百合夢中所見。取消罌粟的女主角自然順理成章，番石榴終於如願以償，再一次過上女主角的癮。

然而《珍珠傳》出來之後，根本沒有通過審查，所以本來準備票房大勝的銅牛聽到的只是該片由於導向問題，無法安排上院線，直接進庫房的悲慘消息。

阿豹獲釋之後拒絕再與罌粟有任何形式的聯繫，他開始認眞地爲一家電影公司打工，從場記做起，發誓要做成一線大導演，最後與巨龍一爭高下。

罌粟再度到韓國整容，結果出了紕漏：鼻子竟像MJ的鼻子那樣，好像隨時要掉下來，罌粟一怒之下把整容醫院告上法庭，其間再度整容，終於死於麻醉意外。

老虎另謀高就，憑藉自己的才能很快爬上公司高層，他驚異地發現爲自己的一部戲幹場記的正是過去電影學院導演專業的高材生、天仙子的前夫、罌粟的情人阿豹，於是火線提拔阿豹當了執行導演，挽救了那部形將就木的片子。

金馬出道之後，一直佔據主流，直至官拜三品。現在雖然已經過了退休年齡，但一直是老驥伏櫪志在千里，烈士暮年壯心不已。永遠在享受著華服美食寶馬香車的同時作憂國憂民狀，積累漸豐，可惜沒有嫡傳親子繼承，這才偶爾想起那個怪異的侄女曼陀羅——假如她不死，或許可以獲得他金馬的一份財產。不過還是老婆了解我們的金大編，夫人說：咳，你不過也就是想想而已罷了，要是她活著，你防她還來不及呢！說得我們的金大編十分惱羞成怒。

比較慘的是小騾，爲了拍《珍珠傳》他幾乎賠上了自己的全部積蓄，運用了自己全部雖然是十分有限的智謀，結果是賠了夫人又折兵，本來還能讓他泡泡的番石榴徹底歸了人家，他現在身無分文，在摩里島給土著打工又令他萬分屈辱，正想著乾脆去B城發展，聽說現在B城已經是個國際化的大都市了，只要是人才，就不會被埋沒，而小騾堅信自己是個人才。

最戲劇化的是天仙子：自女兒死後她再不寫一個字，而是以積攢燈泡爲業，然而讓誰也沒想到的是，她用燈泡構建的那座曼陀羅的墳塋，竟然越來越大，越來越奇特，成爲這座城市無法替代的一道風景。而且裡面漸漸散發出一股異香——正是這股異香吸引了前來訪問的伊莉莎白女王，她久久地站在這座由鎢絲燈泡構成的建築面前，直到華燈初上。她決定以大英帝國的國寶來交換這件藝術品，當然，首先她要見見這位創造了如此奇絕藝術的藝術家。

見面的那一天，B城的一位重要官員陪同了天仙子，天仙子身著喪服——自打女兒死去後她便一直身著喪服，話很少，聲音很低。但越是這樣越引起女王的好感：因爲這個城市的人一般都是話很多，聲音很高，譬如旁邊那位官員，聲音大得簡直就像是在吵架，假如不是爲了保持禮貌，女王眞想當場戴上耳塞。女王無視那位官員想引起注意的手舞足蹈，直接對天仙子發出了邀請。

女王走後，最高當局經過簡單的核議，同意了女王這一交換計畫。然而無論怎麼做工作，天仙子都不願意拆除這一建築，她說，她不願意驚擾女兒的魂魄，更不願意女兒的靈魂流亡到異國他鄉，並且斷然拒絕了最高當局的高規格接見。事情陷入了僵局。

然而，就在交換計畫應當投入實施的前一天，天仙子突然改變了態度。她點了頭。B城的官員恨不得集體向她下跪，立即組織全部人力物力投入到這項巨大的遷移計畫之中。奇怪的是也就在那一天，那股異香突然消失，大家小心翼翼地摘下每一個燈泡，按照總工程師的指點分別把燈泡裝入每個特定的匣子裡面，每一個燈泡外面都包裹了厚而柔軟的海綿狀物體。大家都懷著巨大的好奇，想看看最裡面的曾經是美麗小姐的屍骸。

然而所有的人都失望了——當最後一層燈泡被摘下來的時候，大家人頭攢動，屏住呼吸——但是什麼也沒有，裡面空無一物。

誰也不敢說什麼，大批守了一夜的娛樂記者收起傢伙悻悻而返。也有人偷拍了幾副天仙子毫無表情的照片，以頭版娛樂新聞發表，標題是：女兒遺骸不翼而飛，母親無語面容沮喪——靜候著大消息的人們全都沮喪無語。

但是緊接著的接二連三的消息使天仙子一下子紅遍了這個遠東的國度，甚至整個人類世界：燈泡墳塋的展覽令整個西方震盪，來自世界各地的大牌藝術家們跪拜在這座偉大的藝術品面前，久久不肯站起。最蕩魂攝魄的是，其間天仙子還做了一件匪夷所思的事：爲了收集一九二〇年的燈泡，她跳進倫敦某小鎮的地鐵裡，摘下了一個老式燈泡，但她並不知道那線路是串著的，所有地鐵的燈泡暫時熄滅，地鐵在瞬間癱瘓——這一振奮人心的消息登上了全世界頂級媒體的頭條：行爲藝術家的行爲藝術令整個世界癱瘓！

這一消息驚動了人類世界藝術最高獎的評獎委員會，天仙子以絕對壓倒多數獲取了最高獎——那顆女皇王冠上的寶石，那頂讓無數人惦記的、垂涎欲滴的桂冠——儘管她年齡資歷都不夠，並且，她不過是個寫小說的，完全不是什麼藝術家，收集燈泡純屬個人愛好——但評獎委員會決定爲她破格。

消息傳來，B城沸騰，無論如何天仙子也是B城人啊，B城生B城長的，B城當然有理由爲她驕傲。老虎立即率領殘部重新爲《煉獄之花》立項，儘管這部小說沒有完成，但正好可以提供一個開放式的結尾，問題是和天仙子無法聯繫，只好委託出訪大英帝國的官員去談版權問題，並且一次性地托他轉交大量英鎊。已然後悔不迭的阿豹決定盡自己全部的心血來執導這部由前妻創作的鉅作，他給自己提的要求是：不但要創造票房奇蹟，還要問鼎世界電影最高獎，以此來表達自己對妻女的愧悔之情，以完成自我救贖。

在B城一片沸騰的時候，摩里島附近一個臨海的小漁村卻是異常安靜。這裡的一對年輕夫妻過著簡單而快樂的生活，他們在天、地、海的交界處，是因爲他們與這三者都有著一點聯繫。他們的門前，種植著一支獨一無二的月亮花，如今月亮花已經長成了月亮樹：而圍繞著月亮樹盛開的，是美麗的藤蔓式的曼陀羅。

據說，這裡原本只有他們一家人，現在卻已經儼然成爲了一個漁村，這是由於這對夫妻專門收容那些被世界拋棄的人，有人預言：這裡早晚會建立一個新的王國，進入這個王國的人群，會永遠享受公平、青春、自由、友誼和愛，永遠不會老去。

對了讀者，你猜對了。這一對夫妻正是百合和詹。而你猜不到的是：正是百合在遷徙曼陀羅墳塋的前夜，說服了天仙子，她們共同尋找曼陀羅遺骸的結果，是找到了一支美麗的曼陀羅花，當時它散發出異香，幾乎讓她們醉倒——百合知道，那正是曼陀羅關於九九八十一天的承諾。

百合的面具在不知不覺中消失了，她現在可以自由地出入海洋與大地。在這個王國裡，所有人都裸臉示人，沒有面具。

偶然地，在月圓之夜，臨近的村落會聽到斷斷續續的歡笑聲，有人曾經遠遠地看到，在月亮下面，人神共舞，那裡有穿著鼻環的美女，有紋著腳心的青年，還有戴著冠冕的王……那時，不知從何方飄流而至的曼陀羅花會圍成一個閃閃發光的壇場，然後，會有歌聲響起，那歌聲伴隨著無可抵擋的香氣氤氳，讓整個宇宙都醉倒了……

真正的尾聲

假如一切都如同上述，那麼就太美好了。

上面故事的結尾，不過是我爲了自我欺騙虛構出來的。

它是個烏托邦，地地道道的烏托邦。

這個故事眞正的結尾，遠沒有那麼美好。

現在，我——海百合，就在海的堤岸上坐著，面具長在了我的臉上——它再也摘不下去了。

海洋與人類和親的計畫，徹底失敗了。

我不禁想起那本該死的羊皮書上說的一些話，那是天仙子收錄的一個叫墨菲的人的話，鬼知道到底有沒有這個人？

他說，萬物皆比表象難；

他說，可能會出錯的地方定會出錯。

他說，如果有好幾件事都有出錯的可能，定會出錯者就會是可能造成最嚴重損失的那一個。

他說，鐵定不會出錯的事一定會砸鍋。

他怎麼這麼聰明？難道他事先知道我在人類世界的際遇嗎?!

最精彩的一句應當是：麵包掉地時，奶油一面朝下的概率與地毯的價格成正比。

幾天之前，我剛剛聽說詹國王大婚的消息——他娶了雖然腦殘總算還是善良的番石榴爲妻，我可以想像番石榴戴上月亮花戒指的情境。

不過，我這塊倒楣的麵包還是給詹這塊昂貴的地毯留下了印跡。

我的雙腿貌似悠閒地蕩著，腳尖撩撥著海水。海洋世界不讓我回去了，人類世界又沒有我的安身之處，我該怎麼辦？

我再不是海百合公主了，我現在不過是個普通的人類，一個再普通不過的女孩。

一個海生物死去了，一個人類誕生了。

我仰望天空，好像突然發現了眞理：

雲在天邊徘徊，而天空是永恆的。

我把羊皮書扔進了海裡，海水只是泛起了幾道漣漪，然後就無聲無息了……

好在，我還年輕，我在人類世界的道路，還剛剛開始——是我自己悟出的路，而不是羊皮書裡的那些戒律。

是啊，那個墨菲好歹還算說了一點希望，沒有完全絕了人的念想：

他說：凡事耗費的時間都比原先料想的長。

這讓我想起二十世紀B城一個重要人物曾經如此回答關於戰爭取勝的眞諦：熬。

現在世界留給我的，只剩下這一個字了……

二〇〇六年六月動筆於北京

二〇〇八年十一月集中寫作於香港國際作家工作坊

二〇〇九年三月完成並修改於珠海

二〇〇九年四月至五月再度修改於北京

二〇〇九年十月修改結尾於北京

〔代跋〕當代社會遊戲規則已然改變

李國盛／訪

李國盛：《羽蛇》是您的代表作，現在已經由世界頂級出版社西蒙．舒斯特（Simon & Schuster）購買了英文版權，並且成爲列入該社國際出版計畫的唯一中國作品，很多小語種也簽下來了，能說說您寫這部書的緣起嗎？

徐小斌：寫《羽蛇》，有個人原因，也有社會原因。

從個人原因來講自然首先來自童年，來自我和母親之間的緊張關係，因爲母親的極度重男輕女，也因爲我天性過於敏感，所以，讓我從小就對「公平」二字有特別深的感受力。

另外，過早地讀了《紅樓夢》。九歲那年，爸爸買回一套繡像《紅樓夢》，說我大姊可以讀了，我二姊還得再過幾年，至於我，連提也沒提，於是受好奇心驅使，我在夜深人靜，大家入睡了之後偷看《紅樓夢》，連續多時，竟看成了神經衰弱，失眠，醫生很奇怪怎麼這麼點小孩會睡不好覺，我當然不敢講眞實的原因。

還有就是，姥姥信佛。我從小和姥姥住在一個房間，有一座高大的佛龕聳立在我和姥姥的臥室裡。佛龕上面罩了一塊紅布，紅布裡面是玻璃罩。玻璃罩裡面便是那尊黑色的釋迦牟尼像。我經常被籠罩在龍涎香的氣味和木魚有節奏的音響中，常常作各種怪誕和恐懼的夢。這些夢籠罩了我整個兒時的記憶。

基本就是由於這些原因，我成了一個幾乎完全生活在內心世界裡的孩子，按照現在時髦的說法，我小時候是個作白日夢的孩子。對外部世界的恐懼肯定會導致向內走，所以我從一開始發表小說的時候就完全不符合當時的社會語境。

從時代的原因來講，我覺得自己生在一個巨大的轉折的時代，這個時代發生了很多匪夷所思的事情。

作爲一個作家，我認爲有責任把看到的事實寫下來，前蘇聯小說家柯切托夫曾經說過，一個人一生至少要拿出一次眞正的身分證，所以我首先要求自己眞實地毫不媚俗地記錄我們這一代人的歷史，要爲這個民族提供一份個人的備忘錄。

李國盛：看來童年的經歷對人的一生影響巨大。

徐小斌：是啊，對小孩得多鼓勵，批評很容易打壓一個人，尤其是對於一些敏感的小孩。譬如小時候我畫畫，三歲左右的時候在水泥地上畫了個娃娃頭，爸爸回來以後說我畫得很好。從那時候開始我就迷戀畫，特別迷戀。小時候我喜歡畫仕女畫，喜歡畫美麗的女性，畫得不厭其煩，把古裝仕女頭飾珠子都一顆一顆的畫出來。

我從小就挺強的，所以吃虧特別多，挨揍特別多。確實是那種特別不招大人喜歡的小孩：小時候不招大人喜歡，長大了不招上層喜歡，這就是我。

一直對「公平」二字心嚮往之。看到法國大革命時期，公平和自由成爲了一個人的基本權力，我爲此深深感動；但是直到現在我才明白，眞正的公平是不存在的，上帝那都沒有公平。

李國盛：《羽蛇》裡面寫的是一個家族五代女人的故事，但背景卻是宏大的歷史，而且是和教科書上的歷史有些不太一樣。

徐小斌：對啊。我從小是好奇心特別強的一個女孩，什麼事情我都不會去相信別人約定俗成的說法，我一定要自己去探個究竟。

我想，要追根溯源，對我們這個民族的歷史、特別是女性歷史進行反省，並且洞察人性中的複雜性，僅僅寫這一代人是不夠的。我始終認爲歷史教科書上的歷史，不過是整個歷史的冰山一角，而這一角還很值得質疑。於是我從一個女性傳承的家族、也就是母系氏族入手，寫了五代女人的歷史。

太平天國的一代，我主要寫了楊碧城也就是羽蛇的姨祖這個人物，她爲了反抗天王洪秀全的暴政，付出了比生命還要慘痛的代價。

辛亥革命的一代。這一代的主要女性人物是楊碧城的姨侄女、也就是羽蛇的外婆玄溟，她的丈夫是早期辛亥革命的狂熱支持者，而後來墮落成爲一個抽鴉片吃花酒養戲子拋妻棄子的男人。

新民主主義革命的一代。主要女性人物分成了兩支，一支是玄溟的女兒、羽蛇的母親若木，也就是西南聯大的那支知識份子隊伍，若木從小受到強勢母親的壓抑，形成心理人格的變態，而另一支是玄溟的侄女沈夢棠，她是滿懷革命理想投奔到延安的青年，而到了延安她的所有夢想都破碎了，她被延安的審幹運動整得九死一生。

第四代，也就是我的小說主人公、若木的女兒羽蛇的一代，其實也就是我們這一代，經歷了上山下鄉，回城、四五、改革開放，恢復高考制度，競選……

第五代，代表人物是羽蛇的外甥女韻兒。韻兒是一個熱衷於物質享受，非常現實、完全沒有靈魂的美麗女孩，後來爲了錢嫁給了一個日本人，回國之後過著時尚卻無聊的生活，她只覺得小姨她們甘願爲理想獻身的精神非常可笑。

說到這兒，大家都會感覺到，我的小說的歷史觀，是完全與歷史教科書相悖的。是的，《羽蛇》在某種程度上顚覆了歷史，儘管我深知還原歷史是完全不可能的，但我還是盡了我最大的力量，來還原了部分歷史。特別是，我親歷的歷史。

李國盛：小說的主角「羽」是個什麼性格的人物？

徐小斌：羽這個女孩，如果用一句話來概括，可以說她是一個對愛充滿無限希望的女孩，哪怕一滴露水都可以復活，但是這個世界就沒有一滴露水給她，她一生都在尋求愛，但是她一生都在被愛所背棄。

李國盛：《羽蛇》被很多人定位為「女性主義文學」。北大的戴錦華教授寫了二萬多字的評論，她講課時候給學生說：「你們要研究女性文學，就看徐小斌的作品。」一直有一部分人認為《羽蛇》是女性寫作的經典，至今未能超越。

徐小斌：《羽蛇》到現在為止已經有幾百篇評論了。在這十二年中不斷的有各種碩士、博士、博士後用它做題目來詮釋所謂女性主義的寫作。

當然這都是批評家的說法，至於我自己，沒想這麼多。的確，多年來我研究女性心理，有點心得。因此寫作時也就喜歡寫各種女人深藏的內心隱祕，但這只是我寫作的一部分。細讀我的作品都會發現，我的小說，特別是長篇小說中，都會寫到歷史、政治、經濟，甚至自然科學等等方面，在這些方面我下的功夫比較大，就是為了增加作品的厚重，而不僅僅單純是女性寫作。

當然有幾部小說可以歸類為女性寫作，最典型的就是《雙魚星座》，確實是女性立場、女性視角和女性話語。而《羽蛇》就不能歸類為女性寫作了，雖然寫的是一個家族五代女人的命運，但它囊括的東西似乎更多些，包括它的指射和一些深度的隱喻。

我個人倒是覺得戴錦華教授的那句話更中肯些：「儘管徐小斌的作品在令人目眩的潑灑

的濃重色塊、多向的豐富的知識（榮格、海洋生物學、博奕論、密宗佛教或上古神話等等）與奇異的異地間迴旋，但筆者傾向於將其讀作關於現代女性、女性生存與文化困境的寓言。毫無疑問，徐小斌的作品不僅僅關於女性，從某種意義上説，它關乎於整個現代社會與現代生存。」

不過奇怪的是，我發現了一個問題：熱愛此書的讀者眾多，但也有不少説看不懂的，奇怪的是看懂看不懂不能以知識層面或者年齡層面來分界。有很年輕的八〇後的孩子，可以談出很深刻的感悟，我感覺到他們完全讀懂了，不但如此，還有很多網上的自發評論，有些沒有受過高等教育的人，他們都讀懂了。

還有我的代理王久安女士，我的翻譯霍華先生，還有許多西方讀者，他們甚至比國人還能理解我小説中的玄機。後來我才發現，這本書的受眾還是分人的，所謂物以類聚人以群分吧，這本書是寫給有靈魂的人看的。

李國盛：您感覺這種精神在中國當下是什麼狀態？

徐小斌：毫無疑問，我感覺到這種精神在中國當下是被排斥的。其實我現在已經很麻木了，但是再麻木也能感覺到這種排斥。現在是全民娛樂的時代嘛，娛樂至死。

李國盛：電視劇《德齡公主》，您是編劇，爲什麼想寫這樣一部電視劇？

徐小斌：偶然看到一個小冊子講的就是德齡和容齡，我覺得非常好奇，非常的震驚。在上世紀初一九〇三年，居然就有兩個受西方教育長大的女孩在昏暗的清宮裡，爲慈禧太后跳芭蕾舞！此事讓我極爲震驚。

我想原來百年前就是這樣的啊！後來我在故宮收藏的畫冊看到這兩個女孩，雖然從現在審美觀來講並不算漂亮，但是和當時後宮裡的嬪妃們一比這倆也算天仙了。尤其是容齡跳《葡萄仙子》的照片非常漂亮。

就這樣被她倆一步步引向了晚清的深淵——讀了一百多部書，才敢寫這本我唯一的歷史小說。

這部小說還有一個初衷，就是想開創歷史小說的一個新樣式。讓「歷史」更加「小說」，讓歷史眞正小說化，而不是那種板著面孔的歷史小說。後來改成了電視劇。

李國盛：這部電視劇您是否滿意？

徐小斌：《德齡公主》是韓剛導演導的。他是很有功力的導演。但是說老實話，跟我一開始的初衷是有相當距離的。我開始的定位是有點像《大明宮詞》那樣的，大段臺詞，華麗陰暗的宮廷，有點莎劇的意思。但是播出的時候大家都看見了。不過作爲一個編劇，不便於說三道四，因爲原創、編劇和導演各有各的身分，只能認爲自己是《德齡公主》的原作和編劇，而播出的《德齡公主》是導演和投資方的，和我沒什麼太大關係。

李國盛：在這個過程中您在說服自己？

徐小斌：對啊，我也同時在說服別人。譬如影劇中心前兩年拍某劇，該劇已進入倒數計時，編劇和導演還是無法磨合。導演向我發牢騷的時候我很直率地說，所有的影劇的誕生，其實都是各方互相妥協的結果：包括原作、編劇、導演、製片方……既然是集體勞動，就得尊重集體勞動的規律，要麼乾脆就寫小說好了，小說和影視的最大區別就是：前者是個人勞動，後者是集體勞動。當時他呆了一下，同意了這種說法。

李國盛：除了近幾年《德齡公主》是您做的編劇，您早期還有一部小說也改編成了電影。為什麼當時沒轉行做編劇？

徐小斌：是，我一九八五年發表《對一個精神病患者的調查》，這個小說當時有點影響。原來叫《弧光》，後來雜誌的編輯建議我改成《對一個精神病患者的調查》更好，其實我始終覺得《弧光》更好。

八十年代是百廢俱興的年代，電影亦如此。法國電影回顧展開幕，我騎著破車堅持看完了全部四十部片子，每天電影院門口都是比肩繼踵，每天要無數次重複回答同一個問題：

有富裕票嗎？——十年的禁錮讓中國像一個飢餓的孩子，那麼渴望嘗到所有可以嘗到的一切。而中國的電影革命似乎是從《一個和八個》開始，那時知道了有「第五代導演」之說，神奇的是我剛剛知道了這個，便與《一個和八個》的導演合作了一把。

《對一個精神病患者的調查》寫一個被世俗社會認爲瘋了而實際上只是不願因循傳統思維的女孩子。張軍釗導演把它推上了銀幕。自小便覺得拍電影神祕，總想看看拍攝過程。開機那天在密雲水庫。三九天，水面結了很厚的冰。拍的是影片的最後一個鏡頭：人聲鼎沸的冰場。男主人公的目光追逐著女主人公，而尋覓到的卻是一個外形酷似女主人公的女孩。爲了增加聲勢，用卡車拉來了許多群眾演員，那時每人勞務費只有兩塊錢，但大家興高采烈，可能都和我一樣想滿足一下好奇心吧。那天是航拍。當直升機降到不能再低時，捲起一陣大風，呼啦啦倒了一片彩色遮陽棚，大家一片驚歎。所以後來鏡頭中的那些遮陽棚實際都是趴著的，只不過因爲俯視角度看不出來而已。旁邊一位電影界的元老哼唧著：第五代眞能折騰，連航拍都敢玩！待到粗剪片出來之後，和導演一起看片子，直到結束，心中還在不斷地懷疑：這是不是我寫的那個《弧光》？

但是仍然清晰地記得，密雲水庫開機的時候，被定爲男主角、當時還在電影學院上學的王志文飛速地穿越冰面向我滑來，和我熱烈握手，在明亮的太陽下，他滑出的軌跡眞如弧光閃現，然而一週後我即接到消息：他的角色已經被張光北替代了——那是我第一次了解到影視的瞬息萬變與無限的可能性——然而直到兩年前，我親眼看到某電視欄目採訪王志文，他在回答某個問題的時候，居然翻出了《弧光》的舊帳，他說，他立志，始於一部叫做《弧光》的電影，他說自己在被確定男主角之後被莫名其妙地換了下來，導演的理由竟是他「不會演戲」，就是這一句話刺激了他，讓他奮發圖強——這讓我心生無限感慨！《弧光》正式上映的時候是在一九八八年，當時我在中央廣播電視大學經濟系任教。記得校長觀賞後問我對學校有何要求，我毫不猶豫地說，希望能轉到中文系，校長很痛快地答應了，就在一夜之間，我終於眞正進入了我熱愛的領域！

《弧光》的上映在北京引起了軒然大波。一位資深記者在《文藝報》發表重要文章，以《弧光》爲例，認爲影視改編普遍有歪曲原作之嫌，所舉之例亦有《紅高粱》等等，此文引起了一場關於影視與文學關係的辯論，最後不了了之。

但是在看粗剪片的時候我確實不太適應——畢竟，我是這一代寫字兒的人中第一個觸電的。那時候視觸電爲禁區呢。

李國盛：您相當於因爲懼怕自己的原創作品被肢解，就轉頭回到文字原創狀態了。回頭看，您這其實是閃避了唾手可得的巨大利益。那麼早就有那麼好的機會和這樣的導演合作，又得了國際獎，要是換一個人她肯定一部部做下去了，但是您又返回自己的小說。您後悔嗎？

徐小斌：我不知道，其實後悔這個詞是不存在的，你後悔也罷，不後悔也罷，你已經做過了，後悔也沒有用。但是純粹又有什麼意義呢？這是我在二〇〇五、二〇〇六年非常痛苦的原因之一。

李國盛：能否描述一下那兩年的狀態？

徐小斌：我在二〇〇五、〇六年經歷了一次非常痛苦的蛻變，在之前我心裡很踏實。覺得自己堅持的一切是有價值的，我應該怎麼樣，不應當怎麼樣，我應該毫不猶豫的放棄什麼，心裡都有個準則。

李國盛：「痛苦的蛻變」是指否定了自己之前堅持的東西？

徐小斌：不是否定，是對自己的強烈質疑和整個人文環境的質疑。這種強烈的質疑得不到答案，那時候眞的很痛苦。我第一次感覺很恐懼，我對這個世界充滿恐懼，我忽然覺得這個恐懼不是精神層面的恐懼，是物質化的恐懼。每天一到黑暗降臨的時候，那種物質的東西就像冰涼蚯蚓一樣沿著我的脊椎往上攀爬，我就覺得「它又來了，它又來了……」很恐怖，將來我要把這種感受寫成小說。

李國盛：二〇〇五、二〇〇六年的蛻變是什麼結果？

徐小斌：很久以後我才明白，這種痛苦主要是因爲社會遊戲規則改變了，而自己還不適應。

同時自己也有問題：太絕對化了。

實際上任何社會都需要相對的妥協，大家才能夠生存，連海底世界也有「共生」的定律嘛。

但是另一方面，社會遊戲規則的改變確實帶來很多問題，譬如人格的矮化、犬儒主義的增多等等……

李國盛：美國的作家蘭德寫了幾部小說，我感覺她的小說裡面最精彩的是主人公大段大段的獨白，其實是蘭德借小說的形式表達自己的觀點。她覺得小說是傳播觀點的很好載體。您的小說是想通過綺麗華美的語言表達什麼觀點，或者就是想讓讀者通過綺麗語言來進入豐富的想像空間？

徐小斌：好像既不是前者也不是後者，很早的時候看到巴爾札克有這麼一句話：凡是眞正出自內心才能進入內心。這其實就是指一種眞誠的寫作。

李國盛：首先有誠意，別人才有可能接收到誠意。

徐小斌：對，就是眞誠的寫作。眞誠的寫作很難做到，所以在中國成爲眞正的現實主義作家是很難的。爲什麼？因爲現實主義作家肯定應當是批判現實主義的。托爾斯泰也罷，巴爾札克也罷，羅曼羅蘭、雨果都是批判現實主義大師。一個作家如果不和社會保持一種緊張的對峙關係，而只爲了謀求現實利益去copy某些陳詞濫調，這是現實主義寫作嗎？

這實際上也是我在二〇〇五、二〇〇六年反覆叩問的一點。我在我的工作崗位上越來越了解到社會的某些潛規則，我親眼看到一些無良的所謂作家，用噁心的手段博取了他想得到的一切，一邊還做出憂國憂民狀，來博取鮮花和掌聲，現在所有人都視他爲大師。這太好笑了，眞夠搞的，全民娛樂啊。他們算演得相當好的。

李國盛：下一步作品是什麼？有什麼顚覆和突破？

徐小斌：新作叫《煉獄之花》，已經在十期《中國作家》刊出了。我的每一部小說都要顚覆前一部，新作從語言來講就和以前不同，過去我的文字基本上是那種藤蔓式的自相纏繞的，而這個是冰片式的語言。時代在前進，一個作家絕不能停留在某一個地方舉步不前，你還得了解這個時代，你要了解這個時代的特定語言，首先就要了解這個時代的年輕人的語言。

李國盛：之前您的所有作品都是以悲劇收尾，這部小說也是嗎？

徐小斌：這個結尾是比較有意思的，留個懸念讓讀者看吧。

李國盛：書中大概是什麼邏輯情節？

徐小斌：開篇是這樣的：「兩千年前，每當月圓之夜，月神降臨，人類就會把曼陀羅花散向大海，向大海乞求愛情。兩千年後的今天，一個絕望的青年把一枚戒指扔向了大海，他說他是在拒絕現實中的婚姻，向大海求婚。」

接下來故事就開始了：海底世界近年來受到來自人類世界的嚴重侵擾，海王爲此召開聯席會議協商對策，大家想出了一個「絕妙」的主意：以和親的方式與人類世界達成妥協，簽訂互不侵犯條約，大家一致認爲：碰巧拿到人類戒指的海百合公主是最佳人選。

海百合公主美麗單純勇敢忠誠，她決定不辱使命，到人類世界去尋找戒指的主人，臨行前，母親帶她去海底面具店買了一張人類的面具，她戴上之後變成了一個普通的人類女孩子，取名百合。

單純的百合在人類世界經歷了難以想像的各種艱難險阻，充分領略了爾虞我詐、欺世盜名、見利忘義、口是心非、指鹿爲馬、惡意中傷等人類慣技，當善良無法阻止惡的蔓延的時候，她決定以惡制惡。

後來，她終於找到了戒指的主人，他們深深相愛了，當她可以得到完美的幸福的時候，卻無法背叛自己的內心——在朋友最需要的時候她無法放棄友情，她決定主持正義懲惡揚善，卻由此把自己逼到了兩難困境，既違反了神界的規則，又遭到人類邪惡勢力的追殺。最後，她終於戰勝萬難完成使命、準備回歸海洋世界，卻恐懼地發現，那張戴在她臉上的人類面具，已經深深地與她的肌膚長在了一起，再也摘不下來了！——面具摘不下來，海底世界肯定不允許她返回，而人類世界的邪惡勢力正在追殺她，她隨時有可能喪生，而與她深愛的人，也很難化解內心深處的誤解——海天茫茫，我們美麗的海百合公主會遭遇什麼樣的終極命運呢？懸念就出來了。

我是從這個小女孩的視角切入故事的，寫的其實是當下。在當代我們已經司空見慣不以爲怪的事，小姑娘的眼睛看來都是很奇怪很讓人震驚的，這也就反證了我們對一些謊言、對一些我們小時候不接受的東西已經接受了。

李國盛：書中的人物說些什麼觀點？

徐小斌：小說中的人名挺奇怪，像天仙子、百合、罌粟、曼陀羅、番石榴等，五個女孩的都是植物而且是致幻性的植物，五個男的都是動物，金馬、銅牛、阿豹、小騾、老虎。

天仙子在女兒曼陀羅死去後有這麼一段話：「我們從小被教導要追求眞理，可是我現在倒是覺得，從現實出發，還不如學習如何製造比眞理更合邏輯的謊言呢！那樣的話，大家都會輕鬆得多。」

天仙子說，我一直都忽略了一個問題那就是：在我們這個城市，權力就是一切，我們這些沒有權力的人，還是老老實實恭恭敬敬地向權力鞠躬吧。

天仙子還說了些令人費解的話，她說別愛這個星球，這個星球早晚會滅亡，別愛城市，這個城市不久就會破碎，別愛人民，人民不過是一些恐怖的大多數，別去看你小時候經過的小溪，不然那水裡出現的臉肯定會讓你自己嚇一大跳！當然，也別愛男人，別愛女人，甚至……甚至別愛自己的兒女，她說到這裡明顯地哽咽了一下，然後接著說，總之除了自己誰也別愛，不然，不然的話，會受重傷！內部所有的臟器都會毀壞，就……就像我現在這樣！……

而百合聽到天仙子這段話的反應是：

「天仙子的哭聲攪擾了她。天仙子的淚水是湧在心頭的血，是壓在地殼下的岩漿；天仙子是人類僅存的碩果，因爲她具有智慧、優雅、懷疑的心靈，一直在探索著善與惡，到現在才剛剛明白，人類惡毒的智慧在這地球上無與倫比。她剛剛明白，只有享有話語權的人才享有判斷力。她剛剛明白，這個時代的幽默也已經變成了諂媚者的幽默。她剛剛明白，人們如此熱愛死人，只是當人死後才能獲得一絲眞情——她心愛的女兒曼陀羅就是最好的例子，但是她明白得太晚了。」

番石榴是個不惜一切想演女主角的小姑娘，想當明星，爲了演女主角，因爲導演不斷的換，她就不斷的和各種不同的導演演練潛規則。於是就有一段總結式的敘事：

「但是番石榴忘了，在這個時代，光捨得一切還是遠遠不夠的，要學會討價還價與人交換，要學會策劃於密室，點火於基層，要學會陰謀和陽謀一起玩，要陽謀掩蓋陰謀，陰陽結合剛柔並濟以靜制動以柔克剛，必要時還要韜光養晦、臥薪嘗膽、明修棧道暗渡陳倉。來到B城這幾年，我可是眞的長學問了，瞧我連用的這些成語，原先是最被我瞧不上的陳詞濫調，可現在我恨不能把這本羊皮書中描述的《孫子兵法》、《三十六計》供在神龕上，給它燒香磕頭——且慢，那也沒用，那些東西好則好矣，但還是有一定規則，B城壞就壞在沒有規則可循，如果你講規則，那你就完了，不但會被同行恥笑還會很快被軟封殺，你的話筒莫名其妙地發不出聲音的時候，你才知道自己的話語權已經喪失了，你只要重新適應被雪藏的生活。等你好不容易適應了之後，這個時代已經將你遺忘，英明的大眾再也不會接受你的名字，你的過去被熱捧的一切主張都在人們大眾那裡找不到任何歷史的痕跡。你最好得失憶症，如果你不幸有很好的記憶力，那你就必須準備速效救心丸、硝酸甘油什麼的，以免你的心臟承受不住突然的打擊。當然，即使你學會了承受，然後自我寬慰地學習古人的急流勇退，裝出本來就很淡泊很蔑視名利的樣子，每逢到書店便買一堆如何保持健康長命百歲的書，然後每天敲百會、敲合谷、敲膽經、做瑜伽、跳街舞、做八段錦、打太極拳，但是這一般都無法阻擋你心中那隱隱的痛——爲什麼那個什麼都不是的人被譽爲托爾斯泰二世，而你卻活生生地被冷藏到老到死?!——這一段話其實很適合天仙子的心思，她心理一定在想著，爲什麼開研討會的時候B城所在的頂級的評論家都在揣著明白裝糊塗，把那個科幻美女捧到天上——他們是明明知道她在剽竊！因爲他們比B城所有的人更了解天仙子的創作，天仙子的每一個句式每一個用詞他們都是熟知的，難道他們僅僅就爲那幾千塊美金就出賣良心嗎？恐怕還不盡然——這裡還有兩項比較的結論：天仙子美雖美矣但顯得正氣浩然，首先浩然正氣就被B城的文人騷客所鄙視，何況天仙子還有一種與生俱來的高貴與驕傲，這便更不能容忍了！大家都是螻蟻你憑什麼長出翅膀?!螻蟻們當然要群起而攻之，要咬掉那翅膀置之死地而後快……」

李國盛：這就是對當代文學影視界的諷刺嘛。

徐小斌：所以說是社會遊戲規則變了嘛。過去作家評獎拚的是白紙黑字，現在寫作才華也就是文本本身只占了很低的百分比，更多的變成了背後的東西，包括利益交換什麼的。其實所有人都明白，只不過大家都不說而已，都怕做國王的新衣裡那個小孩。

李國盛：不光是作家評選，其他很多領域也有類似的事情。

徐小斌：各個領域差不多都這樣。

李國盛：我一直有一個疑惑，很多人都說「還是好人多」，但是爲什麼很多事情沒有得到根本性的改變。我覺得剛才你那句話回答了一個根本性的原因：大家都知道但是都不說。我感覺裡面還缺乏一種勇氣。

徐小斌：缺《國王的新衣》裡面的小孩。我的《煉獄之花》好像就是這麼一個小孩。所以覺得可能會挨罵。

李國盛：不會，有了網路以後，網上每天都有很多說眞話的小孩兒，國王都不在乎了。

徐小斌：對，國王不在乎了，就穩穩的做國王，只要拿到貢品，你愛說什麼說什麼。

李國盛：以批判爲主的作家大部分是悲觀主義者。您應該也是吧？

徐小斌：很多接觸我的人覺得我挺樂觀，我相信我給你的感覺不是一個悲觀主義者，但是我其實是一個徹底的悲觀主義者。我覺得一個徹底的悲觀主義者才能樂觀的活著。其實這不是感性上的悲觀主義者，而是理智上的悲觀主義者。

像《紅樓夢》，「你方唱罷我登場」，最後就剩「白茫茫大地眞乾淨」，這就是徹底的悲觀主義，認清這個世界終極的東西是好的，所以維納認爲人類就像一艘註定要駛向死亡的航船，可是人不能因爲知道自己要死就不好好的活了。在航船上所有的乘客還要進行各種各樣的表演，我覺得這句話說得很好，終極就在那裡，但是你還要活得精彩。我所謂悲觀主義是從這個意義上講。

李國盛：您曾經說想要「逃離」，現在的心態有變化嗎？

徐小斌：是有變化的。過去我一面對生活中的醜惡，就會採取逃避的態度，這是我個人一向的生活態度。小的時候就接受達則兼濟天下、窮則獨善其身的教育。立志「先天下之憂而憂，後天下之樂而樂」。但是大了之後覺得一切不過是大夢一場。當看到生活中的醜惡又無力改變的時候，只能迴避，採取一種逃離的姿態，閉關自守，躲進小樓成一統，管它冬夏與春秋。

一九九六年我在美國四個大學講學，我當時講兩個題目，一個是「中國女性文學呼喊與細語」，還有一個就是「逃離意識和我的創作」。當時講的，也是我眞實的想法。但是經過蛻變之後，我現在慢慢的變得敢於直面現實了。譬如遇到現實中破了道德底線的東西，我會直截了當地表示我的反對，哪怕這樣做很得罪人。過去我不會，我會掉頭就走，我會選擇逃離。

李國盛：很多人都是年輕時候敢於直面，然後不斷的受挫折，最後開始逃離。您是反過來的。

徐小斌：是啊，我也覺得奇怪。我小時候曾經立志當隱士，我一向對歷史長河中那些被遮蔽的有卓絕才華的人特別感興趣。

李國盛：舉個例子。

徐小斌：比如有一陣我對美術史感興趣，就到各種各樣的地方查找一般畫冊上看不到的畫。有一次在北圖，我無意中看到波希的畫，一下子震驚了，簡直驚爲天人。作爲尼德蘭時代的畫家，波希一直被籠罩在同代的魯本斯、凡·戴克等繪畫巨匠的陰影之下。然而他卻實在是個非常偉大的畫家，越到現代越見其偉大。波希的畫像民間的古老寓言一般拙樸，充滿著象徵寓意。他竟敢把教皇和庶民放在一起共同趕起「稻草車」（《稻草車》），他隨心所欲地借助想像之光來指揮一場人神之戰（《聖安東尼的誘惑》）。在《娛樂之園》中，他的奇思異想化作飛鳥的翅膀、化作惡獸、化作醜惡可怖的裸者出現在畫布上，像黎明的紅暈一般驅趕著中世紀的黑暗，如果有人證明他是外星球派來的使者我一點兒也不會驚奇。

在波希的筆下，上帝與庶民同在，伊甸園並不比他生活著的快樂美麗的農莊更美妙。而波希本人大約就像《浪子》中那個狡黠質樸的農人，揣著一袋黑麵包乾便可上路，旅途中嘗盡人間美味。

波希的奇思異想是令人驚歎的。如果說達利的夢境是偏執幻想的再現，那麼波希的夢境則體現著人類的共性。對於波希，達利應當把對於保羅·艾呂雅的那句評價轉贈給他：

「他有整個的奧林匹斯山，我從他那兒偷來了一個繆斯。」

當時我對畫家朋友說到波希，大家都困惑地看著我，讓我很心虛。直到碰上美術批評家邵大箴，沒想到他和我一樣狂熱地愛波希的畫，他說近年來對波希的認同是世界性的，波希在世界美術史上的地位一定會有改觀——這讓我特高興，覺得自己在鑑賞能力上又有信心了。

李國盛：這些天才爲什麼沒有被世人所知？

徐小斌：歷史淹沒了很多眞正有才華的人。特別容易被歷史忽略的人有共同特質：一個他們是天才，他們的天才不被當時社會與人所認可；第二個原因他不趨附於時尚。時尚有一個大party他不參加，他非得待在另外一個地方。

就說弗魯貝爾吧，很少有人知道，但這個畫家是非常了不起的，他的畫永遠讓人過目不忘，他畫的人的眼睛裡面有一種驚恐、淒慘、絕望但又美麗的目光。後來邵大箴先生跟我講弗魯貝爾爲什麼被忽略？是因爲他拒絕參加俄羅斯行爲展覽畫派，這個畫派當時覆蓋了俄羅斯十九世紀的主流。譬如當時列賓、列維坦他們都是這個畫派的主將，大家都知道他們，可很少有人知道弗魯貝爾。但他的確是個天才畫家，現在都是以知名度來作爲價值判斷的標準，其實是很可笑的。

李國盛：像弗魯貝爾這樣的天才是心甘情願寂寞的，不被人所知也無可厚非。

徐小斌：像他這樣的是心甘情願，但也有不情願的。像梵谷、塞尚他們。他們在生前都是窮困潦倒，但他們是非常想得到認可的，恰恰就是那個時代很多人不能理解他的畫，說他的畫是垃圾，可是現在呢，他的一幅畫至少是幾百萬美金。

李國盛：您說過世界上有一群沒有夢的人，這群人十分可怕。

徐小斌：這些人就是一生主義者，是當代主義者，就活這一輩子，而且這一輩子是沒有底線的活著，不擇手段。

有人說在一個弱肉強食的社會只有當狼還是當羊兩種選擇，但我覺得還應當有第三者在場，就是牧羊人或者牧羊犬，他的職責就是要保護優質的羊，不過更多的是看客，不但無動於衷，還可以吃「人血饅頭」或者「羊血饅頭」。

還回到剛才那個話題，在當代當隱士幾乎是不可能了。因爲作爲作家，首先是要有自己的聲音，而沒有話語權就發不出自己的聲音，所以有些人爲了爭奪話語權都變得瘋狂了，也可以理解吧。

我對自己的要求是，無論在任何時代，起碼要有自己獨特的聲音。

（本文爲二〇〇九年《天涯網》編輯訪談）

INK PUBLISHING 文學叢書 254

煉獄之花

作　　者　徐小斌
總 編 輯　初安民
責任編輯　施淑清
美術編輯　林麗華　黃昶憲
校　　對　施淑清

發 行 人　張書銘
出　　版　INK 印刻文學生活雜誌出版有限公司
台北縣中和市中正路 800 號 13 樓之 3
電話：02-22281626
傳真：02-22281598
e-mail:ink.book@msa.hinet.net
網　　址　舒讀網 http://www.sudu.cc

法律顧問　漢廷法律事務所
劉大正律師
總 代 理　成陽出版股份有限公司
電話：03-2717085（代表號）
傳真：03-3556521
郵政劃撥　19000691　成陽出版股份有限公司
印　　刷　海王印刷事業股份有限公司

出版日期　2010 年 5 月　初版
ISBN　978-986-6377-73-0

定價　360 元

國家圖書館出版品預行編目資料

煉獄之花／徐小斌著；
--初版，--臺北縣中和市：INK印刻文學，
2010.5　面；　公分（印刻文學；254）
ISBN　978-986-6377-73-0（平裝）

857.7　　　99005886